Sra.
Fletcher

Tom Perrotta

Sra. Fletcher

Tradução
Flávia Souto Maior

Planeta

Copyright © Tom Perrotta, 2017
Copyright © Editora Planeta do Brasil, 2019
Todos os direitos reservados.
Título original: *Mrs. Fletcher*

Preparação: Juliana de A. Rodrigues
Revisão: Mariana Rimoli e Laura Folgueira
Diagramação: Vivian Oliveira
Capa: Filipa Pinto | Foresti Design
Ilustração de capa: Filipa Pinto

CIP-BRASIL. CATALOGAÇÃO NA PUBLICAÇÃO
SINDICATO NACIONAL DOS EDITORES DE LIVROS, RJ

Perrotta, Tom
　　Sra. Fletcher / Tom Perrotta – tradução de Flavia Souto Maior - São Paulo : Planeta do Brasil, 2019.
　　304 p.

　　ISBN: 978-85-422-1745-2
　　Título original: *Mrs Fletcher*

　　1. Ficção norte-americana I. Título

19-1769　　　　　　　　　　　　　　　　　　　　　　　　　CDD 813.6

Índices para catálogo sistemático:
1. Ficção norte-americana

2019
Todos os direitos desta edição reservados à
Editora Planeta do Brasil Ltda.
Rua Bela Cintra 986, 4º andar – Consolação
São Paulo – SP – 01415-002
www.planetadelivros.com.br
faleconosco@editoraplaneta.com.br

*"O caminho para cima e o caminho para baixo
é só um e o mesmo."*

Heráclito

PARTE UM

O início de um grande sei lá o quê

O EMOTICON OBRIGATÓRIO

O caminho era longo, e Eve chorou a maior parte da volta para casa porque o grande dia não tinha saído como ela esperava. Os grandes dias nunca saíam. Aniversários, feriados, casamentos, formaturas, funerais – tudo era muito carregado de expectativas, e as pessoas importantes em sua vida raramente se comportavam como deveriam. A maioria nem parecia estar seguindo o mesmo roteiro que ela, embora talvez isso dissesse mais sobre as pessoas importantes em sua vida do que sobre grandes dias em geral.

Hoje, por exemplo: tudo que ela queria, desde o momento em que abriu os olhos pela manhã, era uma chance de dizer a Brendan o que estava em seu coração, de expressar todo o amor que havia se acumulado durante o verão, crescendo até chegar a um ponto em que, às vezes, ela achava que seu peito podia explodir. Parecia muito importante dizer tudo isso em voz alta antes que ele partisse, compartilhar toda a gratidão e o orgulho que sentia, não apenas pela pessoa maravilhosa que ele era agora, mas pelo garotinho doce que havia sido e pelo homem forte e decente que um dia se tornaria. E ela queria tranquilizá-lo também, deixar claro que começaria uma nova vida, assim como ele, e que seria uma grande aventura para os dois.

Não se preocupe comigo, ela queria dizer a ele. *Apenas estude bastante e divirta-se. Eu cuido de mim...*

Mas aquela conversa nunca aconteceu. Brendan dormiu demais – ele havia ficado fora até tarde, festejando com os amigos – e quando finalmente se arrastou para fora da cama estava imprestável, com ressaca demais para ajudar na arrumação das últimas malas e para carregá-las até a van. Era muito irresponsável da parte dele deixá-la, com os problemas que ela tinha na coluna, carregar as caixas e malas escadaria abaixo no calor de agosto, suando na camisa nova enquanto ele ficava de cueca sentado à mesa da cozinha, lutando com a tampa à prova de crianças de um frasco de ibuprofeno –, mas ela conseguiu manter a irritação sob controle. Não queria estragar a última manhã que passariam juntos com implicâncias insignificantes, mesmo que ele merecesse. Ser desagradável seria um desserviço para ambos.

Quando terminou, ela tirou algumas fotos da van com o porta-malas aberto, lotado de bagagem e contêineres plásticos, um tapete enrolado e um bastão de lacrosse, um console de Xbox e um ventilador, um frigobar e um engradado de caixas de leite cheio de comida de emergência, além de um pacote enorme de Doritos, o salgadinho preferido dele. Ela fez o upload da última foto embaçada para o Facebook e escreveu: *Indo para a faculdade! Muito feliz por meu filho incrível, Brendan!!!* Então inseriu o emoticon obrigatório e postou a mensagem, para que seus 221 amigos pudessem compreender o que ela estava sentindo e deixar claro que haviam gostado.

Foram necessárias algumas tentativas para fechar o porta-malas – o maldito tapete estava atrapalhando – mas ela finalmente conseguiu. Ficou ali por um momento, pensando em outras viagens de carro, férias que tinham tirado quando Brendan era pequeno, os três indo para a casa dos pais de Ted em Cape Cod e aquela outra vez em que acamparam nos Berkshires, quando choveu sem parar – a terra ficando líquida sob a barraca – e eles tiveram que guardar tudo e encontrar um hotel no meio da noite. Ela achou que ia chorar naquele momento – ia acontecer, mais cedo ou mais tarde –, mas, antes que pudesse começar, Becca apareceu de bicicleta, movimentando-se de maneira tão ligeira e silenciosa que pareceu um ataque furtivo.

— Ah! — Eve levantou as mãos para se defender, embora não houvesse perigo de ser atropelada. — Você me assustou!

Becca olhou para ela com cara de *em-que-planeta-você-vive* enquanto desmontava da bicicleta, mas o descaso apareceu e desapareceu tão rapidamente que foi quase como se não estivesse lá.

— Bom dia, sra. Fletcher.

Eve ficou irritada com o cumprimento. Ela já havia dito a Becca várias vezes que preferia ser chamada pelo primeiro nome, mas a garota insistia em chamá-la de *sra. Fletcher*, como se ela ainda fosse casada.

— Bom dia, Becca. Você não devia estar usando capacete?

Becca soltou a bicicleta – que se equilibrou sozinha por um instante antes de tombar sobre o gramado – e arrumou os cabelos com as duas mãos, certificando-se de que estava tudo no lugar. É claro que estava.

— Capacetes são horríveis, sra. Fletcher.

Eve não via Becca fazia algumas semanas, e de repente se deu conta de como o intervalo tinha sido agradável e de como ela havia deixado de apreciá-lo, da mesma forma que se deixa de apreciar a ausência de uma dor de estômago até que as cólicas reapareçam. Becca era tão delicada e adorável, tão bem arrumada – com aquele macacãozinho azul-turquesa, os tênis brancos limpíssimos, toda aquela maquiagem, um pouco demais para uma adolescente andando de bicicleta em uma manhã de verão. E não estava nem suando!

— Está bem, então. — Eve sorriu com nervosismo, extremamente envergonhada do próprio corpo, da palidez pastosa de sua pele, da umidade que escorria das axilas. — Posso ajudar com alguma coisa?

Becca se virou para ela com aquele olhar frio novamente, deixando bem claro que ela já havia usado toda a cota de perguntas idiotas do dia.

— Ele está lá dentro?

— Sinto muito, querida. — Eve apontou com a cabeça na direção da van. — Já estamos de saída.

— Não se preocupe. — Becca já estava se dirigindo para a casa. — Só preciso de um minuto.

Eve poderia ter impedido que ela entrasse – ela tinha esse direito –, mas não estava com vontade de fazer o papel de mãe zangada e descontente, não hoje. Para quê? E por mais que não gostasse de Becca, Eve não conseguia deixar de sentir pena dela, pelo menos um pouco. Não devia ter sido fácil ser namorada de Brendan, e devia ter sido bem sofrido ser largada por ele poucas semanas antes da ida para a faculdade, enquanto ela ficaria abandonada no ensino médio por mais um ano. Aparentemente, ele havia feito o trabalho sujo por mensagem de texto e se recusado a falar com ela depois. Simplesmente terminou o relacionamento e o jogou no lixo, uma tática que havia aprendido com o pai. Eve compreendia muito bem a necessidade de Becca de ter uma última conversa, aquela esperança em vão de ter um desfecho.

Boa sorte.

Imaginando que eles podiam precisar de um pouco de privacidade, Eve foi até o posto de gasolina para encher o tanque e calibrar os pneus, depois parou no banco para sacar algum dinheiro, que daria a Brendan como presente de despedida. *Para comprar livros*, ela diria a ele, embora imaginasse que a maior parte seria gasta em pizza e cerveja.

Ela ficou cerca de quinze minutos fora – um bom tempo para uma conversa de despedida –, mas a bicicleta de Becca ainda estava no gramado quando voltou.

Que pena, pensou. *Acabou o horário de visita...*

A cozinha estava vazia, e Brendan não respondeu quando ela chamou seu nome. Tentou novamente, um pouco mais alto, mas não teve sucesso. Depois olhou no quintal, mas foi pura formalidade; ela já sabia onde eles estavam e o que estavam fazendo. Dava para sentir no ar, a vibração sutil, ilícita e profundamente irritante.

Eve não era uma mãe puritana – quando ia à farmácia, fazia questão de perguntar ao filho se ele precisava de camisinhas –, mas não estava com paciência para aquilo, não hoje, não depois de ter carregado a van sozinha. E eles já estavam atrasados. Ela foi até o pé da escada.

— *Brendan!* — Sua voz era estridente e imponente, a mesma que usava quando ele era criança e estava se comportando mal no parquinho. — Preciso que desça *imediatamente*!

Ela esperou alguns segundos, depois subiu a escada com passo firme, fazendo o máximo de barulho possível. Ela não queria saber *o que* eles estavam fazendo. Era simplesmente uma questão de respeito. Respeito e maturidade. Ele estava indo para a faculdade e era hora de crescer.

A porta do quarto estava fechada e havia música tocando lá dentro, o *gangsta rap* de sempre. Ela levantou a mão para bater. O som que a impediu era indistinto no início, mal dava para ouvir, mas ficou mais alto quando ela se sintonizou em sua frequência, um gemido primitivo insistente, que nenhuma mãe precisa ouvir do filho, principalmente quando está sentindo saudades do garotinho que ele fora um dia, da criança doce que se agarrava desesperadamente à sua perna quando ela tentou se despedir no primeiro dia de pré-escola, implorando que ela ficasse com ele *só mais um minuto. Por favor, mamãe, só um minutinho!*

— Ah, merda — ele dizia agora, em um tom tranquilo de contentamento. — Isso, porra... Chupa, vadia.

Como se repelida por um odor terrível, Eve se afastou da porta e correu, aturdida, para a cozinha, onde preparou uma xícara de chá calmante de hortelã. Para se distrair enquanto a infusão não ficava pronta, folheou um catálogo da faculdade comunitária da região, porque passaria a ter muito tempo livre e precisava encontrar algumas atividades que a tirassem de casa e talvez a colocassem em contato com gente interessante. Ela havia aberto na parte de Sociologia, circulando aulas que lhe pareciam promissoras e se encaixavam em sua agenda, quando finalmente escutou passos na escada. Alguns segundos depois, Becca apareceu na cozinha, toda amarrotada, porém com ar de vitória, com uma grande mancha molhada no macacão. Pelo menos teve a decência de ficar corada.

— Tchau, sra. Fletcher. Aproveite o ninho vazio!

No verão anterior, quando Eve e Brendan estavam visitando faculdades, fizeram algumas longas e adoráveis viagens de carro juntos. Embalado pela monotonia da estrada, ele se abrira com ela de uma forma que ela havia esquecido que era possível, falando com facilidade e ponderação sobre uma série de assuntos normalmente proibidos: garotas, a nova família de seu pai, algumas opções de cursos que estava considerando para a faculdade (Economia, se não fosse muito difícil, ou talvez Direito Penal). Ele a havia surpreendido ao demonstrar alguma curiosidade por seu passado, perguntando como ela era na idade dele, como eram os caras que ela havia namorado antes de se casar, de que bandas gostava e se ela já havia fumado maconha. Compartilhavam um quarto de hotel nas viagens que duravam mais de um dia e assistiam juntos a programas de TV, cada um em sua cama, passando um pacote de Doritos de um para o outro enquanto riam de *South Park* e Jon Stewart. Na época, parecia que estavam entrando em uma agradável nova fase de relacionamento – uma confortável afinidade adulta –, mas não durou muito. Assim que foram para casa, voltaram ao modo padrão, de duas pessoas que compartilhavam o mesmo endereço, mas não muito mais que isso, trocando o mínimo de informações necessárias por dia, quase sempre – da parte do filho – na forma de monossílabos rabugentos e resmungos irritados.

Eve havia cultivado a lembrança daquelas conversas íntimas na estrada e ansiava por mais uma naquela tarde, uma última chance de discutir as grandes mudanças que estavam prestes a acontecer na vida dos dois, e talvez de refletir um pouco sobre os anos que haviam passado de maneira repentina, mais rapidamente do que ela poderia imaginar. Mas como poderiam compartilhar um momento nostálgico quando ela só conseguia pensar nas palavras terríveis que tinha escutado através da porta do quarto?

Chupa, vadia.

Nossa. Eve queria apertar um botão e apagar aquela frase horrível da memória, mas ela ficava se repetindo, ecoando em seu cérebro em um loop infinito: *Chupa, vadia…Chupa, vadia… Chupa…* Ele tinha dito aquelas palavras tão casualmente, tão *automaticamente*, da mesma forma que um garoto da geração dela podia ter dito: *Ah, isso, vai* ou *Não pare*, o que já teria sido constrangedor o bastante da perspectiva de uma mãe, mas não tão perturbador.

Ela provavelmente não deveria estar surpresa. Quando Brendan estava no ensino médio, Eve fora a uma apresentação da Associação de Pais e Mestres sobre "Cuidados dos pais com a internet". O palestrante convidado, um assistente de promotoria, havia passado a eles um panorama deprimente da internet e dos perigos que ela representava para os adolescentes. Ele abordou mensagens de texto com teor sexual, *cyberbullying* e predadores on-line, mas o que mais o incomodava era a quantidade de pornografia à qual os adolescentes estavam potencialmente expostos todos os dias, uma enxurrada de obscenidades sem precedentes na história da humanidade.

Não se trata de uma Playboy *escondida no armário, ok? Trata-se de um esgoto de imagens degradantes de perversão sexual extrema disponível a qualquer um na privacidade de seu próprio quarto, independentemente de idade ou maturidade emocional. Nesse ambiente nocivo, é preciso haver uma vigilância firme e constante para manter seus filhos em segurança, para resguardar a inocência deles e protegê-los da depravação. Vocês estão preparados para esse desafio?*

Eve e as outras mães com quem conversou ficaram abaladas pela imagem sinistra que ele havia pintado, mas depois concordaram que havia sido um pouco exagerada. A situação era ruim – não havia motivo para negar –, mas não era *tão* ruim assim, era? E mesmo que fosse, não havia uma maneira prática de monitorar cada clique que os filhos davam no mouse. Era preciso simplesmente ensinar os valores corretos – respeito, bondade e compaixão, ou seja, colocar em prática o *tratar o próximo como gostaria de ser tratado*, não que Eve fosse religiosa – e esperar que isso servisse como escudo contra as imagens nocivas e os estereótipos machistas aos quais os filhos seriam inevitavelmente expostos. E era isso que Eve tinha feito, da melhor maneira possível, embora tivesse ficado óbvio que não havia funcionado da forma que ela esperava.

Chupa, vadia.

Estava um pouco tarde para ter uma conversa sobre sexo, mas Eve sentia que não tinha escolha a não ser mostrar a Brendan como estava decepcionada. O que ele havia dito a Becca não era certo, e Eve precisava deixar isso claro, mesmo que estragasse o resto do dia. Ela não queria que ele começasse a faculdade sem entender que havia uma diferença fundamental entre as relações sexuais da vida real e os encontros promíscuos que ele aparentemente via na internet (Brendan insistia que passava longe de todo esse lixo, mas o histórico de seu navegador sempre era cuidadosamente apagado, um dos sinais de alerta que Eve havia aprendido na reunião da Associação de Pais e Mestres). No mínimo, ela precisava lembrar ao filho que não era certo chamar a namorada de vadia, mesmo que fosse uma palavra usada de brincadeira entre os amigos, mesmo que a garota em questão dissesse não se importar.

E mesmo se ela realmente fosse uma vadia, Eve pensou, embora soubesse que aquilo não ajudaria sua causa.

Brendan deve ter sentido que um sermão o esperava, porque fez o possível para se blindar dentro da van, afundando a aba do boné sobre os óculos escuros e balançando enfaticamente a cabeça ao som do hip-hop que pulsava em seus fones de ouvido brancos. Assim que chegaram à estrada, ele reclinou o assento e anunciou que ia tirar uma soneca.

— Espero que não se importe — disse ele. Foi a primeira coisa mais ou menos educada que saiu da boca dele o dia todo. — Estou muito cansado.

— Deve estar mesmo — disse Eve, permeando a voz com uma falsa empatia. — Você teve uma manhã muito movimentada. Carregou muito peso.

— Rá, rá. — Ele apoiou os pés descalços no painel. — Pode me acordar quando chegarmos lá?

Brendan dormiu – ou fingiu dormir – durante as duas horas seguintes, não saindo do carro nem quando a mãe fez uma parada para descansar perto de Sturbridge. Eve ficou chateada a princípio – realmente queria falar com ele sobre etiqueta sexual e respeito pelas mulheres –, mas tinha que admitir que era um alívio adiar a conversa, que exigiria que ela confessasse que havia escutado atrás da porta e citasse aquela frase que a havia deixado tão perturbada. Ela não sabia ao certo se conseguiria dizer aquilo em voz alta, não sem um grande constrangimento, e tinha a sensação de que Brendan ia rir e dizer que ela tinha ouvido errado, que ele nunca diria *Chupa, vadia*, nem para Becca, nem para ninguém, e eles acabariam discutindo sobre os fatos básicos do caso em vez de conversar sobre os assuntos que realmente importavam. Ele era capaz de ser bem evasivo quando necessário; era outra característica que havia herdado de seu pai, um mestre da negação e da evasão.

Apenas deixe-o descansar, ela pensou, colocando um CD do Neil Young com antigas canções suaves que a deixavam com uma sensação agradável de melancolia, perfeitas para a ocasião. *Podemos conversar uma outra hora.*

Eve sabia que estava sendo covarde, abdicando da responsabilidade de mãe, mas deixá-lo sair ileso da situação era praticamente um reflexo àquela altura. O divórcio a havia deixado com a consciência permanentemente pesada, e por isso era quase impossível que ficasse zangada com o filho ou o responsabilizasse pelas próprias ações. O pobre garoto tinha sido vítima de uma elaborada propaganda enganosa perpetrada pelos próprios pais, que, durante onze anos, haviam construído para ele uma vida que parecia sólida, permanente e boa, e depois – brincadeirinha! – arrancado-a de suas mãos e a substituído por algo inferior, uma versão menor e mais frágil na qual o amor tinha data de validade e não se podia confiar em nada. Não era de esperar que ele nem sempre tratasse as outras pessoas com a gentileza e consideração que mereciam?

Não que a culpa fosse de Eve. Ted era o culpado, o cretino egoísta que havia abandonado uma família perfeitamente boa para recomeçar com uma mulher que havia conhecido por meio da seção de Encontros Casuais dos classificados (ele tinha declarado falsamente seu estado civil como "separado", o que depois veio a se concretizar). Eve havia sido pega de surpresa pela traição e ficado arrasada com a recusa de Ted em fazer terapia de casal ou qualquer mínimo esforço para salvar o casamento. Ele simplesmente considerou o relacionamento morto e enterrado, afirmando unilateralmente que as últimas duas décadas de sua vida haviam sido um erro lamentável e jurando que faria melhor na próxima tentativa.

Tenho uma segunda chance, ele dissera a ela, com a voz trêmula de emoção. *Entende como isso é precioso?*

Mas e eu?, ela perguntara. *E seu filho? Não somos preciosos também?*

Sou um cretino, ele explicou. *Vocês dois merecem coisa melhor.*

O mundo todo reconheceu que ela havia sido uma vítima inocente – até mesmo Ted concordava! –, mas Eve ainda se sentia cúmplice no término. O casamento já estava se arrastando havia algum tempo antes de Ted procurar outra nos classificados, e ela não tinha feito nada para melhorar as coisas, nem mesmo admitira que havia um problema. Por sua própria passividade ela tinha possibilitado o desastre, deixando o marido escapar e a família se desintegrar. Ela havia fracassado como esposa e, consequentemente, como mãe. E era Brendan quem pagava por isso.

Os danos que ele havia sofrido eram sutis e difíceis de identificar. Outras pessoas ficavam maravilhadas diante do jovem impressionante que ele era e de como havia lidado bem com o divórcio. Eve ficava satisfeita com os elogios – significavam muito para ela – e chegava a acreditar neles, até certo ponto. Seu filho realmente tinha inúmeras boas qualidades. Era bonito e popular, um atleta talentoso que sempre atraía a atenção das meninas. Tinha ido bem na escola, o suficiente para entrar nas universidades de Fordham e de Connecticut, embora tivesse optado por cursar a Universidade Estadual de Berkshire, em parte por ser barata, mas principalmente, como dizia alegremente a qualquer um que perguntasse, por ser uma faculdade conhecida por suas boas festas, e ele gostava de se divertir. Era assim que ele se apresentava ao mundo – como um cara amigável que adorava diversão, alguém que qualquer um gostaria de ter no time ou na fraternidade –, e o mundo parecia feliz em aceitá-lo dessa forma.

Para Eve, no entanto, ele ainda era um garoto confuso que não conseguia entender por que o pai havia ido embora e por que eles não podiam simplesmente convencê-lo a voltar para casa. Nos primeiros meses depois que Ted partira, Brendan dormiu com uma foto do pai embaixo do travesseiro, e Eve o encontrou mais de uma vez acordado no meio da noite, conversando com a foto, com lágrimas escorrendo pelo rosto. Ele ficou mais forte com o tempo – os músculos ficaram resistentes, os olhos endureceram e a foto desapareceu –, mas algo havia se perdido no processo, toda a suavidade e vulnerabilidade pueril que a tocavam tão profundamente. Ele simplesmente não era uma pessoa tão boa quanto costumava ser – não era tão doce, tão gentil nem tão amável – e ela não conseguia se perdoar por ter deixado aquilo acontecer, por não ter sabido como protegê-lo ou como consertar o que havia se quebrado.

Eles pegaram um engarrafamento perto do *campus*, um comboio festivo de calouros recém-chegados e suas famílias. Chegando perto da Área Residencial Longfellow, foram saudados pelo caminho por grupos de veteranos de camisetas vermelhas, que aparentemente estavam sendo pagos para receber os recém-chegados. Alguns dançavam, outros seguravam placas feitas à mão que diziam *Bem-vindos!* e *Os calouros são demais!* Por mais mercenárias que fossem suas motivações, o entusiasmo era tão contagioso que Eve não conseguiu deixar de sorrir e acenar em resposta.

— O que você está fazendo? — Brendan murmurou, ainda rabugento devido à soneca.

— Só estou sendo simpática — ela disse. — Se estiver tudo bem para você.

— Tanto faz. — Ele se jogou no assento. — Divirta-se.

Brendan ia ficar no Einstein Hall, um dos abomináveis prediozinhos que faziam Longfellow parecer um conjunto habitacional popular. Eve havia escutado coisas preocupantes a respeito da cultura de festas naquela parte do *campus*, mas o clima parecia tranquilo e saudável quando eles estacionaram na área de descarga e foram rodeados por um grupo de alunos alegres e eficientes que os ajudaram a carregar as coisas. Em minutos, haviam esvaziado a van, transferindo todas as coisas de Brendan para um grande contêiner cor de laranja com rodinhas. Eve ficou observando, feliz por ser poupada de mais uma rodada de trabalho cansativo. Um garoto encardido, cuja camiseta o identificava como *Líder da equipe*, fechou o porta-malas e acenou metodicamente com a cabeça para ela.

— Certo, mãe. Vamos levar esse belo jovem para o quarto dele agora.

— Ótimo. — Eve trancou a van com o controle remoto da chave. — Vamos lá.

O líder da equipe fez que não com a cabeça. Apesar do calor de trinta e dois graus, ele usava um gorro de tricô com abas nas orelhas. O material estava tão endurecido pelo suor que as abas ficavam enroladas para fora, como as tranças de Píppi Meialonga.

— Você não, mãe. Você precisa levar o carro para o estacionamento de visitantes.

Eve não achava aquilo certo. Ela tinha visto muitas outras mães indo até o dormitório com os filhos. Uma senhora indiana de sári verde estava acompanhando a filha naquele exato momento. Quando pensou em dizer isso, porém, Eve se deu conta de que as outras mães deviam ter maridos que estavam estacionando os carros. Todos pareciam concordar que essa era a divisão apropriada do trabalho – os homens estacionavam os carros enquanto as mulheres ficavam com os filhos. Eve suavizou a voz, implorando clemência.

— São só alguns minutos. Preciso ajudá-lo a desfazer as malas.

— Ótimo, mãe. — Havia uma ponta de impaciência no tom de voz do líder da equipe. — Mas primeiro você precisa tirar o carro. Tem muita gente esperando.

Eu não sou sua mãe, Eve pensou, sorrindo com uma cortesia torturante para aquele merdinha impertinente. Se fosse mãe dele, teria aconselhado que tirasse aquele gorro. *Querido*, ela teria dito, *você está parecendo um idiota*. Mas respirou fundo e tentou apelar ao lado humano do garoto.

— Sou mãe solteira — ela explicou. — Ele é meu único filho. Isso é importante para nós.

A essa altura, Brendan já estava prestando atenção na negociação. Ele se virou e olhou feio para Eve.

— *Mãe*. — A voz dele era dura e tensa. — Vá estacionar o carro. Eu vou ficar bem.

— Tem certeza?

O líder da equipe deu um tapinha no braço dela.

— Não se preocupe — ele a tranquilizou. — Vamos cuidar bem do seu bebê.

O estacionamento de visitantes não ficava longe, mas a caminhada de volta levou mais tempo do que ela esperava. Quando chegou ao quarto de Brendan, no sétimo andar, ele já estava totalmente entrosado com o novo colega de quarto, Zack, um rapaz de ombros largos de Boxborough, com uma barba rala, bem aparada, que se acomodava a seu rosto como um protetor de queixo, o mesmo visual duvidoso que Brendan havia usado na maior parte do último ano do ensino médio. Eles vestiam roupas idênticas também – chinelos, bermudas largas, camisetas regatas, bonés inclinados –, embora Zack tivesse incrementado o visual com um colar de conchas.

Ele até parecia legal, mas Eve teve que se esforçar para esconder a decepção. Ela esperava que Brendan tivesse um colega de quarto mais exótico, um garoto negro do centro de Boston ou um aluno-visitante da China, ou talvez um rapaz gay apaixonado por teatro musical, alguém que expandisse os horizontes de seu filho e o incitasse a sair de sua zona de conforto suburbana. Em vez disso, ele foi colocado com um jovem que poderia ser um irmão perdido, ou pelo menos um companheiro do time de lacrosse do colégio. Quando ela chegou, os meninos estavam admirando os frigobares idênticos.

— Podemos deixar um só para cerveja — Zack sugeriu. — O outro pode ser para outras coisas, como frios e tal.

— Perfeito — concordou Brendan. — Leite para colocar no cereal.

— Chá gelado. — Zack tocou as conchas do colar. — Pode ser legal empilharmos um em cima do outro. Ficaria como uma geladeira média com duas portas. Assim não ocupa tanto espaço.

— Ótimo.

Eve começou a trabalhar de imediato, colocando os lençóis e cobertores na cama de Brendan e organizando seu armário e sua cômoda como fazia em casa, assim ele não ficaria perdido. Nenhum dos dois garotos prestava muita atenção a ela – estavam pensando em talvez suspender uma das camas e colocar a escrivaninha embaixo, liberando espaço para um sofá, o que facilitaria os jogos de videogame – e ela disse a si mesma que era completamente natural uma mãe ser ignorada em uma situação como aquela. Aquele era o quarto deles, o mundo deles; ela era uma intrusa que logo iria embora.

— Onde vamos arrumar um sofá? — Brendan se perguntou.

— As pessoas largam alguns na rua — Zack explicou. — Podemos sair depois e pegar um.

— Isso é higiênico? — Eve perguntou. — Pode ter percevejos.

— Mãe. — Brendan a silenciou com um aceno de cabeça. — Depois vemos isso, certo?

Zack acariciou a barba como um filósofo.

— Podemos cobrir com um lençol, só por garantia.

Eram quase cinco e meia quando Eve guardou tudo. Ela deixou o tapete por último, posicionando-o entre as duas camas, para que ninguém ficasse com os pés frios nas manhãs de inverno. Era um belo toque de conforto.

— Nada mal — disse ela, olhando em volta com satisfação. — Bem civilizado para um dormitório de faculdade.

Brendan e Zack concordaram daquele modo desanimado dos homens, como se mal tivessem forças para expressar concordância, muito menos gratidão.

— Quem quer jantar? — ela perguntou. — Pizza por minha conta.

Os colegas de quarto trocaram um olhar cauteloso.

— Sabe o que é, mãe? Uns caras aqui do nosso andar vão sair daqui a pouco. Acho que vou comer alguma coisa com eles, tudo bem?

Nossa, Eve pensou, com o rosto quente. *Foi bem rápido.*

— É claro — ela respondeu. — Pode ir. Divirtam-se.

— Pode deixar — Brendan acrescentou. — E assim você não precisa dirigir para casa no escuro.

— Tudo bem, então. — Eve passou os olhos pelo quarto, procurando, em vão, por mais uma tarefa. — Parece que está tudo no lugar.

Ninguém a contradisse.

— Certo. — Ela ajeitou a colcha de Brendan mais uma vez. Teve uma sensação levemente atordoante de ter sido deixada para trás, o futuro tornando-se presente antes que ela estivesse pronta. — Acho que é melhor eu ir andando.

Brendan a acompanhou até o elevador. Não era o lugar ideal para uma despedida – havia muitos garotos passando, incluindo um grupo de ajudantes empurrando um contêiner vazio –, mas eles não podiam fazer nada a respeito.

— Ah, por sinal... — Eve mexeu na bolsa e encontrou o dinheiro que tinha sacado de manhã. Colocou as notas na mão de Brendan, depois o abraçou com força e lhe deu um beijo rápido. — Ligue se precisar de alguma coisa, certo?

— Vou ficar bem.
Ela o abraçou de novo quando o elevador chegou.
— Eu te amo.
— É — ele murmurou. — Eu também.
— Vou sentir muito a sua falta.
— Eu sei.

Depois disso, não havia mais nada a fazer além de entrar no elevador e acenar para o filho até as portas se fecharem. Durante alguns segundos, o elevador ficou parado. Eve sorriu, constrangida, para os outros ocupantes, todos alunos, e ninguém correspondeu ao sorriso. Eles estavam conversando animadamente entre si, fazendo planos, efervescendo de entusiasmo, totalmente alheios à presença dela. Eve sentiu-se estranha e excluída, como se todos estivessem indo a uma festa para a qual ela não tinha sido convidada. *Não é justo*, ela quis dizer a eles, mas já estavam descendo, e ninguém acreditaria nela mesmo.

EXPLOSÃO DE CARNE

Eu ainda estava um pouco confuso quando saímos para jantar, com dor de cabeça devido à ressaca de dia inteiro – tequila faz isso com as pessoas – e um pouco assustado com meu novo entorno, os prédios e rostos desconhecidos. Era difícil acreditar que finalmente estava na faculdade, depois de toda a preparação interminável, um ano inteiro de visitas, provas, inscrições e entrevistas, o drama de escolher seu futuro, a formatura do ensino médio, dizer adeus aos amigos e à família e aos técnicos, toda aquela merda sentimental.

Era empolgante, eu acho, ter a liberdade com a qual vinha sonhando, a capacidade de fazer o que eu quisesse, quando quisesse, sem precisar dar satisfação a ninguém além de mim mesmo. Mas também era meio decepcionante. Na verdade, eu ficaria feliz do mesmo jeito se passasse mais um ano na Haddington High, onde conhecia todo mundo e todo mundo me conhecia, onde eu podia jogar no time principal de praticamente qualquer esporte que escolhesse e tirava sete em todas as matérias sem fazer esforço. Andando pela cidade, tive uma sensação levemente nauseante – a mesma que tinha em aeroportos e estações de trem –, como se houvesse muita gente no mundo e ninguém desse a mínima para mim.

Pelo menos o ar fresco me fazia bem. O dormitório estava um tanto quanto claustrofóbico, com minha mãe agindo como uma maníaca, arrumando tudo, oferecendo todo tipo de conselho que ninguém havia pedido, como se lavar roupa fosse equivalente a pilotar foguetes e ela fosse a diretora da Nasa. Quando ela finalmente entrou no elevador, tive uma sensação de profundo alívio. Ninguém quer sentir isso em relação à mãe em um momento desses.

Zack colocou o braço ao redor do meu pescoço, muito casualmente, como se nos conhecêssemos há anos. Aquilo me lembrou de meu amigo Wade, que costumava fazer essas merdas homoeróticas nos corredores. Às vezes ele até me dava um beijo no rosto ou na lateral da cabeça, ou apertava de leve minha bunda, o que só era engraçado porque éramos jogadores de lacrosse e todo mundo sabia que não éramos gays.

— Cara — ele me disse —, nós vamos nos divertir demais este ano. Álcool será consumido em quantidades estratosféricas no Quarto 706.

— Erva será fumada — eu disse. — Festas serão dadas.

— Paus serão chupados! — ele acrescentou, falando tão alto que duas garotas asiáticas que andavam na nossa frente se viraram e olharam para nós, como se fôssemos uma dupla de cretinos.

— Não por mim — Zack garantiu às meninas, tirando rapidamente o braço do meu ombro. — Mas vocês têm todo o meu apoio, se quiserem.

As garotas não sorriram. Apenas se viraram e continuaram andando.

— Tudo bem — eu disse a ele. — Ninguém está te julgando. Muita gente se assume na faculdade.

— Vai se ferrar, babaca.

— Isso é discurso de ódio, cretino.

— Chamar de *babaca* é discurso de ódio?

— Sim. É ofensivo para os babacas.

— Hum. — Ele fez que sim, como se aquilo fizesse muito sentido. — Então peço desculpas.

— Tudo bem — respondi. — Estamos aqui para aprender e crescer.

Era para sermos quatro na pizzaria – eu e Zack, mais Will e Rico, uns caras desencanados de nosso andar –, mas, sem nosso conhecimento, Will havia convidado seu amigo Dylan, monitor de acampamento, e Dylan tinha levado o companheiro de quarto, um garoto irritante chamado Sanjay.

Bem, não havia nada de errado com Sanjay, e não, eu não tenho preconceito com indianos, nem com ninguém. Era apenas estranho. O restante de nós éramos atletas e festeiros, e Sanjay era um nerd magrelo que parecia ter doze anos. E tudo bem, sabe? Você pode ser nerd se isso te faz feliz. Vá projetar um aplicativo de celular ou sei lá o quê. Só não me peça para me importar com isso.

— Sanjay está no Programa Especial — Dylan nos informou. — No curso de Engenharia Elétrica. Esse cara é foda.

Acho que é preciso dar o braço a torcer a Dylan. Ele estava tentando ser um bom colega de quarto, fazendo o possível para incluir Sanjay na conversa e deixá-lo à vontade. Mas era uma perda de tempo, só isso.

Sanjay não seria nosso amigo, e nós não seríamos amigos dele. Só de olhar para a nossa mesa, já dava para saber.

— Legal — disse Rico, um cara branco de cabelos loiros e cacheados, ex-lutador na escola. Seu nome verdadeiro era Richard Timpkins, mas a professora de espanhol o chamava de Rico e seus amigos achavam hilário, então o apelido pegou. — Pensei em fazer Engenharia, mas sou meio ruim de Matemática. Além disso, fumo maconha demais.

— Talvez exista uma relação — disse Will, um ex-jogador de futebol americano cujo pescoço era mais largo que a cabeça. — Só estou dizendo...

— É possível — concordou Rico. — Erva e cálculo não são uma boa combinação.

— Na verdade — disse Sanjay. — Estou pensando em mudar para Arquitetura. É meu primeiro amor.

Olhei para Zack do outro lado da mesa, mas ele já estava pegando o celular, tocando na tela e digitando com os dois polegares. A mensagem chegou alguns segundos depois.

Meu primeiro amor é Arquitetura!

Respondi: *E o segundo é chupar rola!!!*

Zack riu e nos cumprimentamos com o punho fechado, cada um de um lado da mesa.

— Adivinhem qual foi a nota de Matemática do Sanjay no Teste de Aptidão Escolar? — Dylan perguntou.

Ninguém queria saber, então a pergunta foi meio ignorada. Sanjay pareceu tão aliviado quanto nós.

Will olhou feio para Dylan. Acho que ele não estava zangado. Apenas tinha um semblante que o fazia parecer irritado a maior parte do tempo. Não era culpa dele, eu acho. Ele tinha sido um dos melhores *linebackers* do ensino médio do estado, fora recrutado por várias faculdades da terceira divisão, mas estourou o joelho na abertura da temporada do último ano, e já era. Aposentadoria integral aos dezessete anos.

— E por que ele não mora no dormitório do Programa Especial? — perguntou, como se Sanjay não falasse inglês e precisasse de Dylan para traduzir.

— É elitista demais — Sanjay explicou. — Acho que não devíamos ter um dormitório separado de todo o resto. Somos uma comunidade, não é?

Meu celular vibrou novamente. Achei que fosse Zack, mas era Becca.

Como estão as coisas, universitário?
Saí com uns colegas, respondi.
Tá com sdds?
Fiquei tentado a dizer a verdade – *não, nem um pouco* –, mas tive pena dela.
Claro
Podemos falar no Skype depois?
vou pra uma festa
Q hs?
Dez
Que tal 9h30 vc me deve por hj de manhã!!! kkkk 😁

Eu sabia que isso ia acontecer. Foi por isso mesmo que terminei com ela, para não ter que lidar com essa merda de namoro a distância na faculdade. Mas aí ontem à noite eu fiquei bêbado e mandei uma mensagem, implorando para ficar com ela uma última vez antes de sair da cidade. Ela me mandou à merda, o que certamente foi merecido. Não me lembrava de nada disso, até que ela apareceu na minha casa de manhã e me pegou de surpresa, da melhor forma possível. *É seu presente de despedida*, ela disse, ajoelhando na minha frente e agarrando minha cueca. E foi um ótimo boquete – bem melhor do que de costume –, mas não achei que significasse que tínhamos voltado a ficar juntos ou que eu devia qualquer coisa a ela, embora dê para entender que ela ache o contrário.

Td bem, 9h30
Te amo!

As pizzas chegaram – uma grande de pepperoni, uma grande de calabresa e uma grande de muçarela – e, é claro, Sanjay disse que era vegetariano. Começamos a zoar com ele por isso, até que Dylan explicou que era um lance religioso, o que significava, de acordo com as regras do politicamente correto, que não era permitido brincar com isso.

— Esqueci o quanto adoro pizza — Will disse. — Não comi nenhuma o verão todo. Não conseguia nem olhar.

— Por que não? — Rico perguntou.

Will deu de ombros.

— Tive uma experiência ruim. Vocês não vão querer ouvir enquanto estiverem comendo.

Mas quisemos, então ele contou. Um dia depois da formatura, Will havia ido a uma festa na casa de uma garota rica, na maior mansão que ele já tinha visto, com piscina interna, academia e uns oito banheiros. A garota tinha deixado bem claro que não haveria bebidas alcoólicas na festa, então Will exagerou no esquenta. Várias doses de uísque, mais um pirulito de maconha doado pelo tio de alguém que sofria de dor crônica no ombro e tinha um médico compreensivo. Ele chegou à festa com muita larica, e foi como se tivesse entrado no paraíso – havia uma seleção incrível de comida, frango frito, lasanha, churrasco e um sanduíche na baguete de uns três metros. Muita coisa boa. Ele já tinha experimentado várias comidinhas quando a campainha tocou e um cara entrou com uma dúzia de pizzas. Uma multidão se juntou em volta da mesa, e um dos amigos de Will apostou que ele não conseguiria comer uma pizza grande sozinho. E não era qualquer pizza. Era uma que eles chamavam de "Explosão de carne". Will disse: *então olha, seu puto!*

— Não acredito! — exclamou Rico.

— Foi um desafio — Will explicou.

Ele devorou as primeiras quatro fatias como uma máquina. Na metade da quinta fatia, no entanto, percebeu que havia um problema.

— Sabem como é. Você está se sentindo bem, totalmente no controle. E de repente, do nada, o estômago simplesmente trava e diz: *Já chega, cara. Nem mais uma mordida.* Mas ainda faltavam três fatias.

— Você comeu? — Rico perguntou.

— É claro que sim — Will disse. — Simplesmente continuei enfiando aquela merda goela abaixo. Mas sabia que aquilo não ia ficar lá.

Os espectadores começaram a aplaudir quanto ele terminou, mas Will não pôde desfrutar da fama. Abriu caminho pela multidão e foi direto para o banheiro mais próximo, mas a porta estava trancada. Ele bateu algumas vezes, mas a pessoa que estava lá dentro disse para ele esperar sua vez. Ele não entrou em pânico, pois havia outro banheiro perto da cozinha. Infelizmente, aquele era muito popular. Havia uma fila de cinco ou seis pessoas, e Will não conseguia falar, o que significava que não podia explicar seu problema, então apenas deu meia-volta e subiu a escada, com a mão na barriga, rangendo os dentes.

Parecia um pesadelo. Toda vez que ele encontrava um banheiro, a porta estava fechada ou havia um monte de gente na fila. Ele continuou procurando, esperando encontrar um vaso sanitário antes que fosse tarde demais. A casa era gigantesca, e ele praticamente fez um tour completo, passando pelos três andares até finalmente encontrar a suíte principal, totalmente espetacular: uma enorme cama redonda e uma parede toda de vidro que dava para um jardim – mas Will não tinha tempo para apreciar a vista. Ele foi direto para o banheiro e, graças aos céus, a porta estava destrancada. Seu estômago já estava revirando quando ele entrou e deu de cara com seis das meninas mais bonitas de sua escola, todas de biquíni, dentro de uma banheira de hidromassagem.

— Ah, merda! — exclamou Dylan. — Você vomitou em cima delas?

Will fez que não com a cabeça.

— Apenas acenei com tristeza, como se estivesse passando para dar um *oi*, e saí correndo. Quase não cheguei ao corredor. Era isso, o fim da linha. Entrei em um quarto de criança. Achei que ia encontrar uma lata de lixo ou algo parecido, mas não tinha nada. Então só abri a gaveta da cômoda, tirei todas as roupas e vomitei lá dentro. A maldita pizza "explosão de carne" inteira. Depois fechei a gaveta, limpei a boca e dei o fora dali.

— Você contou para alguém? — Dylan perguntou, quando finalmente paramos de gritar e rir.

— É claro que não. O que eu ia dizer? Ah, por sinal, é melhor seu irmãozinho não abrir a gaveta de pijamas...

— Pelo menos você tirou os pijamas — Rico disse. — Foi um gesto atencioso.

— O que eu podia fazer? — Will estava com aquela cara de irritação novamente. — Oito banheiros e não consegui encontrar uma privada para vomitar? Ninguém pode me culpar por isso.

Ele deu de ombros e pegou outra fatia. Sanjay estava ali parado, de boca aberta, como se tivesse esquecido como se fala.

— E aí? — Rico perguntou a ele. — Tarde demais para voltar para o dormitório do Programa Especial?

★ ★ ★

Zack e eu voltamos ao quarto bem a tempo de minha sessão de Skype com Becca. Perguntei se ele se importava de me dar um pouco de privacidade.

— Sem problemas — ele disse. — Vou colocar os fones.

— Pode sair por uns cinco ou dez minutos? Não vou demorar mais que isso.

— Por quê? — Ele me lançou um olhar malicioso. — Vai bater uma?

— É que precisamos ter "aquela conversa". Ficamos separados a maior parte do verão, mas meio que tivemos uma recaída. Tenho que dar um pé na bunda com cuidado.

— Não precisa dizer mais nada, cara. Vou ver quem está na sala. Mande uma mensagem quando terminar.

— Valeu.

Peguei o laptop e entrei no Skype. Zack estava saindo quando fiz a ligação, mas depois ele mudou de ideia e se sentou ao meu lado na cama, fora do alcance da câmera, quando Becca apareceu na tela.

— Oi, gato. — Ela estava usando uma regatinha branca justa o suficiente para destacar a área do decote, o que não era fácil devido a seus seios pequenos. — Como estão as coisas?

— Tudo bem — respondi. — E com você?

— Estou bem. — Ela estava falando com voz sussurrada, muito mais sedutora do que sua voz normal, que às vezes era meio alta e autoritária. — Onde você está?

— No meu quarto.

Ela passou a língua sobre os lábios brilhosos.

— Está sozinho?

Olhei para Zack, tentando deixar claro que a brincadeira oficialmente não tinha mais graça, mas ele fingiu não entender. Movimentou a boca, sussurrando as palavras *Ela é gata!* e ficou mexendo o punho para cima e para baixo sobre a virilha.

— Brendan? — ela disse. — Tem alguém aí?

Eu devia ter dito *Sim, o meu colega de quarto, e ele está agindo como um idiota*, mas não quis constrangê-lo.

— Não — respondi. — Só eu.

— Estou com saudade, gato. — Ela olhou intensamente para a câmera. — Ainda estou pensando no que aconteceu hoje de manhã.

— É — eu disse. — Foi uma surpresa boa.

— Só boa?

— Foi incrível para cacete.

— Ótimo. — Ela parecia meio acanhada, mas também um pouco orgulhosa. — Eu vi um tutorial no YouTube.

Aquilo fazia sentido. Ela já tinha feito alguns boquetes no passado, mas nunca gostara muito. Era desajeitada, engasgava demais e quase sempre parecia aliviada quando terminava. Mas naquela manhã parecia uma estrela pornô.

— É, você caprichou.

— Está tudo na cabeça — ela explicou. — Só resolvi encarar de maneira positiva. Realmente faz diferença.

Era ridículo – e meio constrangedor – ter essa conversa com Zack sentado ao meu lado, mas eu não podia fazer nada a não ser evitar olhar para ele. Não queria saber o que ele estava pensando ou se estava perto de rachar o bico.

— Eu achei que ia conseguir engolir — disse ela —, mas simplesmente... sei lá. Vou ter que continuar treinando.

— Com quem? — perguntei.

Zack fez um barulho baixo bem nessa hora, uma única risada contida bem no fundo da garganta, mas Becca não pareceu ouvir.

— Com você, seu idiota. A menos que queira que eu encontre outra pessoa.

— A prática leva à perfeição — brinquei.

Zack estava balançado a mão, tentando chamar minha atenção. Eu podia vê-lo de canto de olho, apontando para o pinto e sussurrando as palavras *Eu posso ajudar*.

— Ei — ela disse, agora em tom de voz normal, como se a parte sexy da conversa estivesse oficialmente encerrada. — Sua mãe falou alguma coisa depois que eu fui embora?

— Não. Por quê?

— Sei lá. Ela me olhou de um jeito estranho quando me despedi, como se soubesse o que a gente tinha feito.

— Não se preocupe. Ela passou o dia de mau humor. Não teve nada a ver com você.

— Ótimo. — Becca pareceu aliviada. — E você está gostando daí?

— Acho que sim. Estou tentando me acostumar, sabe?

— Bem, se precisar conversar, é só me ligar. — Ela baixou a cabeça por alguns segundos, de modo que eu só conseguia ver o topo de sua cabeça, aqueles cabelos castanhos e brilhosos que sempre estavam com um cheiro tão bom. Quando levantou, fungou e secou os olhos. — Senti tanto a sua falta esse verão.

Zack estava inclinado para a frente agora, em meu campo de visão. Ele estava com uma expressão de palhaço triste no rosto, o lábio inferior voltado para baixo como se estivesse prestes a chorar. Levantei o braço em uma posição que Becca não podia ver e mostrei o dedo do meio para ele.

— Gostei da sua camiseta — eu disse a ela. — É bem sexy.

— É? — Ela logo se animou. — Vesti especialmente para você. Também estou usando a calcinha fio dental vermelha que você gosta.

Ela se levantou para me mostrar, abaixando a calça do pijama e se virando para que eu pudesse apreciar sua bundinha de ginasta. Zack ficou impressionado.

— Gostosa — eu disse a ela.

— Você devia voltar para casa algum fim de semana — ela disse. — Ou talvez eu devesse ir te visitar.

Zack fez um voto silencioso a favor da segunda opção.

— Vamos ver — respondi. — Provavelmente vou ficar bem ocupado.

— É, foi o que pensei.

Ficamos em silêncio por alguns segundos, e eu soube que havia chegado a hora de dizer o que precisava ser dito, pedir desculpas pela forma como a havia tratado durante o verão, e depois explicar, com o máximo de tato possível, que eu não queria um relacionamento a distância e que ambos devíamos ficar livres para ficar com outras pessoas se quiséssemos. Mas era difícil pensar direito com Zack sentado à minha frente, vibrando a língua em um V formado por seus dedos indicador e médio.

— Certo — eu disse. — É melhor eu ir.

Ela abriu um sorriso triste e concordou. Mas depois se aproximou um pouco mais.

— Ei, Brendan.

E então, sem nenhum aviso, ela levantou a camiseta e o sutiã e me mostrou os peitos, que ocuparam toda a tela do laptop. Foi tudo muito rápido. A camiseta voltou para o lugar e eu estava olhando novamente para seu rosto quando ela me soprou um beijo.

— Boa noite, gato.

Zack socava o ar com as duas mãos, gritando silenciosamente a palavra *Sim!* repetidas vezes, como se tivesse acabado de marcar um gol.

— Obrigado — respondi. — Boa noite para você também.

Foi difícil ficar zangado com Zack. Ele agia de forma totalmente inocente, como se o fato de ter escutado minha conversa particular fosse algo hilário e nem um pouco perturbador, uma ótima experiência de amizade para ambos. Fez muitos elogios a Becca e ficou extremamente empolgado com seus mamilos rosados, que comparou com *borrachinhas*.

— Por que você ia querer terminar com uma menina dessas? — ele me perguntou.

— Porque quero começar do zero.

— Vai deixando em banho-maria. Quer dizer... Nossa, cara. Ela está vendo vídeos de como fazer boquete. Isso vai dar uma animada nas suas férias de Natal.

— Talvez você tenha razão.

— Ei — ele disse. — Se você não quiser, mande ela para mim. Posso dar umas instruções de especialista.

O resto da noite foi um fracasso. Zack tinha sido convidado para uma festa fora da faculdade por um amigo de seu irmão mais velho, mas acabou sendo muito mais longe do que pensávamos. Levamos cerca de meia hora para ir até lá a pé, e a festa já estava acabando quando chegamos. Alguém disse que havia uma cervejada a poucas quadras de distância, mas não conseguimos encontrar e acabamos voltando para o dormitório.

Estava meio cedo, mas nós dois estávamos exaustos. Escovamos os dentes juntos no banheiro, depois voltamos para o quarto, tiramos a roupa, ficando só de cueca, e fomos para a cama. Era como ter um irmão gêmeo.

Fiquei deitado no escuro, pensando que a faculdade provavelmente seria tranquila. Sabia que tinha dado sorte com meu colega de quarto e estava grato por isso. Quer dizer... e se seu tivesse ficado com um cara que nem Sanjay, com quem eu não tinha nada em comum? Seria um saco ter um nerd a tiracolo o tempo todo, ser obrigado a comer com ele e fingir admirar seus desenhos arquitetônicos e suas notas sobre-humanas nas provas. Era muito mais fácil com Zack, um cara que gostava de se divertir e ria das mesmas merdas idiotas que eu. Eu sabia que minha mãe teria preferido o Sanjay, mas não era ela que teria que viver com ele.

— Ah, merda — murmurei.

— O que foi? — Zack perguntou.

— Esqueci de mandar mensagem para minha mãe.

Saí da cama, peguei o celular e escrevi: *A faculdade é demais!!!* Imaginei que ela devia estar acordada, pensando em como eu estaria. Ela tinha falado muito sobre como ficaria triste com a minha partida e como seria difícil se acostumar a morar em uma casa vazia.

— Sem querer ofender — Zack disse quando voltei para cama —, mas sua mãe é bem gostosa.

— Cara! — exclamei. — Sério. Esse não é um assunto apropriado para conversarmos.

— Só estou dizendo — ele afirmou. — Que ela pode ser considerada uma MILF, não acha?

Não era a primeira vez que um dos meus amigos dizia isso sobre minha mãe. Ela ainda usava roupas jovens e tinha um corpo bom para uma mulher de sua idade. Mas era minha mãe, e eu não gostava de pensar nela nesses termos.

— E sua mãe? — perguntei. — Ela é uma MILF?

— Minha mãe morreu — ele disse com um tom de voz bem triste. — Sinto a falta dela.

— Ah, merda. — Eu me sentei na cama. — Sinto muito.

— Cara — ele disse, rindo de minha tristeza. — Estou zoando. Minha mãe está viva e bem. Mas certamente não é uma MILF.

DEPARTAMENTO DE ENVELHECIMENTO

Quando Eve inventariou sua vida, o trabalho apareceu como o principal destaque, a única área em que ela se considerava um sucesso. Ela era diretora executiva do Centro Haddington para idosos, uma instituição próspera que fornecia uma gama impressionante de serviços aos residentes mais velhos da cidade. O Centro não era apenas uma fonte de companhia, estímulo mental e exercícios apropriados à idade dos velhinhos, mas também um lugar onde os idosos de baixa renda podiam ir para fazer uma refeição subsidiada pelo governo federal e ter a pressão sanguínea verificada por um enfermeiro e as unhas encravadas dos pés cortadas por um podólogo de bom coração. O Centro enchia um ônibus de clientes e os transportava até o supermercado duas vezes por semana, e também funcionava como uma central para jardineiros, faz-tudo e profissionais da área de saúde e afins, indicando empresas locais de confiança a cidadãos idosos que necessitassem de assistência. Eve tinha orgulho do trabalho que fazia e, ao contrário de muita gente que conhecia, nunca teve que se perguntar por que fazia aquilo nem imaginar se devia estar fazendo algo um pouco mais importante da vida.

Quando pensava em quanto gostava de seu trabalho, tendia a se concentrar em atividades como ioga na cadeira, oficinas de escrita de memórias e o caraoquê das tardes de quinta-feira. Não pensava em situações como *essa*, em que tinha que dar más notícias a pessoas que já enfrentavam problemas demais na vida.

— Obrigada por vir tão em cima da hora — ela começou, sorrindo meio sem querer para George Rafferty, que claramente havia sido interrompido no meio de algum complicado trabalho de hidráulica. Havia uma mancha de graxa no rosto dele, e os joelhos das calças estavam escurecidos com o que pareciam anos de sujeira acumulada. Uma vez, ele fora à casa de Eve às seis da manhã do Dia de Ação de Graças para consertar um vaso sanitário que estava vazando, o que só tornava a conversa que estavam prestes a ter muito mais difícil. — Sei que é inconveniente.

George não sorriu. Era um cara atarracado e estrábico com cabelos cor de ferrugem, barba da mesma cor, com pontos grisalhos, e ar de impaciência permanente, como se sempre houvesse um caso mais urgente que precisaria estar atendendo. Ele olhou com apreensão para o pai de oitenta e dois anos que estava sentado ao seu lado no sofá, fazendo barulho alto com a boca.

— O que ele fez?

Eve notou a cautela em sua voz. Na última vez em que George havia sido chamado ao Centro no meio do dia, seu pai de alguma forma tinha conseguido, de pé sobre o assento, urinar para fora da janela do ônibus, na volta do supermercado para casa. Tinha sido um feito impressionante para um homem de sua idade, mesmo que, como alegaram testemunhas oculares, ele tenha tido sucesso apenas parcial.

— Sr. Rafferty? — Eve se virou para o homem mais velho, que a observava com uma expressão vaga e plácida. — Importa-se de contar ao seu filho o que aconteceu depois do almoço?

Roy Rafferty ficou alerta.

— Almoço? — ele perguntou. — É hora do almoço?

— O senhor já almoçou — Eve disse a ele. — Estamos falando do que aconteceu depois. O motivo da confusão que o senhor arrumou.

— Ah. — O homem franziu o cenho, tentando se concentrar. Ele era um dos preferidos de Eve, um frequentador regular antigo do Centro, um desses senhores amigáveis e conversadores que passaram a vida como um político concorrendo a reeleição, apertando a mão de todo mundo, sempre perguntando pelos netos. Estava saudável e lúcido até uns seis meses antes, quando a esposa morreu devido a um AVC. Seu declínio desde então fora rápido e preocupante.

— O que aconteceu? — ele perguntou. — Eu fiz algo errado?

— O senhor entrou no banheiro feminino de novo.

— Ah, merda. — George ficou olhando para o pai com uma mistura de pena e irritação. — Puxa vida, pai. Já falamos sobre isso. O senhor precisa ficar longe do banheiro feminino.

Roy abaixou a cabeça como um garotinho. Eve conhecia toda a história de vida dele, ou pelo menos as partes mais importantes. Ele havia combatido na Coreia e voltado para casa com uma condecoração e o ímpeto de compensar o tempo perdido. Em seis meses, casara-se com a garota que havia começado a namorar nos tempos de escola e assumira a empresa de serviços hidráulicos da família, Rafferty & Filho, que comandou durante os quarenta e cinco anos seguintes, quando a passou a George. Ele e Joan haviam criado quatro filhos e o mais velho – Nick, vice-diretor de escola – morrera com cinquenta e poucos anos, vítima de câncer de pâncreas. Eve tinha ido ao velório.

— Sr. Rafferty — ela disse. — Lembra o que aconteceu no banheiro feminino?

— Não é para eu entrar lá — ele disse.

— Isso mesmo — ela respondeu. — Nenhum homem pode entrar.

— Certo — disse George rapidamente. — Todos concordamos com isso. Agora, pode me dizer o que ele fez? Preciso voltar para o trabalho.

— Gostaria que seu pai dissesse — Eve disse a ele.

— Meu pai não consegue se lembrar! — George exclamou. — Ele não deve nem saber o que comeu no almoço.

Eve deixou a afirmação no ar por alguns segundos. Seria melhor se ele dissesse em voz alta.

— Seu pai estava se exibindo.

Ela preferiu dizer, para não ter que falar que ele estava se masturbando ou que havia convidado a pobre Evelyn Gerardi, que carregava um tanque de oxigênio em um carrinho de um lado para o outro, a *pegar*. Pelo menos ele a havia chamado de *querida*.

— Minha nossa! — George não parecia surpreso. — Isso não é nada bom.

— Algumas das senhoras ficaram bem perturbadas.

— Aposto que sim.

Eve se virou do filho para o pai. Ela realmente detestava essa parte do trabalho.

— Sr. Rafferty, falo em nome de toda equipe quando digo que adorei ter sua companhia todos esses anos. O senhor foi gentil e atencioso com muita gente, e todos gostam de você. Sinto dizer, mas não vai mais poder frequentar o Centro. Não podemos permitir. Desculpe.

— O quê? — George pareceu chocado. — Estão expulsando ele?

— Não tenho escolha. Este é um centro comunitário. Seu pai precisa ir para uma casa de repouso.

— Não podem dar mais uma chance a ele?

— Já fizemos isso — ela disse. — George, as coisas não vão melhorar. Você sabe disso, não sabe?

— Mas ele adora vir aqui. Este lugar é tudo o que lhe restou.

— Não sei se entendeu. — A voz de Eve era calma, mas firme. — Seu pai estava se tocando e dizendo coisas muito inapropriadas. Uma das testemunhas queria chamar a polícia e prestar queixa. Fiz o possível para que todos se acalmassem e me deixassem cuidar das coisas desse modo.

George fechou os olhos e balançou lentamente com a cabeça. Ele devia saber que aquele momento estava para chegar.

— E o que posso fazer? Não tenho como ficar com ele o dia todo. Minha esposa está fazendo quimioterapia. Ela não está bem.

— Sinto muito. — Eve soubera da reincidência do câncer de Lorraine Rafferty. Era o tipo de notícia que se espalhava rapidamente no Centro para Idosos. — Não sei o que dizer.

— Ela é uma lutadora — ele disse, mas não havia muita convicção em sua voz. — Está nos pulmões e no fígado.

— Ah, meu Deus. Deve estar sendo muito difícil para você.

— Nossa filha trancou esse semestre na faculdade. Para ver a mãe morrer. — Ele riu do horror de tudo aquilo. — E agora preciso lidar com essa merda?

Ele olhou para o pai, sentado pacientemente no sofá, cantarolando sozinho, como se esperasse sua senha ser chamada no departamento de trânsito.

— Existem recursos disponíveis para pessoas como seu pai — Eve explicou. — Temos um assistente social na equipe, com quem você pode conversar sobre as opções.

Ninguém falou por um tempo. George estendeu o braço e pegou na mão do pai. O idoso nem pareceu notar.

— É uma droga — George disse. — Odeio vê-lo assim.

— Ele é um bom homem. — Ao dizer aquilo, Eve se deu conta de como era grosseiro se referir a Roy Rafferty na terceira pessoa, então se dirigiu diretamente a ele. — Você é um bom homem, Roy. Vamos sentir sua falta.

Roy Rafferty olhou para Eve e acenou com a cabeça, como se entendesse o que ela estava dizendo e apreciasse a gentileza.

— Tudo bem — ele disse. — E que tal se fôssemos almoçar?

***

Isso aconteceu em uma tarde preguiçosa de sexta-feira, no fim do verão. Eve não tinha reuniões ou atividades agendadas pelo restante do dia. Depois que os Rafferty foram embora, ela fechou a porta do escritório e apagou a luz. Então se sentou e chorou.

Às vezes era difícil lidar com idosos, ter que expulsar aquelas almas desafortunadas que não conseguiam mais controlar a bexiga ou o intestino, tentar acalmar os que não eram capazes de encontrar o carro no estacionamento ou lembrar o endereço de casa. Era difícil ouvir sobre os diagnósticos assustadores e doenças crônicas, ir ao funeral de tanta gente de quem ela havia passado a gostar, ou pelo menos com quem já havia se acostumado. E era difícil pensar em sua própria vida, passando tão rapidamente, acelerando pela mesma estrada.

O fato de estar olhando para o abismo do feriado do Dia do Trabalho não ajudava, três quadrados em branco, desolados, no calendário. Ela tinha ficado tão preocupada com a logística da ida de Brendan para a faculdade que nem pensara em tentar fazer planos até o dia anterior. Primeiro, ligou para Jane Rosen – sua companhia mais confiável para um jantar, um filme ou uma caminhada pela represa –, mas ficou sabendo que Jane e Dave tinham resolvido viajar de última hora. Eles também estavam lidando com a questão do ninho vazio – tinham acabado de deixar as filhas gêmeas nas universidades de Duke e Vanderbilt – e acharam que passar uns dias em uma pousada no lago Champlain poderia reacender a chama do romance no casamento.

Estou morrendo de medo, Jane havia confessado. *E se não houver faísca? E se não tivermos sobre o que conversar? O que devemos fazer?*

Eve fez o possível para ser uma boa ouvinte e apoiar a amiga – ela devia isso a Jane, pois a havia submetido a inúmeros solilóquios inconsoláveis durante os dias mais difíceis de sua separação e divórcio –, mas não foi fácil. Jane estava em dúvida sobre uma camisola que tinha comprado, rosa-claro e transparente, muito bonita, mas talvez a cor não favorecesse seu tom de pele, principalmente com as ondas de calor que eram tão frequentes. E o sexo a fazia suar demais ultimamente, embora Dave insistisse que não se importava. *Acho que não estou me sentindo muito atraente,* ela confessou. Eve murmurou palavras de encorajamento, lembrando a Jane que ela ainda era bonita e que Dave a adorava, mas precisou se conter para não cair na gargalhada e dizer: *Está brincando? Esse é o seu problema? Você sua quando seu marido te come?*

Depois de Jane, ela tentou o restante das opções de costume – Peggy, a mãe de Wade, amigo de Brendan; Liza, divorciada e solteira há mais tempo que Eve; e Jeanine Foley, sua colega de quarto da faculdade –, mas ninguém estava disponível tão em cima da hora. Sua única alternativa era dirigir até New Jersey e passar alguns dias com a mãe viúva e a irmã que nunca se casara, que moravam juntas na casa em que Eve passara a infância. Fazia tempo que ela não as visitava, mas era sempre muito exaustivo vê-las – elas ficavam brigando o tempo todo, como um casal de velhos – e Eve não estava com paciência naquele momento.

Eve não chorou muito. Nunca gostou de sentir pena de si mesma, e sabia que tinha coisa muito pior do que passar três dias ensolarados sem nada para fazer. Pensou em George Rafferty, com a mulher doente e o pai fraco da cabeça, e soube que, se pudesse, ele trocaria de lugar com ela sem pestanejar.

Chega dessa bobagem, ela disse a si mesma. *Você não tem motivo nenhum para chorar.*

Infelizmente, ela ainda não estava totalmente recomposta quando Amanda Olney, a mais nova funcionária do Centro, abriu a porta e colocou a cabeça para dentro de sua sala.

— Perguntinha rápida — ela disse, e logo ficou paralisada, registrando por um instante a escuridão da sala e a postura infeliz de sua chefe. — Você está bem?

— Estou. — Eve fungou, limpando o nariz com um lenço de papel amassado. — É época de alergia.

Amanda abriu um pouco mais a porta. Ela era baixinha e tinha seios grandes, uma franja estilo Cleópatra e várias tatuagens assustadoras que não se dava ao trabalho de esconder, apesar dos comentários depreciativos e gestos de repulsa que sempre suscitavam nos mais velhos. Eles ficavam especialmente horrorizados com a cobra que subia pela panturrilha esquerda, desde a canela, com a língua bifurcada atrás do joelho.

— Posso ajudar em alguma coisa? — Eve perguntou.

Amanda hesitou, tomada por uma timidez repentina.

— Não é nada sobre trabalho — ela explicou. — Eu só queria saber se você vai fazer alguma coisa hoje à noite. Se estiver livre, podíamos tomar uma taça de vinho ou algo assim.

Eve ficou tocada, apesar da irritação. Ela gostava de Amanda, e sabia que ela havia precisado reunir coragem para tomar aquela iniciativa, apesar de sua falta de jeito. Tinha acabado de sair da faculdade, terminado recentemente com um namorado de longa data e devia estar se sentindo um pouco solitária, em busca de aconselhamento e apoio. Mas a primeira lição que Eve precisava lhe ensinar era que ela era uma funcionária, e não uma amiga. Havia um limite entre elas que devia ser respeitado.

— Já tenho compromisso — ela disse. — Mas obrigada.

— Sem problemas. — Amanda deu de ombros, como se já imaginasse. — Desculpe incomodar.

— Não foi incômodo nenhum — Eve respondeu. — Tenha um bom fim de semana.

A noite que passou em casa foi agradável o suficiente, seguindo a rotina de sempre. Primeira parada, jantar (salada grega, homus, pão pita), seguida por um exagero de tempo no Facebook (um problema que ela precisaria resolver), algumas taças de vinho e três episódios de *Friends* na Netflix (outro problema, embora achasse que esse se resolveria sozinho, assim que ela assistisse às dez temporadas). Havia tempo que queria começar *The Wire* ou *Breaking Bad*, mas o momento nunca parecia ideal para mergulhar em algo obscuro e sério. A mesma coisa acontecia com livros. Era sempre mais fácil escolher algo leve e otimista em vez de abrir a cópia de *Middlemarch* que estava em sua mesa de cabeceira havia nove meses, presente de Natal de sua prima Donna, professora universitária de Inglês, que insistiu que era um livro *ilusoriamente legível*, independentemente do que aquilo significasse.

Além do choque pela ausência de Brendan – ainda recente e onipresente –, a única coisa que realmente obscurecia seu humor era uma sensação fraca, porém insistente, de arrependimento por não ter aceitado o convite de Amanda. Seria bom tomar um drinque e conversar um pouco, um estágio intermediário entre o trabalho e sua casa. Era verdade que ela tinha uma política não oficial de não socializar com os funcionários, mas era mais uma preferência do que uma regra fixa, baseada em uma falta de química com seus colegas (quase todos casados, e ainda por cima chatos) e não tanto em algum tipo de norma de conduta nebulosa. Em todo caso, era uma política que provavelmente precisaria ser repensada, agora que estava aposentada da função de mãe e tinha tempo mais do que suficiente para si mesma. A essa altura da vida, ela não podia se dar ao luxo de excluir novos amigos em potencial com base em um pequeno detalhe.

O telefone tocou quando ela estava escovando os dentes e o som fez seu coração saltar de satisfação – *É o Brendan!* Mas quando correu para o quarto, vestindo apenas a calça do pijama – porque não estava achando a blusa, e também não fazia diferença –, viu que não era seu filho.

— Ted?

— Ei, espero não ter te acordado.

— Estou acordada. Está tudo bem?

— Só liguei para ver como você estava. É difícil acreditar que nosso garotinho já está na faculdade, não é?

Garotinho de quem?, ela pensou, um reflexo de dias de mais raiva. Mas era verdade. O garotinho deles tinha crescido.

— Ele parece feliz — ela disse. — Acho que gostou muito do colega de quarto.

— É, Zack. — Ted riu como se fosse uma piada interna. — Acabei de falar com ele. Parece um bom rapaz.

— Você falou com Zack?

— Só por um minuto. Agora há pouco. Liguei para Brendan e ele passou o telefone para Zack.

Era bem a cara de Ted. O sr. Prazer-em-conhecê-lo. Sempre procurando o próximo estranho para encantar.

— Como ele está?

— Zack?

— Não, Brendan.

— Está bem. — Ted fez uma pausa, recalibrando a resposta. — Bem bêbado, na verdade. Mas acho que isso é esperado no primeiro fim de semana na faculdade.

— Espero que não se torne um problema.

— Universitários bebem muito. Eu, pelo menos, bebia. — Ele parecia orgulhoso de si mesmo. — Mal me lembro do segundo ano.

— Que ótimo exemplo.

— Não se preocupe com Brendan. Ele tem uma boa cabeça.

— Espero que sim. — Ela queria contar sobre as coisas horríveis que ele havia dito a Becca no outro dia, mas ouviu uma criança chorando perto de Ted e a voz de uma mulher tentando acalmá-la, e não lhe pareceu o momento certo para tocar nesse assunto. — Estou sentindo muito a falta dele.

— Ele também sente a sua falta. Você sabe disso, não sabe?

— Às vezes é difícil saber.

— Eve — ele disse. — O Brendan te ama muito. Só que nem sempre ele sabe como se expressar.

Ela queria acreditar naquilo, e sentia-se grata por ouvir Ted dizer aquelas palavras. Sua consciência pesada o havia transformado em alguém muito mais gentil do que era antes.

— E com você? — ela perguntou. O choro da criança havia cessado. — Está tudo bem?

— Há altos e baixos. Jon-Jon está gostando da escola nova. E a dieta sem glúten parece estar ajudando um pouco.

Jon-Jon era o filho autista de quatro anos de Ted, uma criança adorável com graves problemas comportamentais. Quando Eve ficou sabendo do diagnóstico, reagiu de maneira nada generosa, considerando aquilo uma forma de justiça cármica para Ted e sua esposa, Bethany. Havia sido muito irônico e gratificante ver seu Encontro Casual interrompido pela realidade. Mas eles não desabaram com a pressão como ela esperava. Em vez disso, a provação suscitou o que havia de melhor neles. Eram dedicados ao filho, totalmente imersos nas minúcias dos cuidados com o menino. Ted havia se tornado um especialista amador em terapias de ponta para o autismo. Bethany tinha deixado o emprego e voltado a estudar para fazer mestrado em Educação Especial. Todo aquele esforço para superar os problemas fez com que Eve tivesse dificuldade para sustentar o ódio e o desprezo que passou a sentir por eles logo após o divórcio.

— Que bom — ela disse, olhando para o peito nu. O quarto estava mais frio do que tinha imaginado e seus mamilos estavam rígidos, o que a fez lembrar do quanto Ted gostava de seus seios. *São perfeitos,* ele costumava dizer a ela. Não que tenha importado muito no final. *Absolutamente perfeitos.* — Talvez seja bom todos pararmos de comer glúten. Todo mundo que deixa de comer sai por aí contando como está se sentindo bem.

— É porque essas pessoas passam mal quando comem.

— Acho que sim.

O choro recomeçou, mais alto do que antes, e Eve notou que estava se contraindo de aflição por empatia. Brendan tinha contado a ela que as crises de Jon-Jon podiam ser bem assustadoras.

— Certo — ele suspirou. — É melhor eu resolver isso. Tenha uma boa noite.

— Você também. — Ela quase acrescentou *querido*, um reflexo de uma outra época que fazia parte do passado. — Obrigada por ligar.

Eve estava exausta, mas ficou acordada até bem depois da meia-noite, jogando palavras cruzadas com um adversário aleatório no celular, embora não passasse de uma desculpa para ficar com os olhos abertos. Na verdade, estava esperando uma mensagem de Brendan. No verão, ele havia prometido manter contato com pelo menos uma mensagem de texto por dia. Podia mandar mais, se quisesse, ou ligar para ela, ou até mesmo combinar uma sessão de conversa pelo Skype, se estivesse sentindo muita falta de casa. Mas uma mensagem de texto era o mínimo combinado.

Brendan havia mantido sua palavra nos últimos três dias, mandando exatamente uma mensagem a cada vinte e quatro horas, mesmo que o texto sempre dissesse praticamente a mesma coisa: *A faculdade é incrível!!!* (terça); *Mais um dia INCRÍVEL!!* (quarta); e *Continua sendo incrível!* (quinta). Eve estava feliz pelo filho – embora um pouco preocupada pela diminuição constante do número de pontos de exclamação que ele estava usando – e grata por não ter sido completamente esquecida em meio a tanta coisa incrível.

Mas nenhuma mensagem tinha chegado naquele dia. Era sexta-feira, é claro, e ele estava bêbado, como Ted havia acabado de lhe informar, portanto havia uma explicação. Mas mesmo assim... Será que ele já ia quebrar a promessa no quarto dia? Era tão irresponsável assim? Eve podia ter entrado em contato com ele, é claro, simplesmente digitado um rápido *estou com saudade, bjs* e esperado ele responder, mas aquele não era o combinado. O combinado era que Brendan entraria em contato com ela, e ela queria que ele fizesse isso de livre e espontânea vontade, sem nenhuma cobrança, porque ele a amava e queria incluí-la em sua vida. Mas ela já sabia, muito antes da partida com Heather0007 terminar (uma vitória decisiva para Eve), que estava se enganando. Ele não mandaria mensagem naquela noite e provavelmente nem na noite seguinte. Simplesmente não era esse tipo de garoto, que pensaria na mãe enquanto se divertia com os amigos ou dava em cima da garota bonitinha do fim do corredor. Daquele momento em diante, ela teria notícias do filho quando ele sentisse vontade – provavelmente quando precisasse de alguma coisa – e teria sorte se fosse uma vez por semana.

Ela devia ter cochilado com o telefone na mão, porque a vibração do celular quando a mensagem chegou a acordou com um susto. *Graças a Deus*, ela pensou, sentando-se, apertando os olhos com dificuldade diante da tela borrada e ofuscante, piscando várias vezes para que as palavras entrassem em foco.

Vc é minha MILF! Manda nudes!! Quero gozar em cima desses seus peitões caídos!!!

Por um ou dois segundos, ela ficou profundamente perturbada, sem conseguir entender por que Brendan escreveria algo tão repugnante, independentemente de seu estado de embriaguez. *Peitões caídos?* Mas então ela olhou novamente e viu, para seu alívio, que a mensagem tinha vindo de um número de celular desconhecido. Não passava de algum cretino anônimo, uma pegadinha idiota da qual ela nem se lembraria pela manhã.

ORIENTAÇÃO

Aqueles primeiros dias de faculdade, antes de começar a correria das aulas, foram sensacionais. Havia dezenas de atividades para os calouros, incluindo um Dia de Atividades de Boas-Vindas no pátio principal, com cabo de guerra e arremesso de argolas, bexigas de água e uma lona plástica molhada para escorregar, todo tipo de atividade de acampamento de verão. E o clima estava ótimo, o que significava que muitas meninas gostosas desfilavam só de shortinhos e a parte de cima do biquíni, e um número maior do que eu imaginava tinha tatuagens, o que era uma boa desculpa para iniciar uma conversa. Algumas das garotas menos gostosas também estavam com pouca roupa, e todo mundo tentou aceitar numa boa, considerando toda a questão da imagem corporal. Zack e eu tiramos a camisa, pois ambos malhamos durante o verão e estávamos com abdomens de tanquinho. Então, por que não? Passei a maior parte daqueles dias com Zack. Fazíamos tudo juntos, desde o momento em que acordávamos até o momento em que capotávamos na cama. Uma tarde, fomos para a academia levantar um pouco de peso. Nós dois conseguíamos levantar oitenta quilos, mas Zack conseguia fazer cinco repetições, e eu apenas quatro. No dia seguinte, fomos conhecer a parede de escalada do Centro Acadêmico, mas já estávamos chapados, então nenhum dos dois conseguiu ir muito alto.

Era bem assustador chegar na metade da parede, pendurado naqueles apoios parafusados, como se estivesse lutando pela vida. Paralisado no lugar até os antebraços começarem a tremer e não haver outra escolha além de tentar subir um pouco mais. Uma vez, deixei a mão escorregar quando estava a cerca de dez metros de altura. Eu me senti como Humpty Dumpty, com os braços balançando no ar, até o equipamento de segurança entrar em ação, a cinta esmagando meu saco enquanto me puxava contra a gravidade. Fiquei suspenso ali por alguns dolorosos segundos, pendurado como um pau mole até descer lentamente até o chão. Zack achou hilário.

— Você gritou que nem uma mulherzinha! Aposto que a faculdade inteira ouviu!

— Foda-se — eu disse.

Meu peito parecia oco e minhas pernas estavam trêmulas, e acho que ele podia notar tudo isso em minha voz.

— Estou brincando, cara. — Ele deu um tapinha em meu ombro, com mais gentileza do que eu esperava. — Vamos almoçar.

Todos precisavam encontrar seu respectivo orientador acadêmico em algum momento durante a Semana de Orientação para finalizar o cronograma de aulas e ter uma última conversa motivacional sobre a faculdade. Meu orientador era Devin Torborg, do Departamento de Antropologia. Cometi o erro de chamá-lo de "professor", o que aparentemente era uma questão controversa.

— Tecnicamente, sou um instrutor — ele explicou, passando a mão pelos cabelos emaranhados, que aparentemente não eram lavados há um bom tempo. Usava óculos redondos como os de John Lennon e tinha os olhos inchados e cansados por trás das lentes sujas. — Não tenho título nenhum. Mas prefiro que me chame de "Devin", de qualquer modo. — Ele deu de ombros com certa tristeza e olhou para a pasta que estava sobre sua mesa. — Então. Brendan Fletcher. Esse deve ser um momento empolgante para você. O início de uma grande...

Sua voz falhou e ele fez uma cara feia como se não conseguisse se lembrar da próxima palavra.

— Aventura — eu disse, ajudando-o.

— Ah! — ele exclamou. — Você é um otimista.

Abriu a pasta e examinou a única folha de papel que havia dentro dela. Devia ser uma lista com a média das minhas notas do ensino médio, avaliações e outras coisas do tipo. Ele colocou dois dedos entre o rosto e os óculos e massageou o olho esquerdo meticulosamente, primeiro em sentido horário, depois o contrário.

— Então, diga-me, Brendan. — Fez uma pausa para massagear o outro olho, dando um bom trato na pele solta, puxando-a para cima, para baixo e para as laterais. — O que você espera da faculdade?

Eu sabia que não podia contar a verdade a ele, que eu queria me divertir o máximo possível e estudar o mínimo, mas não tinha uma mentira à mão, então só fiquei ali gaguejando por um tempo.

— Eu... eu... bem, é... você sabe. Boa pergunta. Apenas um diploma, eu acho.

— Diploma de quê?

— Economia. Possivelmente. Se eu sobreviver às aulas de Matemática.

— Por que Economia?

— Ah, para eu arrumar um emprego quando me formar.

— Que tipo de emprego?

— Qualquer tipo. Contanto que pague bem. Quer dizer... Talvez não logo de cara, mas num futuro próximo. Esse é meu principal objetivo.

Ele pareceu impressionado, mas de um jeito sarcástico.

— Boa sorte, então.

Depois analisamos meu cronograma de aulas, que não era muito complicado. Eu tinha que cursar Introdução à Economia, e também tirar da frente Redação e Matemática, matérias obrigatórias para o primeiro ano. Isso deixaria espaço para apenas uma optativa, o que reduzia as alternativas a Conceitos Básicos de Contabilidade ou Introdução a Estatística, e nenhuma das duas parecia tão empolgante.

— É uma estratégia — ele disse. — Você pode escolher uma matéria prática como essas e aprender algo útil. Mas meu conselho seria ousar um pouco mais, tentar algo novo e menos utilitário, talvez até mesmo um pouco incomum. Fazer uma aula de Poesia. Estudar História Africana, Linguística ou Desenho. Tem uma palestra sobre politeísmo em que você pode querer dar uma olhada. Ministrada por esse que vos fala. — Ele sorriu meio sem esperança. — Nunca se sabe. Pode mudar sua vida, ou pelo menos abrir algumas novas vias de exploração.

Eu nem sabia o que era politeísmo e, sinceramente, não dava a mínima. Mas não queria deixá-lo chateado, então fingi considerar.

— Talvez no próximo semestre — eu disse. — Acho que por enquanto vou ficar com a aula de Estatística.

— Certo. A decisão é sua. — Ele olhou para o relógio no celular. — E as atividades extracurriculares? Tem alguma ideia? Algum clube, time ou organização para serviços comunitários?

— Estou pensando em entrar para alguma fraternidade no ano que vem — eu disse a ele. — Ainda não sei bem qual.

— Com isso não posso ajudar — respondeu. — Na faculdade em que me formei não eram permitidas fraternidades.

Tive a impressão de que ele queria que eu perguntasse onde ele estudou, mas não mordi a isca. Principalmente porque ele não havia me impressionado nem um pouco, um "não professor" todo desarrumado, em uma sala péssima no subsolo, usando uma camiseta do Journey por baixo do blazer de *tweed*, que supostamente era para eu achar divertido.

— Deve ter sido uma droga — afirmei.

— Nem um pouco — ele respondeu. — Não senti falta nenhuma.

Então ficamos ali por mais alguns segundos, olhando um para o outro. Dava para ouvir uma cantoria no pátio, um grupo vocal fazendo uma versão bem legal de "Livin' on a Prayer". Alguém tinha um ótimo falsete. Achei que poderia ser divertido participar de um grupo daqueles. Se eu cantasse bem e se não fosse uma coisa tão gay.

— Terminamos? — perguntei.

Ele fez que sim e eu me levantei. Quando estava indo para a porta, ele me chamou.

— Brendan —disse. — Você compreende a questão do consentimento, não é?

— Como assim?

— É um conceito bem simples. *Não* quer dizer *não*. E uma pessoa embriagada ou drogada não é capaz de consentir atividade sexual. Você entende isso, não entende?

— Sim — respondi. — Não sou idiota.

— Certo, então. Tenha um ótimo semestre.

Zack estava reunido com o próprio orientador, então matei um pouco de tempo na Feira de Atividades no caminho para o quarto. Estava lotada, eram dezenas e dezenas de mesas sob uma gigantesca tenda de circo, com boa parte dos calouros perambulando por lá. Aparentemente, qualquer um podia criar um clube e conseguir patrocínio da universidade. Havia Apicultores, Fãs de Bambolê, Jogadores de Paintball, Veganos, Futuros Profissionais do Mercado Imobiliário, Irmãos e Irmãs em Cristo, Ateístas Unidos, Triatletas, Vítimas de AVC, Sobreviventes de Câncer, Mecânicos de Bicicleta, Bailarinos de Dança Folclórica Eslava. Era possível montar a cavalo, remar, jogar rúgbi, boicotar Israel, aprender malabarismo ou tricô. Algumas pessoas atrás das mesas usavam fantasias – os representantes do Clube de Quadribol carregavam vassouras e usavam óculos falsos de Harry Potter, e uma das voluntárias da União dos Estudantes Muçulmanos vestia uma burca completa, ou seja lá o nome daquilo. Outros apenas eram exatamente como os nomes diziam: Negros Queer, Entusiastas de Dungeons & Dragons, Coalizão pela Legalização da Maconha, Liga de Jovens Conservadores, Aliança dos Hipsters Barbudos. Acho que devo ter viajado um pouco, porque nem sabia onde estava quando a garota atrás da mesa falou comigo.

— Ei — ela disse. — Qual é o seu nome?

— Como?

Ela riu de um jeito que me fez ter a sensação de que já me conhecia e gostava de mim.

— Não é uma pergunta muito difícil. — Ela parecia uma camponesa, com sardas, um rabo de cavalo e ombros largos, quase como os de um homem. — Você sabe seu nome, não sabe?

— Eu sabia — eu disse. — Mas sofri muitas concussões no ano passado.

Ela gostou daquela resposta, tanto que levantou a mão no ar para me cumprimentar, e eu toquei nela com muito cuidado, apenas encostando a palma da mão na dela, ganhando mais alguns pontos no processo. Eu era alguns centímetros mais alto que ela, mas nossas mãos tinham o mesmo tamanho.

— Eu sou a Amber — ela disse. — Muito prazer.

— Brendan.

— Conhece alguém no espectro, Brendan?

Foi quando olhei para a placa em sua mesa: *Rede de Conscientização sobre Autismo*.

— Não, eu…

Eu estava prestes a dizer a ela que havia parado ali por acaso, quando duas coisas me ocorreram. A primeira era que eu conhecia, sim, alguém no espectro do autismo, e a segunda era que aquela garota era muito bonita. Eu não tinha notado a princípio, pois fiquei distraído com seus ombros.

— Quer dizer… sim — respondi. — Meu meio-irmão.

Ela acenou com a cabeça, como se já esperasse aquela resposta.

— Meu irmão caçula também. — Ela sorriu ao pensar nele. — Ele é obcecado por carrinhos. Praticamente só liga para isso. Ontem, ele me mandou uma mensagem com a foto de dois deles. E nada mais. Apenas dois carrinhos.

Ela achava aquilo adorável, embora me parecesse um pouco ridículo.

— O meu não fala muito — eu disse. — Só tem umas crises assustadoras do nada. Nem sabemos por que está gritando.

— Qual é o nome dele?

— Jonathan. Mas o apelido é Jon-Jon.

— Que graça.

Concordei, em grande parte porque ela parecia muito legal e tinha uma postura muito positiva. A verdade é que nada a respeito de Jon-Jon era uma graça. Era péssimo vê-lo ficar todo vermelho devido à raiva e à frustração, e não saber como ajudá-lo.

— Você tem uma foto dele? — ela perguntou.

Fiz que não com a cabeça. Nunca havia pensado em tirar uma foto de Jon-Jon.

— Esse é o Benjy. — Ela me entregou o telefone.

O protetor de tela era uma foto de Amber e seu irmão na praia. Eu esperava que ele fosse um garotinho, mas era um adolescente magrelo com uma expressão intensa, quase raivosa, apenas um ou dois anos mais novo que ela. Ela estava usando um maiô azul-marinho na foto, do tipo que nadadoras usam em competições. Seu corpo era cheio e parecia forte, não era o que normalmente me atraía, mas tinha uma sensualidade que eu não esperava.

— Pode me devolver o celular agora — ela disse, sem demonstrar irritação.

— Você é nadadora?

— Eu nadava no ensino médio. Mas não nado mais. Aqui eu só jogo softbol.

— Legal — eu disse. — Em que posição?

— Arremessadora.

Ela tentou parecer humilde, mas dava para ver que sentia orgulho.

— Sabe de uma coisa? — eu disse. — Você parece mesmo uma arremessadora.

— Por quê? — Ela fingiu ficar ofendida. — Por causa dos meus ombros enormes?

— Eu não disse isso.

— Tudo bem. — Ela fez pose de fisiculturista, virando de lado e flexionando o braço. — Trabalhei muito para ter esses músculos. E arremesso uma bola rápida de arrebentar, modéstia à parte. Você deveria assistir a um jogo. Somos muito boas.

— Talvez eu vá.

Ela me olhou como se achasse que eu estava mentindo. Mas, ao mesmo tempo, era um olhar provocador.

— Nem todas as jogadoras são sapatão, sabia?

— Eu não disse que...

— Estou brincando — ela disse. — Algumas são bi.

Devo ter aparentado choque, porque ela soltou uma bela gargalhada e me deu um tapinha no braço. Uma garota, que parecia nervosa, aproximou-se da mesa.

— Foi legal conhecer você — ela afirmou, indo na direção da recém-chegada. — Você devia ir a uma das nossas reuniões. Terceira quinta-feira de cada mês.

Naquela noite, fiquei extremamente bêbado. Zack e eu fizemos um esquenta com vodca e depois fomos a várias festas nos quartos do Einstein Hall, perambulando de uma para a outra como se fosse Halloween, fumando num bong aqui, tomando uma dose de Jägermeister ali, comendo um pedaço de pizza no quarto de um cara branco e magrelo chamado Evan, que supostamente era um grande rapper. Tinha dança rolando no quarto de duas garotas chamadas Kayla – Kayla Gostosa e Kayla-Menos-Gostosa – e um campeonato de futebol de mesa na sala de estar do quinto andar.

No quarto de Will e Rico, tomei um pouco de vodca com Ki-suco que realmente me derrubou. Meu pai ligou quando eu estava lá. Era a primeira vez que ele ligava desde que comecei a faculdade. Eu não devia estar falando coisa com coisa, porque Zack pegou o telefone da minha mão e começou a conversar com ele como se fossem velhos amigos. Depois disso, só me lembro de ter vomitado no banheiro e cruzado com o idiota do Sanjay na saída. Ele estava de pijama, com um roupão xadrez, carregando um baldinho com seus produtos de higiene.

— Você está bem? — ele perguntou. — Não parece muito...

— Estou bem — respondi, limpando a boca mais uma vez. — Pronto para outra.

Voltei para o quarto para trocar de camisa, mas acho que capotei na cama. Quando vi, já eram três da manhã e Zack estava cambaleando no escuro, totalmente chapado, dizendo que tinha tentado ficar com a Kayla-Menos-Gostosa, mas que ela não estava a fim. Mas não tinha problema, porque ele também não estava muito a fim.

— Bem, se fosse a Kayla Gostosa, seria outra história, não é?

Depois de um tempo, ele foi para a cama, e tudo ficou em silêncio de novo. Mas eu não consegui voltar a dormir. Pensei em talvez levantar e ver se alguém estava acordado, quando Zack começou a se masturbar. Dava para notar que ele estava tentando não fazer barulho, mas nossas camas eram bem próximas.

— Cara — eu disse. — Sério?

— Ah, merda! — ele exclamou. — Achei que você estivesse dormindo.

— Não. Estou bem acordado.

— Quer que eu pare?

— Não, tudo bem. Só, tipo, não demore, certo?

Não sei quanto tempo ele demorou. Talvez alguns minutos, mas me pareceu muito tempo. Tempo suficiente para eu me conformar e fazer o mesmo. Pensei um pouco em Becca, mas ela já era algo muito distante, quase irreal. E quando tentei pensar nas duas Kaylas, imaginando um *ménage à trois* no quarto delas, até foi interessante, mas só até certo ponto. Foi Amber, da Rede de Conscientização sobre Autismo, que me fez cruzar a linha de chegada. E o mais estranho é que nem estávamos fazendo nada. Ela só estava na praia de maiô, sorrindo para mim com aquele rosto lindo e os ombros largos, e, por algum motivo, foi suficiente.

— Boa noite — Zack disse com uma voz suave e calma quando terminou.

— Boa noite, cara — eu disse, flutuando na mesma nuvem. — Até amanhã.

VIVENDO E APRENDENDO

Sofrendo de um caso leve, não totalmente desagradável, de nervosismo por voltar a estudar, Eve caminhava pelo prédio de Ciências Humanas da faculdade comunitária, procurando pela sala 213. Ela ficou aliviada ao passar por vários "alunos não tradicionais" como ela nos corredores. Alguns eram até mais velhos.

As cadeiras na sala de aula tinham sido organizadas em círculo, como numa terapia de grupo. Eve escolheu uma e se sentou, só notando quando já era tarde demais que algum artista entediado havia gravado as palavras *ESTOU COM TESÃO* na mesinha, e depois destacado as ranhuras com caneta vermelha. Ela cobriu a inscrição com seu caderno novinho e o abriu na primeira página. Era uma visão agradável, todo aquele espaço em branco esperando para ser preenchido, o recomeço que ela estava esperando.

Depois que se acomodou, levantou os olhos e acenou amigavelmente com a cabeça para os alunos que tinham chegado ainda mais cedo que ela. Apenas um acenou em resposta, um homem negro com ar preocupado que parecia ter trinta e poucos anos. Os outros três estavam olhando para o celular, sem notar que haviam sido cumprimentados, e muito menos que haviam perdido a oportunidade de responder.

Eve já tinha mestrado em Serviço Social, conquistado estudando à noite durante quatro longos anos quando Brendan estava no ensino fundamental. O ressentimento de Ted com suas ausências e as responsabilidades parentais que haviam sido jogadas sobre os ombros dele foi uma das principais causas de tensão no casamento. A subsequente falta de interesse dele pelo trabalho dela – a recusa em levar o trabalho a sério – havia sido outra, embora isso parecesse um tanto quanto irônico em retrospecto, agora que ele estava criando uma criança autista e precisava do trabalho de todo tipo de especialista da área de cuidados com a saúde.

De qualquer modo, ela não tinha necessidade de outro diploma nem interesse em aprimorar o currículo. A decisão de voltar a estudar era totalmente pessoal. Ela queria ler, pensar e se reconectar com a pessoa que fora nos tempos de faculdade, muito mais aberta, flexível e esperançosa do que as versões que a haviam sucedido. E era bom ter um motivo para sair da casa vazia duas vezes por semana, sem ter que convencer ninguém a acompanhá-la.

A matéria em que havia se matriculado chamava-se "Gênero e sociedade: uma perspectiva crítica", um seminário de escrita intensiva com aulas às terças e quintas-feiras à noite, das sete e meia às nove. Ela não tinha nenhum interesse especial no assunto. Na verdade, foi sua terceira opção, depois de "Veganos *versus* carnívoros: a ética da alimentação sustentável" e "De Jane Austen a *Downton Abbey*: a propriedade rural inglesa na ficção e no cinema", mas ambas estavam lotadas. A matéria em si, porém, não importava. O importante era ela estar ali, experimentando algo diferente, conhecendo gente nova, ampliando os horizontes em vez de se fechar em casa e se isolar na própria solidão.

Às sete e meia em ponto, entrou uma mulher alta e vistosa, de saia lápis preta e salto agulha. Ela arregalou os olhos, fingindo admiração ao ver os alunos reunidos, como se fosse uma festa surpresa em sua homenagem.

— Olá, pessoal — disse a mulher, com voz rouca, estranhamente sedutora. Era esguia e atlética, tinha quadril estreito e seios que chamavam a atenção, salientes junto ao tecido da blusa justa. — Sou a dra. Margo Fairchild, professora adjunta. — Ela fez uma pausa para todos assimilarem a informação. — Caso não estejam familiarizados com a terminologia acadêmica, *adjunto* é um outro modo de dizer *muito mal pago*.

Alguns alunos, incluindo Eve, riram por educação enquanto a dra. Fairchild tomava seu lugar no círculo e se sentava, alisando a saia e cruzando, na altura do tornozelo, as pernas invejavelmente musculosas.

— Vamos esperar um ou dois minutos pelos atrasadinhos — ela disse, ajeitando lentamente uma mecha de cabelo escuro atrás da orelha. — Sempre vemos alguns alunos perdidos no primeiro dia.

Era difícil adivinhar a idade da professora – podia ser qualquer coisa entre trinta e quarenta e cinco, Eve pensou – embora o rosto parecesse um pouco mais velho que o corpo. Até mesmo isso estava aberto a debate, no entanto, devido à enorme quantidade de maquiagem que ela usava. Uma camada espessa, quase teatral, de produtos aplicados com maestria, que pareciam mais apropriados a um concurso de beleza do que à sala de aula de uma faculdade comunitária. Eve se deu conta de que estava esperando alguém mais parecido com sua prima Donna, uma acadêmica prosaica que usava o cabelo grisalho preso em uma trança grossa e tinha um pulôver para cada dia da semana.

Seus colegas estudantes eram um grupo bastante diverso – metade jovens universitários, metade pessoas mais velhas (incluindo uma senhora animada que devia ter oitenta e poucos anos), dois homens negros (um dos quais era nigeriano), uma mulher negra, um imigrante chinês com uma pronúncia indecifrável, uma jovem com véu muçulmano na cabeça, um garoto bonitinho com um skate e uma sapatão com acessórios de motociclista, incluindo um colete de couro preto e um capacete apoiado no chão, entre suas botas desgastadas. Eve ficou surpresa ao notar que doze, entre os vinte alunos, eram do sexo masculino, contando alguns homens brancos de meia-idade que não lhe pareciam candidatos naturais a uma matéria em que os alunos teriam que "escrever de maneira autobiográfica e analítica sobre suas experiências problemáticas no espectro de gênero, com ênfase especial na construção social da identidade, a persistência do sexismo e uma cultura 'pós-feminista', e a subversão do discurso heteronormativo pelas vozes LGBTQIA". Mas o pequeno mistério foi solucionado assim que a aula começou, quando a dra. Fairchild pediu para todos se apresentarem e explicarem os motivos pelos quais haviam se matriculado naquela matéria.

— Meu nome é Russ — disse o primeiro cara. Ele usava um boné do Red Sox e uma camiseta do Bruins que parecia ter encolhido ao redor de sua barriga de cerveja. — Era para eu estar na aula do Briggsy, mas ela foi, hum… cancelada e essa era a única outra matéria no mesmo horário, então…

— Pobre Hal — disse a professora Fairchild, e várias pessoas abaixaram a cabeça, melancólicas. — Ele era uma pessoa tão boa.

No fim, havia outros três alunos transferidos da mesma matéria, "O coliseu moderno: esportes na sociedade contemporânea", que, aparentemente, era um dos cursos mais populares oferecidos pela faculdade. Era ministrado por Hal Briggs, ex-colunista de esportes do *Boston Herald* que tinha acabado de morrer de um ataque cardíaco durante um churrasco no Dia do Trabalho, bem na frente da esposa, dos filhos e dos vizinhos. Eve tinha lido o obituário no jornal.

— Ele era muito jovem — disse a professora Fairchild. — Só tinha quarenta e nove anos.

— Você estava lá? — perguntou um cara barbudo chamado Barry, que disse ser dono de um bar de esportes em Waxford. — No churrasco?

— Não, graças a Deus. — A professora enrolou uma mecha de cabelo no dedo indicador, como se ainda estivesse no ensino fundamental. — Briggsy e eu éramos apenas colegas. Jogávamos basquete em uma liga universitária nas manhãs de domingo. — A lembrança a fez sorrir. — Ele tinha o arremesso mais feio que já vi.

— O time era misto? — perguntou Dumell, o cara negro com ar preocupado.

— Fico feliz por ter perguntado isso — disse a professora. — É exatamente esse tipo de suposição que nossa turma vai analisar durante o semestre, a forma como nossas preconcepções sobre gênero condicionam nossas reações ao mundo social. Mas acho que precisamos desdobrar sua pergunta.

— O que isso significa?

— Significa que eu gostaria de articular a pergunta por trás de sua pergunta. Em outras palavras, o que você está *realmente* perguntando?

— Certo. Entendi. — Dumell acenou com a cabeça de maneira duvidosa. Ele parecia ainda mais preocupado que antes. — Hum, tinha mais alguma mulher, além de você, no time?

A professora Fairchild precisou parar para pensar.

— E se eu dissesse que nossos jogadores variavam amplamente dentro do espectro de gênero? Seria uma resposta satisfatória à sua pergunta?

— Acho que sim — Dumell disse. — Mas é um pouco complicado, não acha?

— Acho — respondeu a professora. — E com razão. Porque nada é simples na questão do gênero. Nada é natural. É um campo minado sobre o qual pisamos todos os minutos de todos os dias. E é disso que trata essa matéria. Como atravessar o campo minado sem machucar ninguém e nem explodir a nós mesmos.

Quando a turma foi dispensada, Eve saiu do prédio e Barry, o dono de bar barbudo, foi caminhando ao lado dela, sem ser convidado. Eles haviam formado uma dupla aleatória para fazer um exercício em aula e tinham passado quase uma hora trocando "histórias sobre gênero", concentrando-se, por instruções da professora, em momentos de confusão, dúvida e/ou vergonha relacionados ao gênero.

— Aquela conversa foi bem intensa — ele disse. — Tenho ex-mulheres que não me conhecem tão bem quanto você.

Eve não disse nada, mas duvidava que as ex-mulheres de Barry reclamariam por não o conhecerem bem o suficiente. Ele era um cara bem raso, um idiota esquentado que iniciou a conversa insistindo que nunca, em toda a vida, havia passado por um único momento de confusão, dúvida ou vergonha em relação à sua identidade de gênero. A história da vida de Barry, narrada pelo próprio Barry, era a seguinte: primeiro ele era um menino, depois virou um homem. O caminho do Ponto A ao Ponto B foi reto, autoexplicativo e divertido de percorrer.

— Não entendo o motivo de tanta introspecção — ele disse a ela durante o exercício. — Eu nasci com um pênis. Fim da história.

Eve tentou tirar alguma coisa dele, perguntando se alguma vez havia desejado poder engravidar ou amamentar uma criança. Ted tinha dito certa vez que a capacidade de gerar uma criança era um superpoder feminino – ele estava tentando animá-la em um momento particularmente difícil, em que ela se encontrava muito inchada, durante o terceiro trimestre de gravidez – e aquela descrição a havia marcado durante todos esses anos.

— É uma espécie de milagre — ela disse. — Sentir aquela pessoinha crescendo dentro de você, e depois alimentá-la com seu próprio corpo quando ela sai. Imagino que a maioria dos homens deve ficar pelo menos com *um pouco* de inveja.

Barry riu com certa apreciação, como se parabenizasse Eve pela boa tentativa.

— Deus abençoe as mulheres — ele disse. — E obrigada pelos seus serviços. Realmente não sei como vocês fazem isso.

E depois iniciou um longo e desnecessariamente gráfico relato sobre o que a gestação havia feito com o corpo de sua primeira esposa – principalmente os seios, que nunca voltaram a ser os mesmos, ele sentia muito em dizer. Esperara que eles voltassem a subir, por assim dizer – eram o melhor atributo dela –, mas não teve sorte. Pelo menos havia aprendido a lição. Quando sua segunda esposa engravidou, ele a convenceu a amamentar a criança com mamadeira, e foi uma ótima solução. O bebê nem se importou e os *melões da mamãe* – ele usou mesmo essas palavras – permaneceram miraculosamente empinados. Ela ganhou umas gordurinhas na cintura, mas não foi isso que fez o casamento acabar. Eles tinham problemas maiores, mais notavelmente o caso que ele teve com uma garçonete de vinte e cinco anos que logo viraria sua esposa número três. Com essa, ele havia estabelecido uma regra – *filhos, nem pensar* – e ela concordou até completar trinta anos, e aí mudou de ideia, e foi isso.

— Nossa! — Eve exclamou. — Quantas ex-mulheres você tem?

— Só três. Tive algumas namoradas de lá para cá, mas não é fácil convencer alguém a ser a Esposa Número Quatro. Acredite, eu tentei.

Na sala de aula, Eve escutou a história mirabolante de Barry com um desprendimento científico; o propósito era escrever um perfil do sujeito, sem julgá-lo e nem julgar seus defeitos. No estacionamento, no entanto, uma sensação de repulsa retroativa tomou conta dela, exacerbada pelo fato de que ele estava muito perto enquanto caminhavam, às vezes batendo o ombro no dela de um modo que poderia parecer amigável ou até mesmo intrigante, se ele não tivesse acabado de se revelar uma pessoa horrível e sem coração.

— Já sou bem grandinha — ela disse a ele. — Você não precisa me acompanhar até o carro.

— Sou um cavalheiro à moda antiga. Não há nada de errado com um pouco de gentileza, não é? As mulheres dizem que não gostam, mas, até onde eu sei, ficam muito gratas quando um homem segura a porta para elas, paga a conta ou as presenteia com flores.

Eve não queria dar o braço a torcer, mas sabia que o argumento dele era válido. As coisas tinham mudado tanto no decorrer de sua vida que as mulheres de sua idade tinham muitos modelos de comportamento enfiados na cabeça – podiam ser donas de casa da década de 1950, profissionais liberais, feministas ferrenhas, noivas recatadas, atletas poderosas e namoradas submissas e carentes. Na maioria das vezes, era possível alternar entre um papel e outro sem muitos problemas, e sem nem notar as contradições.

— Há uma confusão de gênero bem aí — ela observou. — Acho que aprendi algo hoje à noite.

— Bem, já que vamos estudar essa porcaria, que seja com um traveco, não é?

— Como assim?

— Você não sabia? — Barry parecia satisfeito com a falta de conhecimento dela. — Nossa professora antes era homem.

— Sério?

— Sim. Margo era Mark Fairchild. Ele era um ótimo jogador de basquete universitário. Até chegou a jogar profissionalmente na Europa um tempo. — Ele puxou a própria barba. — Não virou uma mulher feia, para falar a verdade.

A surpresa de Eve foi passageira. Os sinais estavam lá, agora que ela sabia o que estava procurando – a voz, o quadril, os seios desproporcionais, o mistério do time "misto" de basquete. Mas ela nunca teria percebido por contra própria.

Vivendo e aprendendo, ela pensou.

— Nunca conheci uma pessoa transgênero — ela afirmou. — Pelo menos, não que eu saiba.

— Não que eu me sinta atraído por ela — Barry acrescentou, caso Eve tivesse entendido mal seu comentário anterior. — Quer dizer... cada um sabe da sua vida, não é? Mas essa questão está muito fora da minha realidade. Fico imaginando se ela avisa antes os caras com quem sai.

— Como sabe que ela sai com homens?

— É a impressão que me passa. Acha que ela fez a operação? Não sei muito bem como funciona.

Eve ficou aliviada ao chegar ao carro. Ela já não aguentava mais conversar com Barry.

— Certo. — Clicou o controle da chave e as luzes da van piscaram. — Acho que nos vemos na próxima aula.

— Ei — ele a interrompeu quando ela ia abrir a porta. — Quer tomar alguma coisa? Meu bar fica no fim dessa rua. É por minha conta.

— Tive um longo dia — disse a ele. — Preciso ir para casa.

— Como quiser — respondeu Barry, dando de ombros. — Fica para a próxima.

Era uma pena ela não ter gostado nada dele, porque sair para beber alguma coisa depois da aula teria sido agradável. Pelo menos seria uma boa desculpa para ficar fora por mais uma ou duas horas, adiar o inevitável momento de voltar para casa e, mais uma vez, confrontar a enormidade da ausência de seu filho – o fato de ele ter crescido e ido embora, e o entendimento de que aquilo era algo bom e adequado – exatamente conforme a natureza pretendia – e que ela não tinha o direito de reclamar.

O fato de sua vida ter se transformado *nisto*: nessa calmaria sem vida, nesse sopro leve, porém fugaz, de decadência. Nesse nada-a-reclamar absoluto.

Ela não ficou muito tempo no andar de baixo, apenas se serviu de uma taça de vinho, pegou o laptop e subiu para o quarto. Trancou a porta ao entrar. Não era uma tranca de verdade, apenas um ganchinho comum que não conteria um intruso determinado a entrar, mas podia lhe dar alguns segundos de vantagem, com sorte e tempo suficiente para pegar o telefone e ligar para a polícia. Ela o havia instalado uns seis ou sete anos atrás, depois de alguns incidentes constrangedores em que Brendan havia entrado enquanto ela se vestia. Ele havia alegado que tinha sido sem querer, mas ela achava que não – ele estava naquela idade em que os meninos ficam curiosos – e resolveu que certo desencorajamento lhe faria bem.

Nos últimos anos, desde que abrira sua conta, o Facebook era uma parte integral do ritual noturno de Eve. Ela achava calmante percorrer o *feed* de notícias uma última vez antes de dormir, visitando a página de seus muitos amigos e conhecidos, lembrando a si mesma de que não estava realmente sozinha. Eles sempre estavam bem ali, onde ela os havia deixado, as mesmas pessoas postando sobre as mesmas coisas: receitas, frases expressivas, fotos escaneadas dos velhos tempos, os inevitáveis animais de estimação, declarações banais, memes sagazes, pensamentos profundos, explosões sobre política, vídeos virais. Um grupo de sua cidade natal estava em uma nova discussão, exaltando a barraquinha de sorvete da Franklin Street – que não existia mais havia pelo menos duas décadas – com oitenta e sete comentários, a maioria dos quais expressando coisas como: "Delícia!", "O. MELHOR. SORVETE. DO. MUNDO." e "Baunilha com granulados coloridos!!!".

Ela se obrigou a ler tudo. Deveria ser suficiente para fazer qualquer um pegar no sono, mas Eve ainda estava bem acordada quando terminou, ainda estava inquieta e agitada como quando começou. Então, não havia outra saída além de fazer o que havia prometido que não faria, embora fosse, declaradamente, uma promessa que ela havia feito com os dedos cruzados, sabendo que provavelmente teria que ser quebrada.

Para uma pessoa sexualmente liberada de quarenta e poucos anos, Eve tinha, até poucos dias atrás, relativamente pouca familiaridade com pornografia. Ela se lembrava de ter folheado a pilha de revistas do irmão de uma amiga quando era adolescente, intimidada pela beleza retocada das modelos no pôster central na *Playboy* e genuinamente chocada com os nus frontais na *Hustler*. Seu desgosto visceral tornou-se ideológico na faculdade, onde as feministas argumentavam que a pornografia degradava e objetificava as mulheres ao explorá-las para ganhos financeiros. Por que alguém gostaria de algo tão horrível?

Depois que se formou, ela começou a notar que nem todos compartilhavam daquela opinião. Muitos homens supostamente esclarecidos que ela conhecia pareciam gostar de pornografia – ou pelo menos gostavam de fazer piada sobre gostar de pornografia –, mas ela ficou surpresa ao saber que várias de suas amigas também eram fãs. Sua colega da pós-graduação, Allison, dissera que ela e o noivo tinham um compromisso fixo todas as sextas-feiras à noite, pelo qual ambos esperavam ansiosamente a semana toda, quando assistiam juntos a filmes pornô. (Allison também tinha um vibrador que havia apelidado de Pilhadinho e descrevia, meio de brincadeira, como a melhor coisa que tinha lhe acontecido.)

Sucumbindo à mera pressão no início do casamento, Eve e Ted tinham alugado um filme chamado *Coma minha secretária* – foi na época em que toda locadora de vídeo tinha uma seção para maiores de idade, normalmente escondida em um porão ou em uma sala separada –, mas só conseguiram ver alguns minutos antes de jogar a toalha. Os atores eram muito esquisitos, a secretária, dotada de seios que desafiavam a lei da gravidade, enquanto o chefe ostentava uma ereção do tamanho de uma abobrinha gigante. Aquilo não deixou Eve e Ted excitados, então eles desligaram o videocassete e fizeram amor, com animação suficiente e seus equipamentos naturais, de tamanho normal. Seu histórico com os filmes para maiores praticamente acabou ali. Ela nunca tinha procurado pornografia na internet, e praticamente nunca pensava nisso, a menos quando estava na função de mãe vigilante.

E por isso era tão desconcertante se ver voltando, pelo sexto dia consecutivo, ao milfateria.com ("O maior bufê do mundo de pornografia MILF amadora!"), passando pelos filmes recém-publicados. *Adorável esposa – boquete, MILF – Anal com porra, Abby ama um pau grande, A primeira vez de Samantha Sexy na frente das câmeras, Mãe atrevida toma com gosto.* Mãe atrevida. Eve sorriu diante da descrição e clicou no link. Parecia valer a pena ver.

A mensagem de texto anônima havia sido o motivo de ela ter chegado até ali. Aquela que chegou na sexta à noite. Ela tinha se esquecido dela até a manhã de sábado, quando ligou o celular e viu a mensagem idiota:

Vc é minha MILF!

Ela não tinha certeza do motivo de ter ficado tão incomodada. Provavelmente não passava de uma brincadeira inofensiva, obra de algum adolescente bêbado tarde da noite. Mensagens como essas eram o equivalente digital a trotes telefônicos obscenos.

Manda nudes!!

Ela só precisava apagar e seguir com seu dia. Mas não parava de olhar para aquelas palavras, pairando inocentemente dentro de um balão, como se tivessem todo o direito de habitar seu telefone. Antes que se desse conta do que estava fazendo, digitou uma resposta.

Não sou uma MILF, seu merdinha

Por sorte, seu bom senso falou mais alto antes de clicar em "Enviar". Não havia motivo para responder a um pervertido anônimo, dar a ele a satisfação de uma resposta, uma recompensa por seu assédio.

MILF.

Ela sabia o que a sigla significava, é claro – não vivia isolada do mundo – ou pelo menos pensava que sabia. Em sua cabeça, era apenas um nome atualizado para o antigo estereótipo de sra. Robinson, a mulher fogosa de meia-idade com predileção por homens mais jovens, talvez até mesmo garotos da idade de Brendan. Aquilo era o que mais a assustava, a possibilidade de a mensagem ter vindo de algum amigo de seu filho, ou mesmo de seu novo colega de quarto.

Quero gozar em cima desses seus peitões caídos!!!

Que tipo de pessoa diria algo assim para a mãe de um amigo? E se fosse Wade, Tyler ou Max, garotos que ela conhecia desde que estavam na pré-escola, que ela tinha levado para a praia, que tinham dormido em sua casa? Ela ficava constrangida só de imaginar um deles pensando em seu corpo com detalhes tão lascivos.

E nem são tão caídos, pensou, indignada. *Na verdade, estão muito bem.*

Uma coisa que ela havia aprendido em sua busca na internet naquela manhã era que ela estava misturando os termos *cougar* e *MILF*, que não eram sinônimos. MILF era uma categoria mais ampla, mais passiva, basicamente "qualquer mãe sexualmente desejável". Aquilo significava, Eve percebeu, que não era possível dizer *Não sou uma MILF*, porque o que era ou não MILF estava nos olhos do observador. Outra coisa que havia aprendido era que ninguém deve procurar esse termo na internet se não quiser cair em um mar de pornografia.

Não havia dúvidas – milfateria.com era parte daquele "esgoto sem controle" sobre o qual o assistente de promotoria havia alertado tantos anos atrás na reunião da Associação de Pais e Mestres. Eve ficava regularmente chocada e frequentemente indignada com o que encontrava ali. Não aprovava aquele site – ficaria horrorizada se encontrasse qualquer coisa parecida no computador de seu filho – e sinceramente desejava que ele não existisse. Mas não conseguia parar de olhar para ele.

Algumas das MILFs supostamente "amadoras" eram, nitidamente, estrelas pornô, com peitos falsos gigantescos e virilhas completamente depiladas, mas a maior parte parecia ser formada por pessoas comuns. Elas tinham estrias, cicatrizes de cesariana, espinhas no rosto e na bunda, hematomas e alergias, celulite, pelos nascendo nas axilas e na virilha. Algumas usavam óculos durante o sexo, e uma quantidade surpreendente transava de meias. Muitas pareciam morar em casas desmazeladas e apartamentos minúsculos. Enquanto algumas das mulheres pareciam constrangidas pelo que estavam fazendo, outras olhavam diretamente para a câmera, como se estivessem muito mais interessadas em quem estava assistindo do que em seus parceiros. E os homens! Eram (a maioria, pelo menos) um show de horrores – peludos e barrigudos, ofegantes e falantes demais para o gosto de Eve. Adoravam narrar seus orgasmos em tempo real – *Estou quase lá, gata!* – como se o mundo todo estivesse esperando uma atualização.

Na semana anterior, Eve tinha passado mais tempo assistindo a vídeos no milfateria.com do que gostaria de admitir, e ainda assim não tinha chegado nem perto de ver tudo. O site era organizado por categorias (MILF oral, MILF anal, *ménage à trois* com MILFs, MILFs lésbicas, MILFs negras, MILFs solo etc.), tipo de corpo (MILFs peitudas, MILFs depiladas, MILFs bundudas, MILFs ruivas), mas também por nacionalidade (MILFs turcas, MILFs alemãs, MILFs canadenses, MILFs japonesas, MILFs israelenses, MILFs iranianas e assim por diante), uma comunidade global de mulheres com trinta e poucos, quarenta e poucos, cinquenta e poucos e até mais velhas (MILFs vovós), unidas pelo desejo de fazer sexo diante de uma câmera e compartilhar a experiência com o restante do mundo (a menos que um homem estivesse compartilhando as imagens sem sua permissão, o que devia acontecer muito). A quantidade de vídeos era impressionante. Nunca daria para assistir a todos, mesmo que ela quisesse. Eram tantos que parecia uma questão de tempo até Eve acabar encontrando alguém conhecido, uma colega de colégio, uma vizinha, talvez sua velha amiga Allison.

Ela tinha a mesma reação toda vez que iniciava uma sessão: *Afe!* Como alguém pode fazer uma coisa dessas? Como as pessoas se expõem desse jeito? Ver tanta pele nua era perturbador. Ela se encolhia diante das conversas obscenas sem imaginação e da previsibilidade da ação. Odiava especialmente os vídeos que se concentravam apenas na genitália, com closes de pênis e vaginas. Eram tantos ânus. Ela precisava ver rostos, ter uma noção maior da pessoa a que estava assistindo. Era a única coisa que importava.

Era como um encontro às cegas ou uma festa. De algumas pessoas, gostava de imediato. De outras, não. De algumas, não tinha certeza. A mãe atrevida era uma mulher horrível, que não parava de rir, fazendo um *striptease* desajeitado com a televisão no último volume ao fundo. Eve fechou a janela, tentou *MILF sueca com vibrador rosa!* e depois *Esposa italiana garganta profunda* e *Foda matinal da sexy Abigail*. Nenhuma delas agradou.

Mas sempre tinha mais um vídeo. E às vezes – o daquela noite foi *Moça elegante ama aquele pau!* – algo a excitava. O casal na tela parecia inspirado, até mesmo abençoado – dava para ver como eram vivos, felizes e desinibidos –, e talvez provocasse certa inveja, mas também suscitava uma sensação de agradecimento por compartilhar aquele momento. E então, a última barreira desmoronava, e talvez por um minuto ou dois a sensação fosse de estar lá com eles, como ouvir uma música boa no rádio e, sem perceber, começar a cantar.

PARTE DOIS

O fim da relutância

CONFUSÃO EM SUNSET ACRES

Ainda era quinta-feira à tarde, mas Amanda Olney já podia sentir o fim de semana se aproximando como uma doença – um caso leve de gripe ou algum problema gastrointestinal, o tipo de indisposição que não deixa ninguém de cama, mas mantém a pessoa confinada ao sofá, imprestável para interação com humanos. Bastava esperar passar, vestindo calça de moletom e abusando de chás de ervas e Netflix, como um isolamento de quarenta e oito horas até a segunda-feira chegar e ser necessário voltar ao trabalho.

Ela entendia como aquilo parecia ridículo, exatamente o oposto do que devia sentir uma jovem solteira, com um trabalho administrativo que pagava uma ninharia e zombava de sua formação caríssima; um emprego que, além do mais, demandava passar boa parte da vida na companhia de pessoas velhas, algumas delas física e/ou mentalmente instáveis, e muitas outras simplesmente teimosas. As pessoas deviam amar os fins de semana, aquela janela um tanto quanto breve de liberdade, a única chance de eliminar o odor do tédio com um golpe de diversão. Usá-los para beber e transar até entrar em um estado de letargia feliz e aproveitar a lembrança como energia para passar pela semana de trabalho seguinte, no fim da qual poderia repetir tudo, *ad infinitum*, ou pelo menos até encontrar o cara (ou a garota) certo e sossegar.

Bem, Amanda já tinha tentado tudo isso e ficado muito deprimida. Era melhor virar freira do que passar todo domingo se martirizando pelas escolhas ruins que havia feito nas noites de sexta e sábado. Na verdade, naquele momento da vida em particular, ela nem se importaria se não existisse fim de semana. Ela não ligaria de ir para o trabalho sete dias por semana e se esconder atrás de sua mesa de metal bege, fazer ligações e preencher papéis, encontrar modos econômicos de manter os coroas de Haddington ocupados enquanto aproveitavam o que lhes restava de seus anos dourados.

Além de organizar eventos e atividades no Centro para Idosos, Amanda era responsável por produzir uma newsletter mensal chamada

Acontecimentos de Haddington. Uma das seções recorrentes era uma lista de acontecimentos notáveis que haviam transcorrido desde a última edição: o nascimento do sétimo neto de Eleanor Testa, a excelente recuperação de Lou LeGrande após se submeter a uma cirurgia cardíaca, as bodas de ouro de Dick e Marilyn Hauser. Ela estava acrescentando alguns itens à lista – *Três vivas para Joy Maloney, que ficou em quinto lugar na Divisão de Setenta Anos ou Mais da corrida de cinco quilômetros no parque Finley. Muito bem, Joy! Você é uma inspiração para todos nós! E parabéns para Art Weber pela anchova de quase cinco quilos que pescou em Cape Cod. Quase tão grande quanto a outra que escapou, não é, Art?* – quando Eve Fletcher apareceu em sua minúscula sala sem janelas.

— Ei — ela disse. — Resolveu o negócio do ônibus?

Amanda confirmou, satisfeita por ter boas notícias.

— Deu um certo trabalho, mas finalmente consegui falar com o dono e expliquei a situação. Ele disse que vai nos mandar um ônibus rodoviário pelo mesmo preço.

— Com banheiro?

— Foi o que ele disse.

Eve soltou um suspiro dramático de alívio.

— Ainda bem. Eu não ia colocar de jeito nenhum um monte de idosos em um ônibus escolar para uma viagem a Foxwoods. Seria pedir por um desastre.

— Da nossa parte, está tudo pronto — Amanda garantiu a ela. — O resto fica por conta de Frank Sinatra Jr.

— Tenho certeza de que ele será ótimo. — A voz de Eve estava confiante, mas o rosto expressava outra coisa. — Eu queria poder ir com você, mas tenho aula nesse dia.

— Não se preocupe — Amanda disse a ela. — Eu dou conta.

— Excelente. — Eve juntou as mãos como se aplaudisse em silêncio. — Bem, aproveite o resto de seu dia. Vou sair um pouco mais cedo.

— Que sorte.

— Na verdade, não. Eu vou a um velório. Roy Rafferty.

— Ah. — Amanda fez uma careta, demonstrando empatia. — Fiquei sabendo. Pobrezinho.

— Quer vir?

Amanda olhou para a tela do computador.

— Eu ainda preciso terminar esse artigo.
— Sem problemas — Eve disse, afastando-se da porta. — Até amanhã.

A última parte do dia de trabalho parecia não ter fim, como se o tempo se expandisse infinitamente entre as quatro e meia e as cinco da tarde, quando não havia nada para fazer além de navegar na internet, fingindo estar ocupada caso algum de seus colegas de trabalho passasse no corredor. Em um ambiente um pouco mais humano e racional – uma daquelas empresas de tecnologia de São Francisco, com mesas de pingue-pongue, máquinas de café expresso e salas de descanso sobre as quais estava cansada de ouvir falar –, ela poderia ter dado o dia por encerrado e saído para respirar ar fresco, mas, no Centro para Idosos, tinha um emprego público das antigas. As pessoas eram pagas para ficarem sentadas na cadeira, não pela qualidade de suas ideias ou pelas tarefas desempenhadas. Era mais um exemplo de como as coisas estavam viradas de cabeça para baixo. Não seria muito mais justo se operários como ela tivessem horário de trabalho flexível e todas as regalias moderninhas? As pessoas que ganham mais podiam muito bem pagar por seus próprios *macchiatos*.

Depois que parou para pensar, desejou que tivesse aceitado o convite mais ou menos sério de Eve para acompanhá-la ao velório de Roy Rafferty. Não que fosse divertido ficar dentro de uma casa funerária no fim de uma bela tarde de outono, mas pelo menos elas poderiam ir juntas até lá, talvez sair para beber alguma coisa depois. Seria uma chance de passarem um tempo juntas e se conhecerem um pouco melhor fora do contexto do trabalho.

Amanda não sabia ao certo se queria que Eve fosse sua mentora ou uma amiga, mas havia espaço em sua vida para as duas coisas. Talvez estivesse simplesmente sentindo falta de sua mãe – fazia apenas cinco meses que ela tinha morrido, embora quase sempre parecesse que havia sido no dia anterior – e procurasse uma substituta, uma mulher mais velha e mais sábia que pudesse lhe dar apoio emocional, embora Eve não chegasse nem perto da idade de sua mãe nem tivesse demonstrado nenhum interesse em fazer parte da rede de apoio de Amanda. Ela mesma parecia um pouco triste – Amanda a havia visto chorando em sua sala naquela vez, apesar de Eve ter negado –, o que só serviu para Amanda gostar ainda mais dela, e desejar que pudessem cruzar o limite rígido e artificial que separava chefe e funcionária, e encontrassem uma forma de se verem como iguais.

Ela estava lendo uma lista na internet que tinha quase certeza que já havia visto antes – "29 celebridades que você não sabia que eram bi" – quando o telefone tocou. O relógio do computador marcava quatro e cinquenta e dois, tarde o bastante para que a ligação parecesse um fardo, se não fosse algum tipo de emergência.

— Eventos — ela anunciou com cuidado. — Amanda falando.

— Alô, Amanda — disse a voz feminina e áspera do outro lado da linha. — Aqui é Grace Lucas.

— Certo. — Aquele nome não significava nada para Amanda. — Posso ajudar?

— Você não me conhece — Grace Lucas continuou. Ela parecia um pouco estranha, possivelmente sob o efeito de medicamentos. — Sou a esposa de Garth Heely.

É claro que sim, Amanda pensou, irritada. Quando se tem um emprego como coordenadora de eventos, sempre aparece alguém para dificultar sua vida. No momento, para Amanda, esse alguém era Garth Heely, um autor local pouco conhecido convidado para se apresentar em novembro na série de palestras promovidas pelo Centro para Idosos. Advogado aposentado, Garth Heely havia autopublicado três romances retratando Parker Winslow, um detetive de cabelos grisalhos que atuava em Sunset Acres, uma comunidade com predominância de idosos e uma taxa de assassinatos extraordinariamente alta. Amanda havia lido todos os livros de Heely – era seu trabalho! – e os achara melhor do que o esperado, tirando a parte em que o assassino, em todos os três livros, acabava sendo um personagem não branco – um enfermeiro jamaicano em *Confusão em Sunset Acres*, um urologista indiano em *Mais confusão em Sunset Acres* e um fisioterapeuta guatemalteco em *Caos em Sunset Acres*. Quando ela apontou esse padrão infeliz – diplomaticamente, pensou –, Garth Heely ficou imediatamente na defensiva, dizendo a ela que estava cansado de toda essa merda de politicamente correto que se ouvia hoje em dia, todos concentrados na cor da pele dos outros em vez de prestar atenção ao conteúdo de seu caráter. Então ele sugeriu que talvez *ela* fosse racista, agregando todas as pessoas não brancas em uma única categoria, como se não houvesse diferença entre Kingston e Calcutá.

Você já esteve em Calcutá?, ele perguntou.

Amanda admitiu que não.

Bem, eu já, ele disse. *E acredite, querida, não tem nada a ver com a Jamaica!*

Amanda não ficou surpresa com sua atitude de inocente ofendido. Era algo com que havia se acostumado, trabalhando no Centro para Idosos. Muitos dos idosos brancos agiam como se ainda fosse 1956, como se pudessem dizer o que quisessem, quando quisessem, sem ter que assumir qualquer responsabilidade por suas palavras. Logo após ser contratada, ela chamou a atenção de algumas mulheres por utilizarem o termo *preto* em uma conversa casual. Ambas estavam tricotando roupinhas de bebê e olharam para ela como se estivesse fazendo tempestade em copo d'água, uma vez que não havia nenhum negro por perto que pudesse ouvi-las. Raramente havia. Haddington era aquele tipo de cidade.

Garth Heely não era completamente racista. Era apenas um homem branco bem-sucedido, por vezes charmoso, de uma certa idade, alheio ao próprio privilégio, previsivelmente arrogante e condescendente. A única coisa que a surpreendeu foi o fato de ele agir como uma celebridade, considerando que era um escritor de que ninguém tinha ouvido falar, um item na Amazon em meio aos milhões de outros.

— Como posso ajudá-la, senhora?

— Estou ligando em nome de meu marido — disse Grace Lucas. — Acho que você vai ter que cancelar a palestra dele.

Ai, meu Deus, Amanda pensou.

No dia anterior mesmo, ela e Garth Heely haviam discutido sobre os folhetos que o Centro para Idosos havia feito para promover sua palestra. Ele achou que estavam entediantes – *e como não estariam?* – e sugeriu que fossem impressos em vários tons diferentes de cores chamativas, de preferência rosa, amarelo e azul-claro. Amanda explicou que não seria possível, uma vez que o Centro não tinha verba para papel colorido.

— Alô? — Grace Lucas disse. — Você ainda está aí?

— Estou aqui. — Amanda sentiu a pele ficando pegajosa sob o vestido. Estava trabalhando no Centro para Idosos havia poucos meses, e a última coisa de que precisava era ter que entrar na sala de Eve e explicar que o palestrante de novembro tinha cancelado por causa de um desentendimento trivial. — Por favor, diga ao sr. Heely que eu me enganei. Forneceremos com prazer o papel colorido para os folhetos.

O silêncio do outro lado da linha parecia ser mais de confusão que de paralisia. Amanda estava prestes a acrescentar desculpas à oferta quando Grace Lucas finalmente falou:

— Garth morreu, querida.

— O quê? — Amanda começou a rir, depois se conteve. — Eu falei com ele ontem de manhã. Ele estava bem.

— Eu sei. — Havia um quê de admiração na voz de Grace Lucas. — Ele morreu logo depois. Você foi a última pessoa que falou com ele. Ele ainda estava com o telefone na mão quando o encontrei.

Ai, meu Deus, Amanda pensou. *Eu o matei.*

— Sinto muito — ela disse.

— Obrigada, querida. — Grace Lucas soltou um suspiro resignado. — Só queria que ele tivesse conseguido terminar o livro que estava escrevendo. Ele disse que seria o melhor Parker Winslow de todos. Agora nunca saberemos quem seria o assassino.

Amanda teve vontade de perguntar se havia algum funcionário não branco da área da saúde no livro – *Esse é seu assassino!* –, mas estava distraída por uma sensação constrangedora de alívio, pois a morte repentina de Garth Heely seria muito mais fácil de explicar a Eve que uma discussão sobre cor de papel.

— Vou enterrá-lo com o terno azul. — A voz de Grace Lucas era pensativa e reservada, como se estivesse falando sozinha. — Ele sempre ficou tão bem de azul.

★ ★ ★

Velórios e funerais eram uma parte inevitável da vida profissional de Eve, e ela tentava lidar com eles com um senso profissional de desprendimento. Comparecia como representante do Centro, dava os pêsames à família do falecido, e ia para casa. Sem estardalhaço, sem drama, sem lágrimas.

Naquela noite, no entanto, estava um pouco abatida. A notícia da morte de Roy Rafferty a havia deixado extremamente chateada, tendo ocorrido logo após ela o ter expulsado por se expor no banheiro feminino. Ela não se sentia culpada pela decisão – como administradora, realmente não tinha escolha –, mas lembrar daquilo ainda a deixava muito triste. Parecia tão cruel e sem propósito, em retrospecto, humilhar um senhor doente que tinha só mais um mês de vida, embora ela não tivesse como saber disso na época. Só sabia que havia causado dor a alguém de quem gostava, e isso sempre tinha um preço, mesmo que fosse apenas parte de seu trabalho. Fazer aquilo a deixava com a sensação de ser uma pessoa suja e cruel, sujeita às leis do carma. E também a levava a se questionar se estava fazendo a coisa certa ao aparecer ali.

Muitos dos velórios a que ia tinham, infelizmente, pouca gente. Um cadáver, algumas flores e um punhado de espectadores entediados que nem se davam ao trabalho de fingir que se importavam com o que havia acontecido. Eve ficou aliviada ao ver que não era o caso daquele velório. O estacionamento estava lotado, e também a sala do funeral. Uma fila impressionante de enlutados concentrava-se ao longo da parede lateral, aproximando-se aos poucos do caixão aberto. O número de pessoas presentes era um tributo aos laços de toda uma vida de Roy com a cidade de Haddington, sua participação em diversas organizações cívicas e sua longa e bem-sucedida carreira como dono de uma empresa de serviços hidráulicos, sem mencionar o fato de que ele havia sido realmente um cara legal antes de a demência se manifestar.

Em vez de se juntar à procissão, Eve sentou-se em uma cadeira aveludada na penúltima fileira, perto de um grupo de senhoras que frequentavam regularmente o Centro para Idosos. Uma delas era Evelyn Gerardi, a mulher enfisematosa que tinha sido vítima das propostas indecentes de Roy.

— Que triste — Eve sussurrou. — É uma pena.

As mulheres assentiram com pesar, murmurando que Roy era uma pessoa querida, um bom pai, e que fora lindo na juventude. Eve se virou para o caixão, que estava encoberto por uma parede de ternos escuros e vestidos sóbrios. Ela ficou sentada em silêncio por um tempo, tentando evocar uma imagem mental do homem morto – não o encrenqueiro que ele foi perto do final, mas o homem brusco e conversador que ela havia conhecido uma década antes, um cara atarracado com corte de cabelo militar e um brilho travesso nos olhos.

Ele sempre usava camisas havaianas às sextas-feiras – a preferida tinha estampa de abacaxis e papagaios – e gostava de flertar com as funcionárias do Centro, incluindo Eve.

O que ela mais se lembrava a respeito de Roy era como ele cuidara da esposa depois da morte do filho mais velho, cinco ou seis anos atrás. Joan havia ficado muito abalada – e como não ficaria? Nick ainda era seu bebê, mesmo tendo cinquenta e dois anos quando morreu e parecia que toda a alegria e a vitalidade tinha se esvaído dela depois daquilo. Roy começou a segurar na mão dela em público, algo que nunca tinha feito antes, e a tratá-la com imensa gentiliza, puxando a cadeira para ela se sentar, ajudando-a a vestir o casaco, perguntando se ela estava bem com voz suave e solícita. Era àquele homem que Eve estava prestando seus respeitos, e ela esperava que a família Rafferty aceitasse suas condolências sem amargura e a perdoasse pelo papel infeliz que havia desempenhado no capítulo final da vida dele.

A fila havia diminuído consideravelmente quando ela se levantou e se aproximou do caixão, respirando pela boca para evitar o odor enjoativo das coroas de flores, que sempre a deixavam um pouco zonza. Odiava essa parte do ritual, aquele momento arrepiante em que se ficava cara a cara com um objeto que parecia ser uma réplica de cera canhestra de alguém conhecido mas era, é claro, de fato aquela pessoa. Como sempre, todos os elementos da apresentação pareciam um pouco fora do lugar, desde o terno cinza que Roy estava usando – na opinião de Eve, uma jaqueta de náilon e uma camisa havaiana teriam sido muito melhores – até o maço de cigarro e a embalagem de carne seca que haviam sido colocados dentro do caixão para ajudá-lo na passagem. Nada daquilo parecia apropriado: Roy tinha parado de fumar e cortado a carne vermelha havia anos. Mas o verdadeiro problema era o olhar vazio em seu rosto. Roy era uma pessoa sociável, estava sempre feliz em ver gente, sempre interessado em ouvir o que todos tinham a dizer, mesmo que estivessem apenas conversando sobre o tempo. A apatia não combinava nem um pouco com ele.

Algumas pessoas beijavam a testa dos falecidos, mas Eve achava aquilo assustador e dramático, sem contar um tanto quanto anti-higiênico. Optou por dar duas batidinhas em sua mão, muito rapidamente.

— Adeus — ela sussurrou. — Sentiremos sua falta.

Os três filhos vivos de Roy estavam parados no início da fila, e nenhum pareceu achar a presença de Eve estranha ou arrogante. As duas filhas – Kim e Debbie eram seus nomes, embora Eve não conseguisse se lembrar quem era quem – abraçaram-na e disseram que seu pai adorava frequentar o Centro para Idosos, que falava muito bem das pessoas que trabalhavam lá. Eve garantiu a elas que o sentimento era mútuo, e que o pai delas era um homem adorável que iluminava o dia de todos.

George Rafferty foi mais reservado que as irmãs, mas não aparentava guardar rancor. Parecia um pouco confuso, ou talvez simplesmente exausto.

— Obrigado pela presença — ele disse, apertando a mão dela com uma indiferença robótica. — O dia foi difícil. É bom ver você. Significa muito.

Eve não sabia ao certo se ele a havia reconhecido, o que a deixou levemente ofendida ao sair da casa funerária. *Você sabe muito bem quem eu sou!* Ela estava prestes a rir do egoísmo de sua reação, mas foi distraída pelo ar frio da noite quando saiu, o azul-escuro do céu e a rua recém-pavimentada à sua frente, o preto atravessado por uma linha amarela, um mundo tão inexplicavelmente belo que ela esqueceu em que estava pensando e simplesmente ficou parada por um instante, contemplando tudo aquilo.

★ ★ ★

O instrutor de Bikram ioga naquela noite era Jojo, e não a preferida de Amanda. Ela gostava mais de Kendra, a mulher expressiva e levemente acima do peso que lia meditações motivacionais sobre autoaceitação durante o Savasana no início e no fim da aula. Kendra andava pelo estúdio como um espírito do bem, uma deusa do encorajamento, sempre pronta para fazer um comentário de apoio. Às vezes isso era tudo de que precisavam, um pequeno elogio para suportar as posições mais difíceis, o Utkatasana e algumas variações da postura do guerreiro, aquelas que faziam as pessoas odiarem seu corpo e questionarem os motivos de estarem fazendo aquilo.

— Vamos, pessoal! — Jojo bateu palmas como se chamasse um cachorro. — Cadê a energia? Não existe nada pela metade na Bikram ioga!

Jojo era um asiático lindo com corpo de ginasta e alma de sargento. Suas correções eram raras e bruscas, e às vezes no limite do que era apropriado, como se sua falta de interesse sexual por mulheres lhe desse o direito de tocá-las onde e como quisesse.

Ainda assim, Amanda sabia que reclamar de Jojo era reclamar de barriga cheia, como choramingar sobre os preços dos alimentos orgânicos. O verdadeiro milagre era o fato de *qualquer um* dar aula de Bikram ioga em Haddington. Dez anos antes, quando ela saiu para estudar na Sarah Lawrence, não existia um único estúdio de ioga em sua cidade natal. Agora havia três – de Bikram, de Prana e de Ioga Real, seja lá o que isso for –, assim como uma academia de CrossFit, um bom restaurante vegano e um estúdio de tatuagem cujo dono tinha diploma da Escola de Design de Rhode Island. Sem perceber, ela fazia parte de uma migração reversa hipster, legiões de pessoas de vinte e poucos anos com formação muito boa e salário muito baixo que quase não cabiam mais nas cidades, saíam dos bairros mais centrais e mais caros e se espalhavam para lugares mais distantes e baratos como Haddington, transformando os locais de onde antes haviam fugido, tornando-os habitáveis novamente, ou pelo menos toleráveis.

Outro motivo de gratidão: as aulas de Jojo tinham menos gente que as de Kendra, então ela tinha mais espaço para se esticar, sem se preocupar em ter seu espaço pessoal invadido por um vizinho grosseiro ou em escorregar em uma poça de suor masculino. Ela detestava ser sexista, mas era inegável: os homens da aula de ioga eram nojentos. Todo mundo transpirava, mas certos caras levavam o suor a um extremo doentio, pingando como torneiras durante os noventa minutos de aula, encharcando os tapetinhos de espuma.

Havia apenas cinco homens na aula, nenhum deles conhecido, graças a Deus. Algumas semanas antes, ela tinha ficado atrás de um cara que havia conhecido no Tinder, um designer gráfico de quarenta e dois anos chamado Dell, de longos cabelos grisalhos e uma barriguinha triste saltada sobre o cós da sunga. Seus olhares se cruzaram no espelho frontal e ele sorriu, feliz com a surpresa. Ela notou o olhar examinador dele durante todas as vinte e seis posturas, e aquilo destruiu completamente sua concentração. E depois ele tentou puxar papo no estacionamento, como se fossem velhos amigos, e não estranhos que tinham transado uma única vez, só porque ambos estavam entediados e se sentindo solitários ao mesmo tempo.

Ela não sabia ao certo por que o encontro a havia irritado tanto. Dell era um cara bem legal – eles até que tinham se dado bem na cama – e ela tinha noventa e nove por cento de certeza de que a presença dele no estúdio era mera coincidência e não o início de uma terrível perseguição. Mas nada disso importava; era simplesmente assustador vê-lo ali, totalmente fora de contexto, como se fosse um ser humano de verdade e não um produto de sua imaginação sexual. Ela foi para casa naquela noite e deletou a conta do Tinder, para que nada parecido com aquilo voltasse a acontecer.

No Centro para Idosos, as tatuagens de Amanda eram uma fonte constante de atrito com os clientes e, aparentemente, um convite aberto à crítica, como um daqueles adesivos de para-choque que pergunta: *Como estou dirigindo?* Ela queria poder fornecer um número de telefone gratuito, assim os coroas irados poderiam ligar à vontade e deixar uma mensagem, em vez de interpelá-la na sala de artesanato para dizer que ela havia cometido um erro terrível, que poderia ter permanecido bonita, e perguntar: *onde estava com a cabeça?*

Pelo menos use mangas compridas, as doces senhoras lhe diziam. *Uma blusa de gola alta e meia-calça escura também não seriam má ideia.*

Algo mais sutil e muito mais frustrante aconteceu no vestiário do estúdio de ioga, onde várias das mulheres mais jovens tinham tatuagens, embora de uma variedade suburbana mais discreta – um golfinho no ombro, uma constelação de três ou quatro estrelas em volta do tornozelo, um passarinho alegre na nuca. A primeira vez que se despiu lá, sentiu um arrepio repentino de separação, sua própria estética mais extrema marcando-a instantaneamente como uma estranha, a garota agressiva com uma naja em volta da perna, uma granada no seio, uma bomba anarquista na coxa e um cutelo – a única tatuagem de que ela realmente se arrependia – com sangue pingando no braço.

Ela tentava compensar sendo extremamente simpática, sorrindo para todo mundo que passava, mas os outros raramente correspondiam ao sorriso. A maioria evitava totalmente fazer contato visual, assim como Amanda não olhava para a mulher anoréxica da antiga academia que frequentava, aquela que parecia determinada a cometer suicídio no aparelho elíptico. Tinha vontade de olhar – quem não teria? –, mas, para não ser grosseira, concentrava-se nos próprios afazeres e fingia que a moça não estava ali.

Cinco anos antes, quando morava no Brooklyn com Blake, ela teria gostado dessa sensação de ser pária, de saber que era um pouco radical demais para as mães que faziam ioga e as mulheres solteiras de Haddington, mas não era mais aquela pessoa. Estava solitária, procurando novos amigos, e seu coração se partia um pouco cada vez que tomava banho e se vestia sem trocar uma palavra agradável ou um olhar compassivo com ninguém.

Havia se acostumado tanto a ser ignorada que não soube o que pensar quando saiu do chuveiro, com uma toalha pequena demais enrolada no corpo, e notou uma mulher esguia e bonita olhando fixamente para ela com cara de interrogação. Amanda nunca tinha visto aquela mulher no estúdio de ioga antes, mas havia notado sua presença durante a aula. Era difícil não notar – ela era uma daquelas deusas da ioga que ficam na primeira fila, com um físico e uma flexibilidade invejáveis, observando-se no espelho com um ar de distanciamento científico enquanto fazia nós elegantes com o corpo, mal derramando uma gota de suor.

O espaço era apertado, havia um único banco de madeira entre duas fileiras de armários, com diversas mulheres passando com vários níveis de vestimenta, tentando não ficar no caminho umas das outras. Amanda tinha acabado de soltar a toalha quando sentiu uma presença ao seu lado.

— Com licença? — A voz da mulher era surpreendentemente casual, considerando que Amanda estava nua e ela própria só estava vestindo calça de ioga. — Acho que nos conhecemos.

A estranha era ainda mais bonita de perto, tinha cabelos pretos e curtos e olhos azuis que pareciam ao mesmo tempo claros e vivos. Uma tatuagem pequena aparecia sob o cós da calça, algo escuro e espiralado, um furacão ou talvez um cometa.

— Você estudou na Haddington High? — ela perguntou. — Fizemos juntas a aula de Inglês Avançado no último ano?

Sua voz parecia vagamente familiar, mas Amanda procurou em vão por um nome para conectar ao rosto. Não ajudou muito o fato de ela estar distraída pelos seios da mulher, pequenos e atrevidos, com mamilos otimistas voltados para cima. Ela não conseguia deixar de imaginar como seria aquilo, ter peitos que desafiavam a lei da gravidade, e uma barriga tão chapada que poderia muito bem ser côncava. Ela olhou com anseio para a toalha descartada, jogada no chão sem utilidade.

— Desculpe — Amanda disse. — Seu nome é...?

— Beckett. — Depois de um momento de silêncio constrangedor, a mulher sorriu, percebendo seu erro. — Na época da escola eu me chamava Trish. Trish Lozano.

Minha nossa, Amanda pensou. *Trish Lozano*. Agora ela conseguia ver a sombra da garota que havia conhecido escondida dentro de uma pessoa totalmente nova.

— Eu não a reconheci — desculpou-se Amanda. — Você era loira naquela época.

— É claro que sim. — Trish balançou a cabeça. — Eu era tão clichê. A líder de torcida bonitinha dos infernos.

Amanda não sabia ao certo como responder. Nunca tinha pensado em Trish Lozano como um clichê. Ela era mais como um ideal platônico de estudante americana, bonita e cheia de energia, e superpopular, sempre no centro das atenções. E também era inteligente, o que parecia ainda mais injusto.

— Seu nome é Beckett agora?

— Mudei na faculdade. Comecei a atuar, e Trish parecia tão *nhé*. Estávamos fazendo uma produção totalmente feminina de *Esperando Godot* e, sei lá, Beckett me pareceu um nome legal. — Trish revirou os olhos, entretida com seu *eu* mais jovem e mais pretensioso. — No fim das contas, eu era uma péssima atriz, então o tiro saiu pela culatra. Mas mantive o nome. Foi um grande avanço.

Amanda percebeu que estava assentindo de maneira enfática demais, como se estivesse recebendo notícias de profunda importância, e ficou constrangida ao pensar em sua aparência, roliça e ruborizada e nua, ouvindo com tanta atenção uma mulher linda, de peitos descobertos, que se autodenominava Beckett.

— Você está ótima — Trish disse, tocando de leve em seu braço. — Ainda está morando aqui?

— É apenas temporário. — O rosto de Amanda ficou quente de vergonha. — Estava morando com meu namorado no Brooklyn, mas... — Era uma longa história, que ela não queria contar naquele momento. Virou-se para o armário aberto, remexendo nas roupas até encontrar seu sutiã. — E você?

— Estou visitando minha mãe. — Trish fez uma cara feia, como se fosse uma obrigação desagradável. — Moro em Los Angeles atualmente. Fui para lá estudar cinema e nunca olhei para trás. Meu noivo é DF. Diretor de fotografia, sabe? Então acho que não temos muito como sair de lá.

Involuntariamente, o olhar de Amanda foi parar na mão esquerda de Trish, onde o pequeno diamante cintilava com elegância, nem um pouco ostensivo ou espalhafatoso. Apenas um fato.

— Uau. — Amanda fechou o sutiã e depois deu uma puxadinha nos aros, colocando tudo no lugar. — Que interessante.

Ela pegou a calcinha – era preta, de cintura alta, com renda nas laterais – e a vestiu. Sentiu-se um pouco melhor agora que estava mais coberta, satisfeita por ter escolhido uma lingerie bonita naquele dia.

— Você também trabalha com cinema?

— Fui assistente de produção por um tempo, mas agora dou aula de *spinning*. Provavelmente vou fazer isso por mais alguns anos, até sentir que é o momento de ter filhos. — Trish deu de ombros, sem demonstrar descontentamento. — E você?

— Estou solteira — Amanda disse, tentando parecer casual. — Tentando colocar a vida em ordem. Sou coordenadora de eventos no Centro para Idosos. Eles têm um programa de palestras bem legal.

Trish fez que sim com a cabeça, mas havia um olhar distante em seus olhos, como se não estivesse prestando atenção.

— É tão estranho — ela disse. — Ainda penso em você às vezes.

— Em mim? — Amanda soltou uma gargalhada confusa. Ela e Trish mal haviam trocado duas palavras no colégio. — Por quê?

— Posso ser sincera? — Trish perguntou. — Você me assustava um pouco. Estava sempre me encarando como se eu fosse uma pessoa horrível, esnobe e superficial. Nunca consegui entender por que você me odiava tanto.

— Eu não te odiava — Amanda afirmou. — Nem te conhecia.

— Tudo bem — Trish disse. — Tive uma epifania na faculdade. Um dia, eu me dei conta de que, tipo, *porra, eu era uma garota má! É por isso que ela me odiava!* Às vezes, até hoje, acordo no meio da noite e me sinto constrangida pelo modo como eu tratava as pessoas, como era egoísta, uma princesinha mimada. Então, quando te vi aqui, simplesmente achei que deveria me desculpar. Acertar as coisas.

— Você não precisa se desculpar.

— Sinto muito — Trish disse. E, quando Amanda se deu conta, elas estavam se abraçando, e os pequenos seios orgulhosos de líder de torcida de Trish apertando-se junto a seu peito. — Sinto muito, de verdade, pela pessoa que eu era.

* * *

Eve não se lembrava da última vez em que havia ido sozinha a um restaurante – não uma cafeteria ou pizzaria para uma refeição rápida, mas um restaurante de verdade com garçons e guardanapos de pano, um lugar onde os outros comensais olhavam com pena quando alguém se sentava sozinho a uma mesa e depois tentavam ao máximo não olhar mais naquela direção, como se a pessoa fosse desfigurada e pudesse se sentir constrangida. E isso, na verdade, era melhor do que avistar algum conhecido, dar aquele aceno encabulado para o outro lado do salão – *Sim, estou sozinha!* – e depois não tirar mais os olhos do prato durante a meia hora seguinte, até um dos dois ir embora.

Mas Eve havia decidido ir mesmo assim, aceitar a estranheza e tentar vencê-la. Sua inspiração foi um artigo que uma conhecida recém-divorciada havia postado no Facebook – "Ficar sozinha: quinze coisas divertidas para fazer com você mesma... por você mesma!" – que apontava que muitas mulheres solteiras se privavam de todos os tipos de prazer pelo simples medo do constrangimento, de serem vistas como inferiores por não serem parte de um casal ou de um grupo de amigos. Simplesmente encare esse medo, o artigo sugeria, e faça o que *você* quer, assim poderá perceber que não havia nada a temer desde o princípio.

Vá em frente, concluía o autor. *Eu te desafio!*

Algumas das atividades sugeridas pareciam idiotas – *tome um longo banho quente de banheira; prepare um jantar elaborado à luz de velas para si mesma* – e também irrelevantes, se o problema era superar o estigma de ser uma mulher sozinha em público. Outras pareciam excessivamente ambiciosas – *vá andar de caiaque; corra uma maratona* – ou financeiramente impraticáveis – *faça um cruzeiro pelo Caribe; visite um novo continente.* Mas havia algumas que despertaram seu interesse – formas simples e baratas de fazer um agrado a si mesma que exigiam pouco mais do que apenas a coragem para sair de casa: *cantar uma música no caraoquê; ir a um bar e pedir um coquetel sofisticado; sair sozinha para jantar.*

O restaurante escolhido foi o Gennaro's, uma cantina italiana caseira no Haddington Boulevard. Era o preferido de Brendan, sempre sua primeira opção naquelas noites em que Eve ficava trabalhando até tarde ou estava cansada demais para cozinhar. A *hostess*, uma estudante de ensino médio com belos cílios postiços, levou-a até uma mesa isolada, perto do corredor do banheiro. Eve não se importou com a localização medíocre. Estava feliz simplesmente por estar ali, cercada pela decoração familiar – o mural pintado com amor, embora pouca destreza, da costa napolitana, que ocupava uma parede inteira, as fotografias emolduradas de uma Vespa e um cacho de uvas – e o zunido reconfortante da conversa das outras pessoas durante o jantar.

Ela gostaria de ter pensado em levar um livro para lhe fazer companhia; da próxima vez, já saberia o que fazer. Por enquanto, estava ocupada analisando o desenho na toalha de papel das antigas – não tinha mudado, pelo que ela se lembrava –, um mapa da Itália, com ilustrações da Torre de Pisa e do Coliseu, e uma série de informações sobre o país.

População: sessenta milhões
Religião: catolicismo romano
Idioma: italiano

Brendan sempre se divertia com essa última. *Estou chocado*, ele dizia. *Italianos falam italiano. Eu nunca poderia imaginar.* Achando que ele gostaria da referência, ela enviou uma mensagem para ele com a foto.

Jantar no Gennaro's, ela escreveu.

Legal, ele respondeu com uma prontidão satisfatória. *Com quem?*

Sozinha. Queria que você estivesse aqui.

Eu também. Estou com saudade do frango à parmegiana!

Ficou mais fácil quando chegou o vinho, um chianti da casa tão imutável quanto a toalha de papel. Ela havia tomado apenas alguns goles quando Gennaro saiu da cozinha e começou a perambular pelo restaurante, indo de mesa em mesa como um político. Ele era adorável, um italiano baixinho de olhos azuis, pele corada e uma cabeleira grisalha, um desses tipos delgados que conseguiam ficar elegantes até mesmo usando avental verde-escuro. Quando avistou Eve, abriu um grande sorriso, como se mal pudesse acreditar que a estava vendo.

— Há quanto tempo. Onde está seu filho?

— Na faculdade — disse a ele. — Primeiro ano.

— Garoto inteligente. — Gennaro bateu com a ponta do indicador na cabeça. — Ele está gostando?

— Está. Talvez até um pouco demais.

Gennaro balançou a mão como se espantasse um inseto.

— Ah. Ele é jovem. Deixe que aproveite. — O italiano encarou Eve, estreitando os olhos de preocupação. — E você? Quais são as novidades?

— Nada novo — ela respondeu. — Só trabalhando. Tentando me manter ocupada.

Gennaro deu de ombros com uma resignação afável.

— O que se pode fazer? É preciso pagar a faculdade. — Ele deu um tapinha no ombro dela. — Foi bom te ver, moça bonita. Venha sempre que quiser. Vamos cuidar bem de você.

Ele seguiu para outra mesa, deixando Eve um pouco desanimada. Ela sabia que as intenções de Gennaro eram boas, mas havia algo naquela pergunta – *quais são as novidades?* – que sempre a deprimia. Talvez estivesse sendo paranoica, mas sempre parecia invasiva, uma forma indireta de perguntar sobre sua vida romântica. E quando ela respondeu que estava *só trabalhando*, foi um modo de dizer *ainda estou sozinha*, como se estivesse se desculpando por estar solteira, como se houvesse algo de errado com isso.

Por outro lado, ele pelo menos tinha se dado ao trabalho de perguntar, o que queria dizer que achava que ainda existia uma possibilidade de *haver alguma novidade*. Aquele era um ponto a favor dela. E não era totalmente verdade que não havia nenhuma novidade em sua vida. Por exemplo, ela estava fazendo o curso de Estudos de Gênero e realmente aprendendo alguma coisa. E, ah, sim, ela também tinha se viciado em pornografia pela internet, embora não fosse motivo para se gabar.

Entendia que era um pouco extremo, ou talvez apenas prematuro, chamar seu problema de vício – só estava acontecendo havia um mês, mais ou menos –, mas que outro rótulo era possível usar para algo que se fazia todas as noites, querendo ou não? Nesta noite, ela sabia que iria para casa e entraria no milfateria.com – era como se fosse um fato, não uma escolha – e provavelmente entraria na parte de MILFs lésbicas, sua categoria preferida da vez. Na semana anterior havia sido MILFs fazendo boquete – muitos e muitos boquetes – e na anterior àquela, ela havia passado por um período mais eclético – palmadas, *ménage à trois*, jogos anais – só para ter uma ideia das opções disponíveis.

Vício era uma palavra triste, no entanto, cem por cento negativa. Talvez *problema* fosse um termo melhor. As pessoas eram viciadas em heroína. Mas o excesso de café pela manhã era apenas um problema.

Eu tenho um problema com pornografia, Eve pensou, experimentando a palavra.

Certamente havia algumas coisas positivas naquilo. Estava tendo mais orgasmos do que antes, o que a estava ajudando a dormir melhor e melhorando sua pele. Várias pessoas estavam comentando que sua pele estava ótima. Ela também estava aprendendo algumas técnicas que poderiam ser úteis no futuro, se algum dia encontrasse um parceiro. Por exemplo, tinha aprendido que o modo como fazia boquete estava extremamente ultrapassado. Quando Eve era jovem, uma atitude confiante – na verdade, apenas fazer um esforço – era mais do que suficiente para passar de ano. Hoje em dia, o padrão de qualidade era muito mais alto.

Mas havia o lado negativo da pornografia, e ele ia além das objeções feministas que ainda a incomodavam. O verdadeiro problema era espiritual: ela tinha a sensação de estar desperdiçando a vida. Não era tanto a questão do tempo perdido – embora fosse uma parte considerável, todas aquelas horas gastas clicando em um vídeo atrás do outro, tentando encontrar algum que animasse seu cérebro –, mas a questão das oportunidades perdidas. Assistir a muita pornografia era como ficar no frio, com o nariz grudado em uma janela, vendo estranhos em uma festa e desejando poder participar também. Mas o mais esquisito: *era possível* participar. Bastava abrir uma porta e entrar, e todos ficariam felizes em ver você. Então por que ainda estava do lado de fora, na ponta dos pés, sentindo pena de si mesma?

Ainda bem, ela pensou quando a lasanha finalmente chegou.

* * *

Levou apenas um minuto para Amanda reativar a conta do Tinder. Seus *matches* antigos se perderam, mas ela não se importava. Usou as mesmas fotos de perfil de antes – elas nunca a decepcionavam – e manteve a descrição já consagrada: *Se você for legal, vou te mostrar meus outros lados*. Estabeleceu a distância de *match* em vinte e cinco quilômetros e a variação de idade entre trinta e cinco e cinquenta e cinco anos. Esse era o segredo, em sua experiência. Os caras mais velhos estavam na pista, verificando o celular a cada dois minutos, loucos para serem tirados da aposentadoria. E não se importavam de dirigir em uma nevasca, com o pneu furado, se houvesse uma mulher de vinte e poucos anos esperando por eles.

Amanda compreendia que não era uma boa ideia, sem contar uma violação explícita de sua política recém-instituída que proibia o sexo casual. Tinder era como tequila – divertido hoje, triste amanhã – mas às vezes não havia escolha. Aquele encontro inesperado com Trish Lozano havia acabado com sua autoestima. Pensar em ir para casa e comer uma salada na frente da TV desencadeou uma onda de autopiedade que beirava a raiva.

Esse é o ponto alto do meu dia? Uma merda de uma salada?

Não seria problema, ou pelo menos seria tolerável, se Trish ainda fosse Trish – uma versão adulta daquela adolescente, bonitinha e previsível, exibindo uma joia cafona, gabando-se do namorado corretor da bolsa de valores. Pelo menos dessa forma Amanda teria preservado seu senso de superioridade intelectual, a ilusão de ser uma aventureira boêmia que havia escolhido o caminho menos óbvio.

Mas Trish – *Beckett* – era uma pessoa completamente nova, vivendo o tipo de vida que Amanda sempre havia imaginado para si, *Meu noivo é diretor de fotografia!* Como isso foi acontecer? Parecia tão injusto – a garota extremamente feliz do colégio foi a que se reinventou, mudou-se para uma cidade glamorosa e se apaixonou por um artista que também a amava, enquanto Amanda, que sempre sonhou em fugir dali, acabou de volta ao início, apenas com algumas tatuagens idiotas para contar a história.

Eu trabalho no Centro para Idosos. Eles têm um programa de palestras bem legal.

Ela se sentiu tão idiota dizendo aquilo que quis morrer. E Trish ainda havia tido a pachorra de abraçá-la, de se *desculpar* por sua felicidade, o que era muito pior do que se gabar dela.

Eu vou transar hoje, Amanda pensou, antes mesmo de desfazerem o abraço.

Sua companhia chegou em menos de uma hora e bateu de leve na porta. Ela o analisou pelo olho mágico, surpresa, como sempre, que aquilo fosse possível. Que bastasse passar o dedo pela foto de um estranho para que a pessoa de carne osso aparecesse em sua porta. Aquele era um pouco mais pesado do que ela esperava – disse que era um ciclista ávido –, mas, fora isso, a semelhança com a foto do perfil a tranquilizou. Ela havia sido tirada em um pomar de maçãs, em um dia de sol. Mostrava-o em pé em frente a uma macieira carregada, olhando para a câmera com os olhos apertados, sorrindo de um modo que o fazia parecer mais preocupado que feliz.

Seu nome era Bobby e ele parecia charmosamente desconfortável na sala de estar de Amanda, como um adolescente indo buscar seu par para o baile. Quis saber se não havia problema em ficar calçado, e pediu permissão antes de sentar no sofá. Recusou quando ela lhe ofereceu uma cerveja, porém mudou de ideia alguns segundos depois, mas só se não fosse dar muito trabalho. Homens de meia-idade costumavam ser assim, hesitantes e exageradamente educados. Os caras da idade dela eram mais arrogantes, como se estivessem passando para retirar um prêmio muito merecido.

— Como estava o trânsito? — ela perguntou.

— Bem tranquilo — ele disse. — Só fica ruim na hora do *rush*.

— Agradeço por ter vindo até aqui.

— Obrigado por me receber. — Ele analisou a decoração com uma expressão cética, observando o conjunto de móveis cinza, a lareira a gás, os vasos e cestas cheios de flores secas. — Você mora aqui?

— Estou cuidando da casa. Meus pais estão fazendo um cruzeiro. Eles voltam amanhã.

Essa era a mentira que ela sempre contava, porque não queria que nenhum dos caras do Tinder tocasse a campainha às duas da manhã, bêbados, em busca de companhia. Além disso, a verdadeira história era complicada demais – a morte inesperada de sua mãe por ataque cardíaco aos sessenta e dois anos; seu retorno à cidade para cuidar do enterro e lidar com as questões jurídicas e financeiras (ela era filha única de pais divorciados, então teve que fazer tudo sozinha); e o fato de ter simplesmente *continuado ali*, porque a vida na cidade grande tinha ficado complicada – ela havia terminado com o namorado, estava sublocando temporariamente um outro espaço – e de repente havia uma casa inteira que pertencia a *ela*, embora não suportasse redecorar ou mesmo esvaziar o guarda-roupa de sua mãe. Em algum momento, se surgisse a oportunidade, ela diria a Bobby que seu pai era policial aposentado, o que também não era verdade – seu pai não era aposentado, não era policial e também não tinha mais nenhuma relação com Amanda –, mas certas precauções são aconselháveis quando se convida estranhos para entrar em sua casa e se faz sexo com eles.

— Eu já fiz um cruzeiro uma vez — ele disse. — Não foi tão legal.

— Eu não iria nem se alguém me pagasse — ela disse a ele.

Quando ele terminou a cerveja, eles saíram para a varanda dos fundos para fumar o baseado que ela havia pedido para ele levar. Ela não era de fumar muito, mas a erva agia mais rápido do que o álcool, e tinha o benefício extra de fazer tudo parecer um pouco mais surreal e muito mais divertido, o que era realmente muito útil em situações como aquelas.

— A noite está bonita — ele disse, olhando para o céu. — A lua está quase cheia.

Amanda não respondeu. Queria manter a conversa fiada a um mínimo. Aquele havia sido seu erro com Dell – eles ficaram conversando por uma hora antes de tirarem a roupa, o que acabou dando a impressão de um encontro real e provavelmente causou toda a confusão quando se cruzaram na aula de ioga.

— Sou divorciado — ele disse. — Caso esteja se perguntando.

— Não estou.

Pelo menos ele era capaz de entender indiretas. Eles fumaram o restante do baseado em um silêncio estranhamente confortável, como se já se conhecessem há muito tempo e tivessem esgotado todos os temas para conversa. Por um instante – que coincidiu com a percepção de que ela estava muito chapada –, Amanda imaginou que eles eram casados, comprometidos a passar todas as noites de suas vidas juntos, até um dos dois adoecer e morrer.

Eu e Bobby, ela pensou. *Bobby e eu.*

Era uma ideia ridícula, mas plausível o suficiente para fazê-la rir.

— Está rindo do quê?

— De nada. — Ela balançou a cabeça, como se não valesse a pena explicar. — É uma coisa idiota.

— Você tem uma risada ótima — ele disse a ela.

Eles voltaram para dentro e foram para seu quarto de infância. As paredes eram rosa-claro, com retângulos mais claros onde antes ficavam pôsteres, mas tudo parecia da mesma cor à luz de velas. Ele se sentou na beirada da cama estreita e a observou se despir.

Ela fez um pequeno *striptease*, abrindo os botões do vestido um por um, bem devagar. Ele era um bom espectador.

— Aí sim! — ele disse mais de uma vez. — Você é linda para cacete.

O vestido caiu no chão. Ela ficou ali parada por um instante, de calcinha e sutiã pretos e botas na altura do joelho, que havia calçado para a ocasião. Ele acenou com a cabeça por um instante, como se algo de que suspeitasse há muito tempo tivesse virado realidade.

— Você está me matando — ele disse. — Está acabando comigo.

Amanda sempre teve sentimentos conflitantes em relação ao próprio corpo. Era mais baixa e mais gorda do que gostaria. Tinha seios grandes e fartos que não eram tão bons para fazer ioga e nem para correr, mas causavam uma impressão muito positiva em situações como essas.

— Ah, minha nossa — ele murmurou quando ela deixou o sutiã cair sobre o vestido. — Que peitos são esses!

Parada ao lado de Trish Lozano à luz dura do vestiário, Amanda havia se sentido da mesma forma que se sentira durante todo o ensino médio, gorducha, sem graça e perdida. Mas naquele momento, tirando a calcinha sob a luz amarela tremeluzente, com Bobby a observando como se fosse um quadro em um museu, ela se sentia especial.

— Quer que eu fique de botas?

— Como for mais fácil — ele respondeu. — Gosto dos dois jeitos.

★ ★ ★

Eve não sabia ao certo se um Manhattan podia ser considerado um "coquetel sofisticado", mas era o bastante para ela se sentir no direito de riscar mais um item da lista *Ficar sozinha*. Além disso, até mesmo um simples Manhattan parecia sofisticado o suficiente para o Lamplighter Inn, inquestionavelmente o lugar preferido para jantar dos cidadãos idosos de Haddington, que faziam seu banquete anual no local havia muitos e muitos anos.

Eve não se importaria de nunca mais comer outra salada ou filé de linguado no Lamplighter em toda sua vida, mas tinha uma queda pelo bar, um refúgio aconchegante com banquetas de couro vermelho e meia-dúzia de mesas que seriam perfeitas para um fim de noite romântico, se houvesse algum romance em sua vida. Às oito da noite de uma quarta-feira, não estava lotado, mas também não estava vazio. Havia apenas quatro pessoas no balcão – um casal mais velho em silêncio, que parecia beber para valer, e uma dupla de trabalhadores que assistia a um jogo na TV muda. Uma das mesas também estava ocupada por duas mulheres tendo uma conversa séria.

— Eu conheço você? — o barman perguntou. Era um cara de boa aparência, mais ou menos da idade dela, com cabelos grisalhos bem curtos e um resíduo atraente de mocidade no rosto. — Você não é a mãe do Brendan? — Eve admitiu que sim. O barman estendeu a mão a ela.

— Jim Hobie. Fui técnico de futebol dele há muito tempo. Ele devia estar na educação infantil ou no primeiro ano. Nosso time se chamava os Margaridas.

— Ai, meu Deus — Eve riu. — Eu tinha me esquecido dos Margaridas. Eles eram adoráveis.

Nas primeiras fases do futebol infantil, todos os times eram mistos e tinham nomes de flores, e ninguém marcava pontos. Durou dois anos, e depois as coisas ficaram mais sérias e permaneceram assim.

— Era puro caos — Hobie disse a ela. — Brendan era o único garoto do nosso time que sabia o que estava fazendo. Algumas vezes tivemos que pedir para ele parar de fazer gols e dar chance aos outros.

Eve analisou o rosto do homem, tentando localizá-lo nas laterais do campo naquelas manhãs de sábado há muito esquecidas.

— Achei que Ellen DiPetro era a técnica.

— Eu era assistente dela — Hobie explicou. — Eu tinha mais cabelo naquela época, e um cavanhaque, caso ajude a se lembrar.

Ela não estava se lembrando, mas fazia muito tempo que Brendan havia sido um Margarida.

— Você tinha filhos no time?

— Minha filha. Daniella.

— Daniella Hobie. O nome me parece familiar.

— Ela era a segunda melhor aluna da turma — ele disse com orgulho. — Fez um dos discursos na formatura.

— É mesmo! — Foi um discurso muito longo e tedioso, se Eve se lembrava bem, sobre as coisas maravilhosas que havia aprendido ao participar da ONU modelo. — Como ela está?

— Ótima. Está no primeiro ano em Columbia. Parece que está amando.

— Uau. É uma universidade de primeira linha. Parabéns.

— Ela não puxou isso de mim — Hobie garantiu a ela. — Mal consegui me formar na Estadual de Fitchburg.

— Talvez ela tenha puxado à mãe.

— Acho que não. A mãe, minha ex-esposa, nem chegou a se formar. Mas acho que o principal motivo foi eu ter engravidado ela. — Ele deu de ombros, como se nada daquilo importasse. — Creio que a Dani simplesmente nasceu inteligente. Dava para ver em seus olhos quando era um bebezinho. Como se estivesse absorvendo tudo, sabe? Compreendendo. Nosso filho, irmão mais velho dela, não era nada parecido. Ele passou cerca de um ano tentando engolir a própria mão. Era seu maior projeto.

— Eles são como são — Eve concordou. — Nós só podemos amá-los.

Hobie olhou para o balcão, na direção do casal mais velho. O homem estava com o braço levantado, como se tentasse chamar um táxi. Hobie suspirou.

— Com licença.

Enquanto ele cumpria suas obrigações, Eve pegou o celular e mandou uma mensagem para Brendan.

Você lembra da Daniella Hobie? Acabei de encontrar o pai dela. Seu antigo técnico dos Margaridas.

— E como está o Brendan? — Hobie perguntou. — O que ele anda fazendo?

— Ele entrou para a Estadual de Berkshire.

— Ainda joga lacrosse?

— Não joga mais.

Ela recebeu uma notificação no celular e pegou o aparelho.

Afe ela fez aquele discurso chatíssimo os margaridas era tão gay

— Falando no diabo — comentou Eve, guardando o celular na bolsa.

— É legal ele manter contato — Hobie observou. — Quase não falo com meus filhos ultimamente. Eu me divorciei da mãe deles há cerca de dez anos.

— Eu também — ela disse. — É difícil.

— Diferenças irreconciliáveis. — Hobie riu com tristeza. — Ela me odiava.

— O meu ex me traiu — disse Eve. — Fora isso, era um cara legal.

— Posso perguntar uma coisa? — Ele pareceu um pouco tímido, como se soubesse que estava tocando em um assunto delicado. — O Brendan tem namorada?

— Acho que não. Ele tinha uma no ensino médio, mas eles terminaram no verão. Eu não gostava muito dela, para ser sincera.

— Só estou perguntando porque Dani nunca falou de garotos. *Nunca*. Se eu pergunto diretamente, ela simplesmente responde que está ocupada demais para relacionamentos. Mas depois a gente lê essas histórias no jornal sobre os jovens bebendo demais e transando nas festas, amizades coloridas e tudo mais, e a impressão que dá é que é uma orgia ininterrupta.

— Eles são adultos — lembrou Eve. — Têm direito de cometer os próprios erros, assim como fizemos.

— Amizade colorida? — Hobie balançou a cabeça demonstrando espanto e lástima. — Eu não tenho nem uma *impressora* colorida.

— Essa foi boa — Eve disse, levantando o copo quase vazio como se propusesse um brinde.

Ele perguntou se ela queria mais uma dose. Eve pensou *por que não?* Ainda estava bem cedo. Ela estava gostando da conversa, o que confirmava o valor de simplesmente sair de casa e fez sua noite passar de um pequeno experimento a uma modesta realização.

Hobie virou-se de costas para preparar a bebida, dando a ela a oportunidade de admirar o conforto de seu jeans e o corte ajustado da camisa branca, presa por dentro da calça. Ele estava em boa forma para um homem de sua idade.

Um homem da minha idade, ela lembrou a si mesma.

— Você é uma boa surpresa em uma noite de quarta-feira — ele disse, colocando a bebida na frente dela como se fosse um troféu. Um troféu de mentira, como os que davam aos Margaridas.

— Fui a um velório. Não estava com vontade de voltar para casa.

— Sinto muito. Alguém próximo?

— Apenas um conhecido do trabalho. Tinha oitenta e dois anos.

— Ah. — Hobie pareceu aliviado ao ouvir aquilo. — O que se pode fazer?

No espelho, Eve observou a sessão de terapia que se desenrolava na mesa chegar ao fim. As duas amigas vestiram seus casacos e foram embora. Alguns minutos depois, os fãs de beisebol saíram também. Restaram apenas Eve e o casal de velhinhos embriagados.

— O movimento está fraco? — ela perguntou.

— Está dentro da média.

— Imagino que compense nos fins de semana.

— Os sábados são bem movimentados — ele disse. — Mas eu não trabalho aos sábados.

Eve lamentou em solidariedade, mas Hobie logo explicou:

— A escolha foi minha — ele garantiu a ela. — Os fins de semana são sagrados. Reservo esse tempo para mim. É necessário para minha saúde mental e meu bem-estar.

Ele falou sobre o basquete que jogava aos sábados de manhã, com alguns ex-alunos da Haddington High, ex-jogadores de todas as idades. Hobie era um dos mais velhos, mas ainda conseguia acompanhar o ritmo dos outros.

— Não salto tão alto quanto antes — ele admitiu. — Mas ainda arremesso bem.

— Parece um exercício muito bom.

— É ótimo. — Hobie sorriu. — Aos domingos eu saio de bicicleta com um grupo de amigos. Costumamos pedalar de cinquenta a sessenta e cinco quilômetros. Organizamos uma grande pedalada beneficente no verão.

Era fácil imaginá-lo em uma bicicleta sofisticada, vestindo uma bermuda justa como os participantes do Tour de France, com a respiração ofegante nas subidas íngremes e o rosto animado, cheio de determinação.

— Meu ex-marido fez isso algumas vezes — ela disse. — É preciso estar mesmo em forma.

— Eu tento — Hobie afirmou com um quê de falsa modéstia que Eve fez o possível para ignorar. — E quanto a você? O que gosta de fazer nos fins de semana?

— Uma coisinha ou outra — disse ela, desejando ter uma atividade esportiva e empolgante de que se vangloriar, como escalada ou kickboxing, ou até mesmo tênis. Mas ela só lia, assistia a filmes e saía para caminhadas lentas perto do lago com Jane e Antoine, seu bichon frisé com artrite. No verão, trabalhava no jardim, cortando a grama, arrancando ervas-daninhas e regando as plantas, tarefas meditativas que ela apreciaria muito mais se não ficasse tão preocupada com carrapatos. Outro dia, pegou-se olhando com nostalgia para as árvores, esperando que as folhas mudassem de cor para que pudesse sair e passar o ancinho no chão em uma manhã fria de outono, por mais patético que parecesse. — Acho que eu gosto de relaxar.

— É claro — concordou ele. — Essa é a ideia.

Hobie se virou e observou o casal de idosos descer das banquetas. A mulher ajudou o homem, que precisou de alguns segundos para colocar os pés direito no chão.

— Vocês estão bem? — ele perguntou.

O homem fez um sinal com a mão, ignorando-o, como se Hobie não fizesse nada além de perturbá-lo.

— Está tudo bem, querido — a mulher respondeu, levando seu parceiro cambaleante pela mão. — Até amanhã.

Depois que foram embora, Hobie contou que eles moravam na esquina, o que era algo bom, porque ambos haviam perdido a carteira de motorista, com razão.

— Esse é o ritual deles — explicou. — Eles vêm aqui toda noite e bebem uísque sour. Mal trocam uma palavra, e depois voltam a pé para casa. No ano passado, completaram cinquenta anos de casados.

— É muito tempo — Eve disse. — Acho que esgotaram os assuntos.

Hobie deu de ombros.

— Pelo menos eles têm um ao outro.

Eve concordou, distraída pela percepção de que estavam sozinhos. Havia algo inegavelmente pornográfico naquela situação – o barman bonitão, a divorciada solitária. Ela podia ver o vídeo na cabeça, filmado com a mão um pouco tremida, do ponto de vista do homem, a MILF levantando os olhos, passando a língua pelos lábios, na expectativa, enquanto abria o cinto dele. Era uma imagem impensável em qualquer outro período de sua vida, mas agora parecia estranhamente plausível. Literalmente, não havia nada que a impedisse. Ela só precisava ir para trás do balcão e se ajoelhar. Hobie ficou olhando para ela, quase como se estivesse lendo sua mente.

— Mais um? — ele perguntou, esperançoso. — Por conta da casa.

Mais tarde, na mesma noite, depois de ver vídeos pornô e ir para a cama, Eve ficou se perguntando o porquê de não haver aceitado a oferta dele. Era apenas uma bebida, meia hora de seu tempo. Ele era razoavelmente bonito e bom de papo, e fazia muito tempo que ela não se envolvia em uma paquera divertida, muito menos tinha uma aventura. Se estivesse aconselhando uma amiga, teria dito: *experimente, veja no que vai dar, ele não precisa ser perfeito.*

Não foi tanto a fantasia sexual que a desanimou – aquilo havia surgido e desaparecido em segundos –, mas a sensação chata de familiaridade que havia tomado conta dela no decorrer da noite, uma sensação de que Jim Hobie era mais do mesmo, outra porção de uma refeição da qual ela já estava farta. Ele não era tão detestável quanto Barry, da aula, ou tão fascinado por si mesmo como Ted havia sido, mas era basicamente a mesma coisa. Ela poderia ir para a cama com ele, até mesmo se apaixonar, mas para onde isso a levaria? Para nenhum lugar em que ela não tivesse estado antes, isso era certo. Ela queria algo mais – algo *diferente* – embora não soubesse exatamente o que era. Só sabia mesmo que o mundo era muito grande, e ela havia explorado apenas uma pequena parte dele.

★ ★ ★

Amanda estava péssima na manhã seguinte, não pelos esforços sexuais – Bobby durou apenas alguns minutos –, mas porque acabou sendo uma daquelas noites em que o sono não vem e não há nada a fazer além de ficar acordada no escuro, vendo os pensamentos ruins passarem, um exército de possibilidades tristes e lembranças infelizes. Eram quase cinco da manhã quando ela conseguiu pegar no sono, e depois levantou às sete, com uma dor de cabeça que dois comprimidos de ibuprofeno e três xícaras de café não conseguiram erradicar.

— Você está bem? — Eve Fletcher perguntou quando Amanda entrou em sua sala para a reunião das dez. — Está um pouco pálida.

— Estou bem — Amanda insistiu, contendo o ímpeto usual de se abrir com Eve, contar sobre a noite difícil que havia tido e perguntar se ela tinha alguma estratégia para lidar com a insônia. — É só uma cólica.

Eve acenou com a cabeça, demonstrando empatia.

— Estou quase me livrando delas. Não vou sentir falta.

Amanda teria gostado de aprofundar o assunto, ouvir o que Eve pensava sobre menopausa e envelhecimento, mas achou que estaria passando dos limites. Eve era sua chefe, não sua amiga, independentemente do quanto Amanda desejasse o contrário.

— Recebeu meu e-mail sobre Garth Heely?

— Recebi. — Eve pareceu chateada, mas apenas por um segundo.

— Foi ataque cardíaco?

— A esposa disse que foi um AVC.

— Quer saber de uma coisa? É assim que eu quero morrer. — Eve estalou os dedos. — Rápido e sem dor. Na minha própria cama. É uma coisa que se aprende trabalhando com idosos. Que não é bom morrer em um hospital.

Amanda murmurou algo, concordando, tentando não pensar em sua mãe. Morrer rápido também não era tão bom. Ela já estava morta havia alguns dias quando os vizinhos começaram a se perguntar se ela estava bem.

— Alguma ideia para substitui-lo? — Eve perguntou. — Temos que bater o martelo logo.

— Vou te mandar um e-mail com uma lista de candidatos no fim do dia.

— Perfeito. Mais alguma coisa?

— Acho que não.

Amanda se levantou com uma sensação de incerteza. Achava que estava esquecendo algo importante, como se houvesse mais uma coisa que precisassem discutir, mas as únicas possibilidades que lhe ocorriam eram os mamilos atrevidos de Trish e os gemidos de filhote de cachorro que Bobby fazia antes de gozar, e nada disso era assunto apropriado para um ambiente de trabalho.

— Por sinal — Eve disse —, se você ainda quiser sair para tomar um drinque algum dia, eu gostaria muito.

O MALDITO JULIAN SPITZER

Quando entra no refeitório com alguém, você meio que se funde ao ambiente. Ninguém nem sabe que você está lá. Entrar sozinho é uma experiência totalmente diferente. É como se você fosse radioativo, como se sua pele fosse esverdeada. Dá para sentir todos os olhares.

Eu tenho amigos, dá vontade de dizer. *Eles só estão ocupados no momento.*

Normalmente, faço as refeições com Zack, mas ele tinha saído do quarto após receber um convite sexual às três da manhã e ainda não tinha voltado. Era a primeira vez que isso acontecia. Ele nunca dizia com quem estava transando, mas costumava sair correndo e voltar para o quarto uma ou duas horas depois, cansado, mas feliz, como um bombeiro voluntário que havia cumprido seu dever para com a cidade e precisava descansar um pouco. Mandei uma mensagem para ele – *cara, cadê vc* –, mas ele não respondeu. Tentei Will e Rico também, mas eles deviam estar dormindo.

O refeitório era um mar de estranhos aquela manhã, então passei pelas mesas lotadas e fui para a parte mais vazia, nos fundos. Havia uma convenção de renegados ali. Acho que poderia ter tirado um livro da mochila e fingido que estava estudando – era o que os outros otários estavam fazendo –, mas me pareceu uma coisa cretina, tipo *Olhem para mim, estou lendo um livro!* Pelo menos meu café da manhã estava muito bom, embora fosse de conhecimento geral que os omeletes do refeitório não eram feitos com ovos de verdade, e sim de uma espécie de líquido turvo amarelo que vinha em latas.

Uma coisa que se percebe quando se está sozinho é o quanto as pessoas que estão acompanhadas parecem felizes. Havia vários casais comendo juntos, e a maioria deles estava muito sorridente, provavelmente porque tinham acabado de acordar e transar. Outras pessoas estavam rindo com os amigos. Um professor cujos cabelos pareciam os de um palhaço louco estava passando um sermão em um aluno barbudo, que não parava de balançar a cabeça como se ela estivesse presa a uma mola.

Havia dois grupos para os quais eu não conseguia parar de olhar. Um era formado por algumas meninas que me faziam lembrar de Becca. Supermagras, cabelos lisos, muita maquiagem. Todas usavam saias curtas e tênis, como se ainda estivessem no ensino médio e achassem divertido usar roupas combinando. Elas não paravam de dar gargalhadas que pareciam falsas e um pouco altas demais, como se quisessem que todos olhassem e se perguntassem do que aquelas garotas gostosas estavam rindo.

Ao lado delas, havia uma mesa com jogadores de futebol. Caras enormes que devoravam pratos com quantidades absurdas de comida. Ao contrário das garotas, estavam quietos e sérios, talvez discutindo o jogo seguinte ou imaginando por que o técnico estava tão irritado no treino do dia anterior. Tive o estranho ímpeto de pegar a bandeja e me juntar a eles, só para poder sentir que fazia parte de um time novamente. Eu sentia muita falta daquilo.

Lá estava eu, observando as pessoas e comendo meu omelete, quando, de repente, minha garganta fechou. E meus olhos começaram a se encher de água. Percebi que estava a dois segundos de começar a chorar feito uma garotinha, bem ali, no meio do refeitório. Tive que fechar bem os olhos e respirar fundo algumas vezes para me recompor.

Pouco a pouco, senti a pressão diminuindo, o nó se desfazendo em minha garganta. Foi um grande alívio. Mas, quando finalmente abri os olhos, aquele idiota do Sanjay estava parado bem na minha frente, olhando para mim como se eu fosse um experimento de ciências. Não havia nada em sua bandeja além de uma maçã e um pote pequeno de iogurte.

— Ei, Brendan — ele disse. — Está tudo bem?

Fazia algumas semanas que eu não o via – ele não estava mais andando com Dylan –, mas me pareceu menos nerd que antes. Óculos novos, talvez, ou um outro corte de cabelo. Roupas mais legais. Alguma coisa.

— Tudo bem — respondi. — Só um pouco de ressaca.

Ele acenou com a cabeça, mas de um modo irritante, como se fosse merecido por eu ficar bêbado em uma noite de segunda-feira. *Foda-se ele.* Limpei a boca e me levantei, mesmo sem terminar de comer o omelete.

— Preciso correr — eu disse. — Até mais tarde.

Coloquei a bandeja na esteira rolante. Voltei a olhar para Sanjay enquanto me dirigia para a saída. Ele estava sentado à mesa onde eu tinha estado, sozinho, lendo um livro e comendo sua maçã. Parecia totalmente confortável, como se nem soubesse que eu o havia largado.

Perder a cabeça em público daquele jeito foi um alerta. Quer dizer, eu sabia que estava bebendo demais e fazendo merda nas aulas. Havia sido reprovado em uma prova de Matemática e tirado seis no primeiro trabalho para a aula de Redação – "O que privilégio branco significa para mim?" –, uma nota que a professora considerou "um ato de caridade" da parte dela. Também estava tendo problemas em Economia, mas o principal motivo era não conseguir entender o sotaque carregado do professor chinês. Naquela tarde, ele estava falando sobre a "lei da oféta e da plocula" quando comecei a me distrair. Mas, em vez de entrar no Facebook ou mandar mensagem para Wade, decidi ser construtivo, para variar, e fazer uma lista de tarefas, que meu pai dizia ser um dos *Onze hábitos das pessoas altamente bem-sucedidas*, ou algo do tipo. Ficou assim:

Tarefa de casa!
Prestar atenção na aula!!
Não beber durante a semana (se possível)
Ligar para minha mãe
Lavar roupa!!!
Jogar bem menos Super Smash (videogames em geral)
Cartão de aniversário para Becca!
Responder e-mail do meu pai
Andar com outras pessoas além de Zack
Terminar com Becca?
Depilar peito e saco
Extracurriculares?

Colocar tudo no papel tinha um efeito calmante, pegar a sensação de caos iminente e dividi-la em uma dúzia de problemas que podiam realmente ser resolvidos, alguns mais facilmente que outros. Decidi começar pelo mais fácil, indo até a lavanderia depois da aula e lavando todas as minhas roupas, além dos lençóis e toalhas, que estavam bem nojentos. Aquilo realmente serviu para elevar minha moral, tirando a parte em que todas as peças brancas ficaram cor-de-rosa.

Naquela noite, fui para a biblioteca fazer a tarefa de casa, coisa que eu não fazia quase nunca. Estava tentando ler um livro sobre mudanças climáticas que dizia que era quase tarde demais para a humanidade se salvar, mas talvez não, não se todos nós tomássemos a decisão de mudar nosso estilo de vida extravagante *imediatamente*. Era bem interessante, mas eu estava com problemas para manter a concentração. Por exemplo, eu estava sentado à uma mesa grande na sala de leitura principal, e a menina ao meu lado estava fazendo muito barulho para mascar chiclete. E o cara na minha frente não parava de suspirar com desânimo enquanto apagava as respostas do livro de Matemática, como se quisesse que o mundo todo soubesse que ele estava com dificuldades.

Mas tudo isso era apenas barulho de fundo. O que realmente estava me perturbando era a conversa que eu havia acabado de ter ao telefone com minha mãe, que não tinha saído conforme o esperado. Imaginei que ela ficaria feliz com minha ligação, já que não nos falávamos havia algumas semanas. Mas ela meio que me dispensou.

— Estou de saída, querido. Tenho aula hoje à noite.

— O quê?

— Não contei que estou fazendo um curso na faculdade comunitária? Gênero e Sociedade, toda terça e quinta.

— Ah, sim — eu disse, embora aquilo fosse novidade para mim. Ela ficou falando sobre voltar a estudar por tanto tempo que praticamente parei de prestar atenção quando o assunto surgia. — Está gostando?

— Adorando. É bem animador voltar para a sala de aula.

Para uma pessoa que estava de saída, ela teve muito tempo para falar sobre o curso. Aparentemente, a professora era uma pessoa realmente singular, os alunos eram extremamente diversos e as leituras eram desafiadoras e geravam reflexão, exatamente o que ela precisava naquele momento de sua vida.

— Legal — eu disse, embora me irritasse ouvi-la falando da faculdade como se fosse a melhor coisa do mundo. Era eu que estava na faculdade de verdade e, em minha humilde opinião, havia altos e baixos.

Além disso, ela estava cursando *uma única matéria*. Tente cursar quatro, e depois me diga como é divertido.

— Ah, por sinal — ela acrescentou. — Um dos alunos disse que estudou com você. Julian Spitzer? Lembra dele?

Paralisei por alguns segundos, tentando me convencer de que havia escutado errado. Mas sabia que não.

— Lembro de nome — eu disse, depois de uma longa pausa. — Mas não conheço direito.

— Ele me pediu para te mandar um *oi*.

Eu duvidava seriamente que Julian Spitzer tivesse pedido para ela me mandar um *oi*. A menos que estivesse me zoando. E, nesse caso, eu nem podia culpá-lo.

— Ei — tentei mudar de assunto. — Recebi outro e-mail do meu pai sobre o Fim de Semana dos Pais...

— Olha, querido. Preciso mesmo sair. Amanhã eu te ligo, tudo bem? Eu te amo.

Tecnicamente falando, eu não menti para minha mãe sobre Julian Spitzer. Eu realmente não o conhecia direito. Ele tinha se mudado para Haddington no sétimo ano, tarde demais para se enturmar comigo e meus amigos. No ensino médio, ele andava com os skatistas. Às vezes eles passavam de skate pela cidade, deslizando pelo meio da rua em um grande grupo, como se não dessem a mínima para os carros. Lembro de Julian em pé no skate, mãos na cintura, cabelos compridos esvoaçantes como os de uma menina.

Não testemunhei o incidente na casa de Kim Mangano. Eu estava no andar de cima com Becca – foi a primeira vez que ficamos – em um quarto que pertencia aos irmãos caçulas gêmeos de Kim. Enquanto isso, Wade estava na cozinha, tentando falar com Fiona Rattigan, a namorada com quem ficava terminando e voltando e que havia acabado com ele alguns dias antes. Acho que ela o estava ignorando e ele ficou um pouco irritado. Ele a segurou pelo braço e não queria soltar. Ela disse que ele a estava machucando. Algumas pessoas tentaram intervir, mas Wade as mandou cuidarem da própria vida.

Ele está abusando de mim!, Fiona disse bem alto. Acho que ela também estava bem bêbada. *Alguém chame a polícia!*

Julian Spitzer estava na cozinha, porque era lá que ficava o barril de chope. Quando terminou de encher o copo, aproximou-se de Wade e jogou tudo na cara dele.

Você é surdo? Ela pediu para você soltá-la!

Wade levou alguns segundos para secar a cerveja dos olhos e se recuperar do choque, e a essa altura nossos colegas do time de lacrosse já o estavam segurando para que ele não fizesse nada estúpido. Estávamos no meio da temporada e nosso time estava indo muito bem. A última coisa de que precisávamos era que a polícia chegasse na festa e alguns de nossos melhores jogadores fossem suspensos por beber e brigar. Mas Wade estava furioso.

Durante uma ou duas semanas, aquilo foi o assunto do momento na escola, tipo: *Ei, você ficou sabendo o que aconteceu com Wade e Spitzer?* Mas depois todo mundo esqueceu. Aconteceram outras festas, outros incidentes. Wade voltou com Fiona, nosso time chegou às quartas de final, e depois vieram as férias de verão. A história da cerveja na cara parecia coisa do passado, só que Wade não conseguia parar de remoer o assunto. Nós o ignorávamos, porque todo mundo sabia que Wade às vezes era desagradável quando bebia. Quando estava sóbrio, era um dos caras mais de boa e desencanados que eu conhecia.

Foi só azar naquela noite de agosto. Wade e Fiona estavam separados de novo, Becca e eu estávamos brigados e nosso amigo Troy detestava o emprego de monitor de acampamento, que exigia que ele passasse seus dias com crianças choronas de cinco anos de idade. Tentamos nos animar bebendo uma garrafa de vodca Popov no bosque que havia perto do campo de golfe, mas encher a cara não melhorou nosso humor.

Depois, saímos dirigindo o Corolla de Troy por um tempo, passando várias vezes pelos mesmos pontos – a escola, o cemitério, o lago, a escola de novo –, porque ninguém queria voltar para casa, e pelo menos podíamos ficar entediados juntos e reclamar das músicas que estavam tocando no rádio.

Então, na oitava ou nona volta pela cidade, acabamos o encontrando – o maldito Julian Spitzer, totalmente sozinho em um trecho escuro da Green Street. Ele estava andando de skate em alta velocidade, dando impulso com um pé e deslizando despreocupadamente.

— Vejam só — Troy disse a Wade. — É o seu amiguinho.

Ele diminuiu a velocidade até ficarmos bem atrás de Julian, depois acelerou, desviando dele e dando um cavalo de pau com o Corolla de modo a bloquear a rua. Julian teve que pular do skate para não se chocar conosco. Ele podia ter corrido, mas, por algum motivo, simplesmente ficou ali, paralisado, enquanto Wade saía pela porta do lado do carona.

— Entre na porra do carro — ordenou. — Vamos dar uma volta.

— E se eu disser não? — Julian perguntou.

— Entre logo no carro, idiota.

Julian não discutiu. Era como se estivesse esperando por isso há muito tempo, e imaginasse que devia simplesmente encerrar logo o assunto. Ele pegou o skate e se sentou obedientemente no banco de trás. Wade entrou logo atrás dele, de modo que ficamos os três atrás, com Julian apertado no meio. Troy deu a partida e saiu com o carro.

— Como vai, cara? — Wade perguntou em um tom de voz de falsa amizade. — Passando bem o verão?

— Não muito — respondeu Julian.

— Ótimo — disse Wade. — Fico feliz em saber.

Ele colocou o braço em volta dos ombros de Julian como se fossem um casal de namorados. Senti um cheiro de suor, pungente e azedo, mas não sabia ao certo de quem era. Era como se fôssemos uma pessoa só lá atrás, três corpos colados.

— Eu te procurei por toda parte — Wade disse com uma voz estranha, como se estivesse fazendo charme. — Você nunca responde minhas mensagens.

Julian não respondeu. Continuou olhando em minha direção, suplicando por ajuda, mas não havia nada que eu pudesse fazer. Isso era entre ele e Wade.

— Você não devia ter jogado aquela cerveja na minha cara. — Wade o apertou um pouco mais. — Foi um grande erro.

— Sinto muito. — A voz de Julian falhou um pouco, como se ele fosse chorar. — Sinto muito mesmo.

— Aposto que sim — Wade concordou. — Mas é tarde demais para pedir desculpas.

Julian fez que sim com a cabeça, como se já soubesse. Sua voz era baixa e assustada.

— O que vai fazer comigo?

Wade demorou para responder. Tirou o braço dos ombros de Julian e olhou pela janela para as casas escuras, com jardins bem-cuidados. Belos lares, cheios de pessoas decentes.

— Não sou uma pessoa ruim — ele disse. — Não mesmo.

Eu conseguia compreender seu dilema. Ele tinha falado muito sobre o modo brutal com que se vingaria de Julian, e agora precisava cumprir com sua palavra. Não dava para ficar meia hora dando voltas com o garoto e deixá-lo ir embora apenas com um alerta ríspido.

Acho que podia ter sido pior. Não houve violência, derramamento de sangue nem lágrimas. Ninguém comeu a bunda de ninguém. Éramos só nós quatro parados diante de um banheiro químico perto do campo de futebol no parque VFW. Juro, dava para sentir o cheiro daquela coisa a uns vinte metros de distância, uma nuvem de dejetos humanos e perfume químico que fermentara no sol durante todo o verão. Wade estendeu a mão e pediu o celular de Julian.

— Por quê? — Julian perguntou. — O que você vai fazer com ele?

— Apenas me entregue, idiota.

Mais uma vez, Julian obedeceu. Wade enfiou o celular no bolso da calça. Depois apontou para o banheiro químico.

— Entre aí — mandou.

Eu estava com a mão no ombro de Julian. Pude sentir seu corpo todo ficar tenso.

— De jeito nenhum — Julian recusou.

— Ah, mas você vai entrar — Wade disse a ele. — Isso eu te garanto.

— Por favor — Julian implorou. — Eu já pedi desculpa.

Wade colocou o dedo no peito dele.

— Não vou falar de novo.

Julian pareceu perder a força. Toda a resistência se esvaiu dele.

— Só isso? — ele disse. — Você não vai me machucar?

— Só isso — Wade garantiu a ele.

— Você jura?

— Juro. Agora, entre logo.

Foi tudo muito civilizado. Wade abriu a porta daquela cabine fedorenta e Julian entrou.

— Aproveite sua noite — Wade disse a ele.

Julian se virou para nós. O banheiro químico era levemente elevado, então parecia que ele estava em um palco. Acho que sentiu que não tinha nada a perder.

— Vocês são uns idiotas — ele disse. — Espero que saibam disso.

— Cale a boca — ordenou Troy a ele. — Você até que está pagando barato. Se dependesse de mim...

— Estou falando sério — Julian continuou. — Caras como vocês são o problema do...

Wade bateu a frágil porta de plástico antes que Julian pudesse terminar a frase. Depois a fechou com uma fita adesiva reforçada que havia encontrado no porta-luvas do carro de Troy. Ele vedou muito bem, usando o rolo todo, transformando aquele banheiro químico em uma cela de prisão.

— Ei, Julian — ele avisou. — Vou deixar seu celular aqui fora.

— Vá se foder! — A voz de Julian parecia abafada e distante, embora estivesse bem ao nosso lado. — Você é uma pessoa horrível. Vocês três são.

Wade jogou o celular na grama.

— Até mais, cara.

Julian começou a gritar quando nos afastamos, dizendo que éramos cretinos, desprezíveis, e implorando para que abríssemos a porta, mas suas súplicas caíram no vazio bem antes de chegarmos ao estacionamento. Tentamos rir daquilo no carro, parabenizando uns aos outros pela pegadinha genial que tínhamos acabado de colocar em prática, mas ninguém estava realmente achando graça. Eu estava prestes a dizer que devíamos voltar e soltá-lo, mas Troy falou primeiro.

— Ele consegue respirar lá dentro, né? Não vai morrer sufocado nem nada do tipo?

— Há aberturas nas laterais — respondi. — Eu olhei.

— Dá para imaginar que cheiro horrível? — Troy perguntou. — Será que dá para morrer disso?

— Ele vai ficar bem — Wade disse. — As pessoas saem para passear com seus cães umas seis da manhã. Alguém vai abrir a porta para ele.

— Ainda faltam cinco horas — eu disse.

— Não sintam pena daquele puto — Wade mandou. — Ele tem sorte por não estar no hospital.

Fui para casa e me deitei na cama, mas não consegui dormir. Só conseguia pensar em Julian Spitzer, preso naquela cabine horrorosa, longe de qualquer um que pudesse ajudá-lo. Fiquei me perguntando se seus pais haviam se dado conta de que ele não estava em casa, se estavam ligando para o telefone que Wade tinha deixado na grama.

Não consegui aguentar. Por volta das cinco da manhã, levantei da cama e fui de bicicleta até o parque. Parecera tão sinistro na noite anterior, um lugar assustador onde qualquer coisa podia acontecer. Mas era bonito pela manhã, com o sol saindo e os passarinhos cantando como loucos. Dava para ver casas em meio às árvores, não tão longe quanto pareciam no escuro.

Fiquei aliviado ao encontrar o banheiro químico vazio, a fita que vedava a porta arrancada. Talvez Julian tivesse ficado ali apenas por um curto período, até alguém chegar, ou tivesse encontrado uma forma de se soltar sozinho. Talvez eu tivesse passado a noite em claro preocupado à toa.

Tivemos alguns dias ruins depois daquele episódio, imaginando se ele havia contado a alguém o que havíamos feito. A seus pais ou talvez à polícia e até mesmo apenas aos amigos. Não sabíamos ao certo se era crime prender alguém dentro de um banheiro químico, mas era o tipo de brincadeira que podia nos causar muitos problemas, um sério desvio de comportamento que ninguém queria ter que explicar aos pais ou treinadores do time, ou a um funcionário do departamento de admissões das faculdades.

Mas nada aconteceu. Nunca ouvimos nada a respeito.

Foi no verão anterior ao último ano do ensino médio. Quando voltamos para a escola, em setembro, Julian Spitzer havia misteriosamente desaparecido. Algumas pessoas disseram que ele tinha largado os estudos ou que havia sido transferido para uma escola particular. Apenas fiquei feliz por ele não estar lá, assim não precisaria vê-lo ou pensar nele. Quando nos formamos eu meio que o apaguei da memória, e por isso foi um choque tão desagradável ouvir minha mãe mencionar seu nome naquela tarde, citando-o de forma tão casual no meio da conversa, perguntando se eu me lembrava dele.

Sabe quando, às vezes, você tenta não pensar em alguma coisa e acaba prestando muito mais atenção nela? Foi o que aconteceu comigo e aquela menina na biblioteca. Eu estava tentando me concentrar em meu livro – o derretimento das geleiras e o aumento do nível do mar – e ela ficava mascando aquele chiclete, fazendo aquele barulho irritante de goma com saliva que não me deixava em paz.

Minha nossa, pensei. *Você não está ouvindo o barulho que está fazendo?*

Fiquei até aliviado quando os manifestantes chegaram. Eram cerca de vinte pessoas, e entraram na biblioteca como um grupo de excursão, reunidos perto da entrada principal, sussurrando e olhando ao redor. Alguns dos alunos que estavam na mesma mesa que eu reviraram os olhos e balançaram a cabeça.

— De novo, não — resmungou a máquina de mascar.

— É a mesma coisa toda noite — afirmou o garoto do livro de Matemática.

Os manifestantes se organizaram em fila, espalhando-se até a ilha central. A menina que estava mais próxima à minha mesa tinha cabelos azuis e estava de batom preto. Ela olhou com nervosismo para a garota muçulmana ao seu lado, que usava o véu na cabeça, mas não estava com o rosto coberto. Eles levantaram os braços.

— Mãos ao alto! Não atire!

Foi meio idiota da primeira vez, como se apenas metade do grupo soubesse o que fazer, e nem todos falaram ao mesmo tempo.

— Ele era um criminoso! — alguém gritou de uma das mesas.

A menina de cabelos azuis e sua amiga muçulmana levantaram os braços mais alto e entoaram com mais convicção.

— Mãos ao alto! Não atire!

Eu havia ouvido falar sobre esses protestos pela morte de Michael Brown – supostamente estavam acontecendo em todo o *campus* –, mas era a primeira vez que eu realmente via um deles. Muita gente estava reclamando, dizendo que o modo como os manifestantes invadiam salas de aula e incomodavam torcedores em eventos esportivos era desrespeitoso. Mas até que era legal vê-los invadindo a biblioteca daquele jeito, preenchendo aquele espaço silencioso com suas palavras, que se tornavam mais altas e mais firmes conforme eram repetidas.

— Mãos ao alto! Não atire!

A fila começou a andar, novos rostos passando por mim em um desfile lento. Para minha surpresa, uma das manifestantes acenou para mim. Demorei um segundo para reconhecer Amber, da Rede de Conscientização sobre Autismo, e a essa altura ela já tinha saído da fila e estava indo diretamente para minha mesa.

— Cara! — ela disse em tom alegre, como se eu tivesse voltado dos mortos. — Por onde andou? Sentimos sua falta na última reunião.

— Estive ocupado — respondi, levantando o livro para que ela visse que eu estava lendo sobre mudanças climáticas.

Mesmo fora da fila, ela levantou as mãos e gritou com os outros, implorando para que os policiais invisíveis não atirassem. Estava de calça de moletom e uma blusa com capuz, e novamente notei como parecia forte com aqueles ombros de jogador de futebol, e como era bonita – cabelos loiros, olhos azuis e sardas de camponesa nas bochechas rosadas devido à empolgação.

— Foi terrível o que aconteceu em Ferguson — ela me disse. — Essa merda precisa parar.

Não sabia o que responder. Quanto mais ouvia sobre Michael Brown, mais confuso eu ficava. Ele estava de boa ou tinha assaltado uma loja? Estava se rendendo ou tentando pegar a arma do policial? Eu tinha ouvido várias pessoas dizendo várias coisas, e não sabia em que acreditar.

— É uma merda — eu disse. — Sem dúvidas.

Amber sorriu, como se eu tivesse passado em algum tipo de teste. Ela estendeu a mão, como se estivesse me tirando para dançar.

— Vamos — ela disse. — Precisamos de sua voz.

Fique tímido no início, e preocupado com minha mochila, que eu deixara sobre a mesa.

— Mãos ao alto! Não atire!

—Vamos! — Amber exclamou. — Diga com vontade!

Algumas pessoas olharam feio para nós, mas outros se levantaram e se juntaram à fila conforme nos movimentávamos pela biblioteca. Passamos pelo balcão de atendimento e contornamos as pilhas até a área dos computadores.

— Mãos ao alto! Não atire!

Quanto mais falávamos, mais fácil ia ficando, e muito mais divertido. Algumas pessoas balançavam o corpo e outras faziam barulho. Por um instante, Amber e eu ficamos de mãos dadas, com os braços para cima como se tivéssemos acabado de conquistar uma medalha.

— Mãos ao alto! Não atire!

Demos três voltas no andar principal e saímos pelo detector de metais, entoando aquelas palavras o tempo todo. Foi ótima a sensação de sair da biblioteca na noite fria de outubro, todos se cumprimentando e se parabenizando, a luz brilhando nos cabelos de Amber quando ela me abraçou.

Quando voltei para o quarto, Zack estava deitado na cama com fones de ouvido enormes. Queria contar a ele sobre o protesto, mas ele tirou os fones e se sentou antes que eu tivesse tempo de tirar a mochila das costas.

— Cara — ele disse. — Posso te perguntar uma coisa?

— Claro.

— Você ficaria com uma garota gorda?

— Acho que não — respondi. — Não curto muito.

— Sim, mas e se você gostasse muito de uma garota gorda? Você ficaria com ela?

— Isso é para alguma aula?

— Não, só estou curioso.

— Depende. — Sentei na cama, bem de frente para ele. — Se fosse uma daquelas modelos *plus size*, até poderia.

— Nada de modelo. Apenas uma garota gorda normal. Mas ela é bonita e tem ótima personalidade.

— Está tentando arrumar alguém para mim?

— Cara, estou fazendo uma pergunta simples.

Ele parecia irritado, o que era um pouco injusto, porque eu já tinha respondido duas vezes.

— Tudo bem — eu disse. — Eu ficaria com ela. Por que não, já que ela é tão incrível como você está dizendo?

Zack acenou com a cabeça em aprovação, como se eu finalmente tivesse dado a resposta certa.

— Certo, então você fica com essa garota algumas vezes, e é divertido demais, mas totalmente casual. Sem compromisso. Mas daí uma noite ela começa a chorar, e você pensa: *Qual é o problema?* E ela pergunta: *por que nunca saímos em público? Você tem vergonha de mim? É porque eu sou gorda?* O que você diz para ela?

Era tão óbvio que quase ri da cara dele.

— Cara, você está ficando com uma garota gorda? É para o quarto dela que você vai às três da manhã?

— Não — ele respondeu com o mesmo tom exaltado. — Estou falando de uma situação totalmente hipotética.

— Certo — eu disse. — Hipoteticamente falando, eu provavelmente diria: *Vagabunda, talvez se você perdesse uns quarenta e cinco quilos, poderíamos ir ao cinema. Enquanto isso, podemos voltar ao boquete que você estava fazendo? Estou cansado e tenho que encontrar o idiota do meu colega de quarto para tomar café da manhã.*

— Cara, que cruel. Ela não tem culpa de ser gorda.

— Não é problema meu, cara.

— Nossa. — Zack parecia impressionado. — Você é ainda mais cretino do que eu.

— Obrigado — respondi. — Quer fumar um e ver *Bob's Burgers*?

— Pode ser — ele concordou. — Mas não posso ficar acordado até tarde. Estou cansado e tenho que encontrar o idiota do meu colega de quarto para tomar café da manhã.

— Que engraçado... — eu disse. — Eu também.

Trocamos um soquinho e Zack pegou a erva. Logo estávamos ligados e rindo sem parar, falando merda sobre minha ex-namorada hipotética, a garota gorda que tinha sido divertida por um tempo, até que ela começou a chorar e passou a me irritar.

A MULHER CONFIANTE

Quando Eve convidou Amanda para tomar um drinque, ela não tinha em mente um encontro formal. Era uma coisa casual, duas colegas passando o tempo depois do trabalho, podendo se conhecer um pouco melhor. E nem foi ideia de Eve. Ela só tinha aceitado tardiamente um convite que Amanda tinha feito mais de uma vez, e que havia se sentido culpada por recusar. Não havia nenhuma segunda intenção, ela só estava sendo educada, corrigindo seu erro e proporcionando às duas algo para fazer em uma sexta-feira à noite que, de outro modo, seria vazia.

Mas ainda assim pareceu um encontro, o que era estranho, porque Eve não saía com mulheres. Sim, ela também não estava saindo com nenhum homem, mas era apenas por falta de oportunidade. Se um homem a convidasse para sair, ela aceitaria de bom grado, a menos que fosse o esquisitão do Barry do curso de Gênero e Sociedade, que infelizmente era o único homem que demonstrava qualquer interesse por ela no momento, com a possível exceção de Jim Hobie, o barman conversador, embora ele só tivesse lhe oferecido uma bebida de graça, o que dificilmente poderia ser qualificado como uma proposta romântica, e que, de qualquer modo, ela havia recusado.

Mas se o compromisso daquela noite não era um encontro — e certamente não era —, o que estava causando aquela palpitação de expectativa que ela estava sentindo desde que marcara o evento no calendário? E por que havia optado por vestir a blusa de seda verde que combinava tão bem com seus olhos e tinha desabotoado um botão a mais do que de costume? A resposta para aquelas perguntas, Eve sabia, era tão simples quanto constrangedora: ela estava assistindo a muita pornografia e isso havia afetado sua imaginação, tornando-a hiperconsciente das possibilidades sexuais embutidas nas mais inocentes situações. Seria divertido se não fosse tão patético.

— Eu queria te contar — disse Amanda, que parecia bem ciente do fato de que não estava em um encontro. — O cara do xarope de bordo não pode fazer a palestra de novembro, então estou me virando para encontrar um substituto.

— Ah. — Eve abriu a boca, fingindo estar horrorizada. — Parece que a situação está difícil.

Amanda ficou confusa por um instante, depois fez um som que pareceu uma risada.

— Sinto muito — Eve franziu a testa. — Humor não é minha especialidade. Pelo menos era o que meu ex-marido costumava dizer.

— Legal — Amanda disse. — Tenho certeza de que você apreciava a sinceridade dele.

— É claro que sim. Ele era cheio de críticas construtivas.

— Parece meu ex-namorado — Amanda observou. — Ele era muito preocupado com meu peso. Se me pegasse tomando sorvete, arrancava o pote da minha mão. Ele dizia: *Não quero que se arrependa disso.*

— Sério?

— Era para o meu próprio bem, sabe?

Eve queria dizer palavras de apoio, mas que não parecessem inapropriadas, sobre as curvas de Amanda. Aquela era uma coisa boa do milfateria.com. O site a havia feito valorizar o apelo sexual de todos os tipos de corpo – mas elas foram interrompidas por alguns homens de meia-idade que se comportavam como universitários e queriam saber se o banco ao lado de Amanda estava livre. O cara que perguntou era alegre e inchado, com poucos cabelos loiros e pele extremamente rosada. Ele não fez nenhum esforço para disfarçar o interesse pela granada tatuada no seio esquerdo de Amanda, apenas parcialmente coberta pela gola do vestido.

— É todo seu — ela disse ao cara, chegando mais perto de Eve para abrir espaço.

Os joelhos delas se tocaram, e Eve sentiu o sutil choque elétrico que às vezes acontece em um contato acidental. Amanda se mexeu novamente, desfazendo a conexão.

— Ted. É o nome do meu ex. Ted costumava dizer que eu era péssima para contar histórias — Eve continuou. — Ele dizia que parecia um romance vitoriano toda vez que eu ia ao supermercado.

Amanda não achou aquilo ruim.

— Eu gosto de romances vitorianos. Ou pelo menos gostava. Não leio nenhum desde que terminei a faculdade.

— Eles podem ser um pouco amedrontadores — disse Eve. — Estou para começar *Middlemarch* desde o ano passado. Todo mundo diz que é ótimo. Mas nunca parece ser o momento certo para abri-lo.

Amanda parecia melancólica.

— Tem tanta coisa para ler, mas eu só fico assistindo a Netflix e jogando Candy Crush. Tenho a sensação de estar desperdiçando minha vida.

— É difícil se concentrar depois de um longo dia de trabalho. Às vezes você só quer desligar o cérebro.

— Acho que sim. Mas mesmo nos fins de semana, eu leio umas cinco páginas e logo vou olhar o celular. Eu não quero, mas *preciso*. É um impulso físico, como se o celular fizesse parte do meu corpo.

Eve estava um pouco velha demais para ter esse tipo de relacionamento com o celular, mas compreendia a questão até demais. Era humilhante ser adulto e não conseguir se controlar. Antes, ela não era assim.

— Ei — ela disse. — Talvez consigamos encontrar um professor de Literatura aposentado para dar uma palestra sobre Dickens ou Jane Austen. Não fazemos nada parecido há um tempo.

Amanda concordou com a cabeça, porém com relutância.

— Até *podemos*. Mas esperava que pudéssemos tentar algo diferente. Ousar um pouco.

— Como o quê?

— Sei lá. Há tantos assuntos fascinantes por aí. Vamos ouvir sobre aquecimento global, imigração, o crescimento do feminismo ou a história da pílula anticoncepcional. O movimento antivacina. Quer dizer... só porque alguém é velho, não significa que não pode ouvir novas ideias, não é?

Eve captou a crítica implícita naquelas sugestões. Sua política, desde que havia assumido a direção do Centro para Idosos, era evitar controvérsias ao definir a série de palestras. Nada de religião, nada de política, nada que causasse polêmica ou fosse ameaçador. A série de palestras, nos moldes em que havia sido concebida, pendia muito para o lado da nostalgia (Franklin Roosevelt e a melhor geração, o *Titanic* e o *Hindenburg*, a Guerra Civil e os pioneiros), educação continuada (vida selvagem, observação do céu) e histórias edificantes de interesse humano (um alpinista com uma perna mecânica, uma ex-freira que se tornou cantora de cabaré), com uma ou outra participação de escritores ou relatos de viagem.

— Entendo o que está falando. Mas você sabe com quem estamos lidando. Muitos dos idosos são inflexíveis. Eles não gostam de nada perturbador ou desconhecido. Acredite, eles não querem saber sobre aquecimento global.

— Compreendo. — Amanda concordou tristemente com a cabeça e tomou o último gole de vinho que havia em sua taça. — Não quis sugerir mexermos em time que está ganhando.

— Tudo bem. Foi por isso que eu te contratei. Às vezes é preciso questionar as regras do jogo.

Nos vídeos de MILFs lésbicas de que Eve mais gostava, havia apenas um enredo básico: uma mulher confiante seduz uma mulher relutante. Muitos começavam com a mulher relutante lavando louça ou limpando o chão de mau humor, quando, de repente, a campainha toca. A visitante – a mulher confiante – normalmente chega com uma garrafa de vinho, toda receptiva, e um decote um pouco mais pronunciado. Corta para as duas mulheres no sofá, conversando, normalmente sentadas bem perto uma da outra. Com frequência, seus joelhos se tocam.

É tão bom ver você, diz a mulher confiante, acariciando a coxa ou o braço da amiga de um modo reconfortante, relativamente não sexual. *Mas você parece um pouco triste.*

A mulher relutante não nega.

Tive um dia difícil, ela suspira.

Talvez tivesse perdido o emprego. Talvez o marido a tivesse deixado. Talvez o banco tivesse recusado seu pedido de empréstimo. Mas independentemente de qual pudesse ser o problema, não era nada que não pudesse ser resolvido com uma massagem nas costas e um estímulo oral.

Eve relaxou um pouco quando elas deixaram o bar e foram para a área do restaurante. Não pretendiam comer, mas acabaram com as duas primeiras taças de vinho em menos de uma hora, e nenhuma das duas quis beber a terceira de estômago vazio. Ainda eram sete horas – cedo demais para encerrarem a noite – e havia uma mesa vaga, então lá estavam elas.

— Adoro essas batatas — Amanda disse.

— Devemos pedir outra porção?

Amanda limpou a boca com o guardanapo de pano, deixando uma mancha de batom no tecido branco.

— Você não está para brincadeira.

— Eu não saio muito — Eve explicou. — É bom aproveitar.

— Você devia ter ido a Foxwoods aquele dia — Amanda brincou. — Seria bom ter uma companhia.

Eve fez uma cara feia.

— Foi tão horrível assim?

— Na verdade, foi tudo bem — Amanda disse. — Só fiquei com pena do Frank Jr. Deve ser deprimente fazer imitação do pai que morreu. Pelo menos Nancy pôde usar botas de cano alto e cantar algumas músicas próprias.

— Ela ficava bem com aquelas botas — observou Eve. — Mas realmente não acho que elas foram feitas para caminhar, como dizia a música.

Ela olhou ao redor, tentando avistar o garçom esquivo. Tirando o atendimento duvidoso, a Casa Enzo era mesmo boa como todos diziam. Era um restaurante de tapas aconchegante – o primeiro de Haddington – com dezenas de mesas apertadas em um espaço que não era grande o suficiente para acomodá-las. Fazia mais barulho ali do que no bar, mas pelo menos Eve não estava sentindo a inquietude que a atormentava em restaurantes, a sensação irritante de estar abandonada em uma das mesas chatas enquanto as conversas interessantes aconteciam nas outras.

— Devíamos fazer isso com mais frequência — Amanda disse. — Normalmente eu fico em casa nos fins de semana, me entupindo de chocolate.

Eve pegou uma azeitona oleosa da tigela.

— Então não está saindo com ninguém?

Amanda negou com a cabeça, mais conformada do que triste.

— Estou passando por uma fase de seca de romance. Não tem muita gente solteira da minha idade. Ou pelo menos não descobri onde estão escondidos.

Um pouco constrangida, Eve tirou o caroço da azeitona da boca e a colocou delicadamente sobre o prato. Já eram seis, alinhados como balas de revólver, ainda com um pouco de polpa sobre a superfície.

— Essas coisas são viciantes — ela disse.

— E você? — Amanda perguntou. — Está envolvida com alguém?

— Nem de longe. Não saio com ninguém há seis meses. E não conheço ninguém legal há pelo menos uns dois anos, e mesmo este último não foi tão bom.

— Sério? — Amanda pareceu genuinamente surpresa. — Como pode? Quer dizer... Você é uma mulher muito atraente.

— Obrigada. Você é muito gentil.

— Estou falando sério — Amanda insistiu. — Espero ter metade da sua beleza quando chegar à sua idade.

Eve se obrigou a sorrir, esperando disfarçar sua irritação.

— Ei — ela disse. — Eu contei sobre o curso que estou fazendo?

Alguns dos vídeos que Eve encontrava pulavam direto para o quarto, duas mulheres nuas já em meio a mãos e línguas. Eve mudava de vídeo assim que se dava conta do erro. Precisava começar do início e observar a negociação, ver como a conversa banal se transformava em flerte, ouvir as palavras mágicas que faziam a mulher relutante aceitar o primeiro beijo ou permitir que sua blusa fosse desabotoada.

A parte mais excitante era a epifania, o momento em que a mulher relutante de repente entendia que fora seduzida. Toda a parte boa acontecia a partir daí. A respiração ficando acelerada. A abertura dos lábios. A permissão silenciosa. A compreensão de que tudo o que viera antes estava levando inevitavelmente a *isto*: uma boca descobrindo a outra, a mão sobre o seio, pernas se abrindo. O fim da relutância. Quando era bom, dava para esquecer que aquilo era pornografia e aceitar, se não como verdade, pelo menos como um vislumbre de um mundo melhor que o seu, um mundo onde todos desejavam secretamente a mesma coisa e ninguém ficava sem ela.

A sobremesa chegou e Eve fez as honras, batendo a colher sobre a casquinha crocante do *crème brûlée* e chegando ao creme dourado que havia embaixo.

— Uau! — exclamou, empurrando o doce por cima da mesa. — Você precisa provar isso.

Amanda pegou um pouquinho. Seus olhos se arregalaram demonstrando um espanto teatral.

— Minha nossa. Se eu ainda estiver solteira quando completar trinta anos, vou me casar com a pessoa que fez isso.

— Espero que não se importe de ter um relacionamento a três — Eve disse a ela —, porque acabei de pensar a mesma coisa. Tirando a parte de completar trinta anos.

— Se você topar, eu topo. — Amanda olhou na direção da cozinha. — Mas acho que vamos ter que ver o que nosso marido acha. Ou esposa.

— Tenho certeza de que ele, ou ela, não vai se importar.

Amanda concordou, mas ficou séria.

— Quantos anos tem sua professora?

— Mais ou menos a minha idade. Mas faz só alguns anos que está vivendo como mulher. Antes, era um homem heterossexual, atleta profissional com esposa e filho. Mas o lado emocional da vida dela era um desastre, estava se automedicando com álcool e remédios controlados. Viajou a trabalho e tentou se matar por overdose. Aparentemente, chegou bem perto de conseguir. Quando saiu do coma, a primeira coisa que disse foi: *Sou mulher. Sempre fui mulher.*

— Isso é tão legal — Amanda disse. — Estudar teoria de gênero com uma professora trans. Você tem muita sorte.

— É bem interessante. Ela é uma mulher atraente e há vários homens hétero de meia-idade na turma. Eles não sabem o que pensar sobre ela.

— *Sério?* — Amanda perguntou, como se Eve estivesse escondendo alguma coisa dela. — Algum interessante?

Eve negou.

— É um grupo bem heterogêneo. E, acredite, a essa altura da vida meus padrões nem são tão altos.

— Que nada. — Amanda abriu um sorriso encorajador. — Deve ter alguém.

É claro que tinha alguém. Sempre tinha, pelo menos desde o ensino fundamental. Não era uma turma se você não tivesse pelo menos uma quedinha por alguém.

— É uma loucura. — Eve abaixou a voz, caso mais alguém estivesse ouvindo. — A única pessoa por quem me sinto um pouco atraída é um garoto. Dezoito anos. Um bebê.

Amanda pareceu contente. Era melhor do que ela esperava.

— Que safada! — ela disse, como se *safada* fosse um grande elogio. — Não sabia que você gostava dos novinhos.

— Não é bem assim — Eve negou. — Eu só me pego olhando muito para ele, pensando: *ah, se eu tivesse a sua idade.*

— Como ele é?

— Bem magro, quase como uma menina. Não é muito alto. Cabelo comprido. Olhos lindos.

— Inteligente?

— Não tenho certeza. — Eve só tinha falado uma vez com Julian, e ele não dissera muita coisa. — É difícil saber. Nas primeiras aulas, achei que ele podia ser gay. Mas depois ele se identificou como hétero.

— Como você descobriu?

— Fazemos umas entrevistas com os colegas, em que temos que articular todas essas coisas que as pessoas normalmente já admitem como certas.

— O que você disse? — Amanda parecia genuinamente curiosa, como se a sexualidade e a identidade de gênero de Eve fossem algo coberto de mistério.

— Eu disse hétero. Cisgênero. Nada muito empolgante.

Amanda fez que sim com a cabeça, como se já imaginasse. Será que pareceu um pouco decepcionada? Eve desejou poder fazer ressalvas a sua resposta, explicar que andava ficando muito excitada com pornografia lésbica no momento e estava tentando entender o que aquilo significava. Mas precisaria de mais algumas taças de vinho antes de sonhar em fazer uma confissão dessas.

— E você seria capaz? — Amanda perguntou. — De ficar com um cara tão novo?

— De jeito nenhum. — Eve fez uma careta só de pensar. — Ele estudou com o meu filho. Tenho idade para ser mãe dele.

— Você é uma MILF — Amanda disse muito casualmente. — Essas coisas acontecem.

Eve ficou momentaneamente surpresa com o termo e com a facilidade com que Amanda o havia usado em público. Em sua mente, aquela era uma coisa suja, que não devia ser dita em voz alta. Mas, ao mesmo tempo, um elogio.

— Ah, não sei, não — Eve disse, sorrindo com modéstia.

— Veja por esse lado — Amanda insistiu. — Se um cara da sua idade saísse com uma universitária, as pessoas dariam os parabéns a ele.

— Eu não. Eu o acharia bizarro. E sentiria pena da menina.

— Mesmo que ela não sentisse pena de si mesma?

— Não vai acontecer — Eve afirmou. — Não há nem a mais remota possibilidade.

— Tenho certeza de que o garoto acharia o máximo. É como se uma fantasia pornô se tornasse realidade. *Eu transei com a mãe do meu melhor amigo.*

— Eles não são melhores amigos. Mal se conhecem.

Amanda raspou o que restava do *crème brûlée*. Ela ficou pensativa enquanto lambia a colher.

— Eu não me importaria em sair com um cara mais novo. Só ando me relacionando com homens mais velhos ultimamente, e adoraria uma mudança.

— Sério? Muito mais velhos?

— A maioria com quarenta e poucos. Alguns na faixa dos cinquenta.

— Uau. — Eve acenou com a cabeça de um modo que esperava não parecer muito crítico. — É uma preferência sua ou apenas coincidência?

— Um pouco dos dois. — Amanda passou a língua pelos lábios, removendo com maestria um pouco de creme na parte de cima. — Eles são mais legais que os caras da minha idade.

— Onde você conhece esses homens?

— A maioria pelo Tinder. — Ela observou Eve atentamente, tentando avaliar sua reação.

— Então você conhece estranhos e faz sexo com eles? — Eve quis retirar a pergunta no momento em que a fez. Mas Amanda não pareceu se preocupar.

— Não são *tão* estranhos assim — ela disse, rindo da própria piada.

Nos vídeos de que Eve mais gostava, as mulheres eram amigas, vizinhas ou ex-parceiras românticas. Algumas das outras situações eram um pouco mais problemáticas, brincando com idade e diferentes níveis de poder, dignas de um alerta vermelho na vida real. Uma professora que não acha que a aluna está usando todo seu potencial. Uma estudante de intercâmbio com saudades de casa que precisa de algo para se alegrar. Uma madrasta predadora que dá em cima da enteada mal-humorada, porém extremamente influenciável. No mundo pornô, ninguém parecia ter ouvido falar de assédio sexual. Médicas davam em cima das pacientes. *Personal trainers* acariciavam as clientes. Funcionárias com um mau desempenho encontravam uma forma criativa de salvar seu emprego. Eve se oporia vigorosamente a essas situações se houvesse um homem envolvido. Mas com duas mulheres, de certa forma, era diferente – um pouco mais divertido e nada bizarro. Apenas uma fantasia inofensiva, e não algo que a fizesse se lembrar de um artigo revoltante lido no jornal ou de uma experiência ruim relatada por uma amiga.

— No meu dormitório da faculdade, tinha uma menina que fez a transição — contou Amanda. — Foi uma coisa incrível de se ver. No primeiro ano, ela era tão comum e quieta que ninguém nem a notava. Depois, cortou o cabelo e começou a se vestir como um menino. No segundo ano, iniciou a terapia com hormônios. No terceiro ano, sua voz ficou mais grossa, e ela dizia a todos: *Não sou mais a Linda. Por favor, me chamem de Lowell.* No verão, Lowell fez a cirurgia para remover os seios. No fim do último ano, ele já tinha virado um cara lindo, com barba malfeita e uma moto. Várias garotas que eu conhecia saíram com ele. Acabou virando uma daquelas coisas, sabe? Tipo riscar um item da lista de coisas para fazer antes de morrer.

Eve concordou, mas a história lhe parecia algo muito distante. Quando estava na faculdade, havia uma mulher no *campus* com pelos no rosto, mas ninguém achava que ela era legal ou intrigante. A maioria das pessoas simplesmente tinha pena da pobre garota e tentava ao máximo não ficar encarando. Eve imaginou que ela tivesse algum problema de saúde ou uma falta de sorte cósmica. Nunca havia lhe ocorrido que a mulher barbada pudesse estar fazendo uma escolha, seguindo na direção de sua felicidade.

— E essas garotas que saíam com o Lowell — Eve perguntou. — Eram hétero, bi ou o quê?

— Tinha de tudo. — Amanda baixou os olhos, ajeitando o guardanapo sobre as pernas. — Eu o chamei para tomar café uma tarde. Nós nos divertimos muito. Depois, ele me levou de moto para casa e nós nos beijamos um pouco na frente do meu apartamento. A coisa esquentou, mas quando ele perguntou se podíamos subir para o meu quarto, eu amarelei. Acho que não estava pronta para o que poderia acontecer, o que quer dizer alguma coisa, porque eu meio que topava tudo naquela época. Mas ele ficou de boa. Quando o vi novamente, estava namorando uma garota turca linda que estava na minha turma de Literatura.

— Isso é incrível — Eve disse. — É como se fosse uma Cinderela dos dias de hoje. Você muda seu corpo, seu nome, e todos os seus sonhos se tornam realidade. Eu queria poder fazer isso.

— Sério?

— Não a parte de virar homem. Apenas a chance de deixar o antigo "eu" para trás. Pegar todos os erros e arrependimentos e apagá-los da história. Quem não ia querer isso?

Amanda concordou, como se fizesse muito sentido.

— Então quem você seria? Se pudesse começar do zero?

— Não sei. Nunca parei para pensar nisso.

— E o nome? Como gostaria de se chamar?

— Vejamos. — Eve fechou os olhos, e um nome apareceu espontaneamente, com letras azuis estampadas em uma placa de metal. — *Ursula*. Eu me chamaria Ursula.

— É um nome forte. Como é essa Ursula?

— Mais corajosa do que eu — Eve respondeu. — Ela faz o que quer. Não se preocupa tanto com o que os outros pensam. Não se conforma com menos do que merece, e não se desculpa, a não ser que seja absolutamente necessário. Ela só quer viver e ter suas aventuras.

Amanda sorriu.

— Gostei dessa pessoa.

Eve sabia que já tinha falado mais do que deveria, mas estava empolgada.

— Ursula provavelmente não trabalha em um Centro para Idosos.

— Sinto muito por isso — Amanda disse, mas não parecia sentir.

— Ela faz alguma coisa mais interessante. Talvez escreva guias de viagem. Usa óculos escuros e tem muitos amantes.

— Ela parece bem sexy.

Eve passou a unha sobre uma mancha amarela na toalha de mesa, torcendo para seu rosto não estar tão vermelho quanto ela sentia que estava. Estava um pouco embriagada, um pouco constrangida, mas ao mesmo tempo estranhamente alegre.

— E quanto a você? — ela perguntou. — Quem seria?

— Juniper — Amanda respondeu sem hesitar. — Eu seria delicada e graciosa. Talvez uma dançarina. Sem tatuagens. Apenas uma pele linda. E ficaria nua sempre que pudesse. Deixaria as cortinas abertas, deixaria o mundo todo olhar.

— Bom para você.

Amanda riu com certa tristeza, como se não fosse digna da própria fantasia. Eve quis dizer que ela já era linda, mas em vez disso fez um brinde.

— A Ursula e Juniper.

— A Juniper e Ursula — Amanda respondeu, e elas encostaram as taças.

Quando saíram do restaurante, Eve havia voltado ao ponto de partida, voltado à ideia de que aquilo *tinha sido* um encontro, e dos bons. Elas haviam conversado durante horas sem ficar sem assunto, bebido um pouco de vinho demais, gargalhado e contado verdades sobre suas vidas.

Ficaram em silêncio quando acompanhou Amanda até o carro, um friozinho gostoso de outono no ar. A sensação de inquietude no peito de Eve estava ainda mais forte do que antes.

— Obrigada pelo jantar — Amanda disse. — Gostei muito.

— Eu também.

Em vez de entrar no carro, Amanda simplesmente ficou ali parada, sorrindo com timidez, como se estivesse esperando algo mais acontecer. Eve queria beijá-la, mas estava paralisada, sem saber qual das duas era a mulher confiante.

Tem que ser eu, ela pensou.

Ela era mais velha. Era a chefe. Mas não se sentia nada confiante. Sentia-se perdida e assustada, como se estivesse flutuando no espaço, completamente à deriva.

Então, quase como se estivesse lendo a mente de Eve, Amanda deu um passo à frente, abrindo os braços e inclinando o queixo em um ângulo convidativo. Eve se precipitou e a beijou na boca.

— Nossa! — Amanda ficou tensa e se afastou, chocada, levantando as duas mãos como se estivesse se defendendo. — O que você está fazendo?

— Desculpe. — Eve estava morrendo de vergonha. — Eu pensei que...

— Uau. — Amanda deu uma risada nervosa, limpando a boca com o pulso. O gesto pareceu um pouco exagerado, o beijo tinha durado apenas um segundo, sem o envolvimento de língua ou saliva. — Eu só queria te dar um abraço.

— Ai, minha nossa. — Eve escondeu o rosto com as mãos. — Sou tão idiota. Bebi demais. Sinto muito.

— Não tem problema — Amanda disse, ainda parecendo estar um pouco chocada. — Não foi nada demais.

— Foi, sim — Eve murmurou ainda com as mãos no rosto. — Eu não devia ter feito isso. Não foi certo.

— Sério. Não tem problema.

Eve descobriu o rosto.

— Tem certeza?

— Não se preocupe. — Amanda tocou levemente em seu braço. — Não vou contar a ninguém. Juro.

Eve sentiu náuseas. Ela não tinha pensado na possibilidade de Amanda *contar* a alguém.

— Obrigada — ela disse. — Agradeço muito por isso.

Ela voltou dirigindo para casa em meio a uma bruma de arrependimento, perguntando-se como pôde fazer algo tão irresponsável, algo que não era de seu feitio. Será que estava tão solitária assim, tão desesperada por contato sexual? Não fazia sentido correr um risco como aquele – colocar em jogo seu emprego, sua casa, a educação de seu filho – apenas para fingir que estava vivendo em um vídeo pornô por uma noite.

Você é tão burra, ela disse a si mesma, tentando não pensar na decepção amarga que sentiu quando os lábios de Amanda não se abriram.

Normalmente ela era uma pessoa cuidadosa – cuidadosa até demais – e agora havia colocado seu modo de subsistência nas mãos de uma jovem que mal conhecia, uma garota com uma granada tatuada no peito, o que provavelmente indicava que não era muito boa na tomada de decisões. Era horrível entregar esse tipo de poder a alguém, mesmo alguém que alegasse ser sua amiga.

Ela queria ligar para Amanda e se desculpar novamente, deixar claro que aquilo nunca voltaria a acontecer, que o relacionamento delas seria cordial e profissional pelo tempo que Amanda permanecesse no Centro para Idosos. Mas talvez uma ligação não fosse a melhor ideia, não naquele momento. Talvez apenas agravasse a situação, fizesse as coisas ganharem proporções maiores do que já tinham. Mas ela precisava dizer *alguma coisa*, para sua própria paz de espírito, então mandou a mensagem mais neutra em que conseguiu pensar:

Você está bem?

Sim, Amanda respondeu quase imediatamente. *Tudo bem.*

Ainda somos amigas?

É claro que sim, Amanda respondeu, com uma carinha sorridente para garantir.

Um instante depois, chegou outra mensagem, uma única palavra enclausurada em um balão individual.

Ursula

Apenas o nome, sem ponto de exclamação. Aquilo pareceu triste, solitário, destinado ao fracasso.

FIM DE SEMANA DOS PAIS

— Essa é a Ellen. — A ruiva sardenta entregou o telefone ao asiático hipster sentado ao seu lado. — Ela tem vinte e dois anos e é altamente funcional. Completou o ensino médio e trabalha em tempo integral em uma drogaria. É muito boa no caixa, contanto que o cliente não faça muitas perguntas ou tente usar cupons vencidos. Ela surtava quando as pessoas ficavam puxando assunto, mas treinou para lidar com os assuntos mais comuns.

O asiático olhou rapidamente para a tela, depois passou o telefone para Amber, que fez questão de ficar encarando a foto por um bom tempo, porque os irmãos autistas de todo mundo eram singularmente maravilhosos e importantes. Era fácil ver por que ela tinha sido eleita presidente do clube no segundo ano da faculdade.

— Ela parece tão séria — Amber disse. — Aposto que é muito inteligente. — Ela passou a o celular para a vice-presidente, uma garota pequena e delicada chamada Cat, que tinha um pote enorme de álcool em gel na bolsa e o usava nas mãos a cada cinco minutos. A sala toda cheirava a álcool. — Como foi para você ter uma irmã mais velha como Ellen?

O sorriso da ruiva diminuiu um pouco.

— Foi difícil — ela disse. — Durante muito tempo eu não entendia que nem todo mundo tem uma irmã mais velha como a minha. Mas então comecei a perceber que havia algo errado. Quando eu estava no primeiro ano, uma menina chamada Tierney foi na minha casa brincar de Barbie. Era a primeira vez que ela me visitava. Ellen invadiu meu quarto e perguntou a Tierney quando era o aniversário dela, e depois perguntou quando era o aniversário da mãe dela, e do pai, e de todos os irmãos. E depois disse: *E o seu cachorro? Quando é o aniversário do seu cachorro?* E Tierney... nunca vou me esquecer disso... simplesmente olhou para mim, de maneira totalmente casual, e perguntou: *Por que ela é tão idiota?* Eu não sabia como responder, então joguei minha Barbie na Ellen e gritei: *Deixe a gente em paz, idiota!*

A ruiva parou um pouco para se recompor.

— Estamos em um espaço seguro — Amber afirmou. — Ninguém está te julgando. É um desafio ter um irmão no espectro. É por isso que estamos aqui. Para ouvir e apoiar uns aos outros.

A ruiva pareceu aliviada.

— O mais estranho foi que Ellen nem se importou de ser chamada de idiota. Nem sei se ela ouviu. Simplesmente continuou falando com uma voz robótica que faz às vezes: *Eu conheço três pessoas que nasceram no dia dez de março e não são trigêmeas, e duas pessoas que nasceram no dia dois de março e não são gêmeas. Não conheço ninguém que nasceu no dia oito de novembro, nem mesmo um cachorro ou gato.* Só fiquei ali sentada, morrendo por dentro. Olhei para Tierney e disse: *Ela não tem culpa, nasceu assim.* E Tierney respondeu: *Tenho pena de você.*

— Essa Tierney parece um cretina sem coração — disse a vice-presidente, exagerando no álcool em gel.

— Na verdade, ela é minha melhor amiga — disse a ruiva. — Ela é muito legal com a Ellen agora. Apenas não tinha noção antes.

Àquela altura, o telefone já tinha chegado na minha mão. A foto na tela tinha sido tirada na formatura do ensino médio da ruiva. Ela estava de beca e capelo, e Ellen estava ao lado, usando um vestido verde com brilho, com os braços bem separados do corpo, como se o tecido pinicasse sua pele.

— É muito bom ouvir isso — Amber disse e, por algum motivo, estava olhando diretamente para mim. — É assim que mudamos o mundo. Uma pessoa de cada vez.

A reunião tinha começado havia uma hora e eu já estava querendo que acabasse. Já havia atingido o meu limite de histórias sobre os irmãos autistas dos outros.

Só estava ali por Amber, que não via desde o protesto na biblioteca. Havia mandado várias mensagens durante a semana, tentando convidá-la para tomar café ou comer pizza, mas ela ficava protelando, dizendo que me veria na reunião de outubro da Rede de Conscientização sobre Autismo e aí poderíamos combinar alguma coisa. Foi tão insistente em relação à reunião que comecei a me perguntar se ela me via mais como um novo recruta do que como um cara com quem poderia querer ficar, mas eu gostava o suficiente dela para perder algumas horas do meu tempo a fim de descobrir.

Até então, as coisas pareciam boas para o meu lado. Ela soltou um gritinho de alegria quando eu entrei e depois me conduziu pela sala, apresentando-me a seus amigos como se eu fosse alguém muito importante.

— Esse é o Brendan — ela disse à vice-presidente. — Ele é o calouro de quem falei. Brendan, essa é a Cat.

— Oi, Brendan. — Cat me olhou de cima a baixo, como se estivesse considerando me comprar. — Amber estava ansiosa por sua presença.

— Cale a boca! — Amber disse a ela com as bochechas mais rosadas do que o normal.

Em vez da calça de moletom e do agasalho de capuz de sempre, ela estava usando calça jeans e uma blusa justa, além de sandálias de plataforma bem sensuais. O tipo de roupa que se usa para ir a uma festa ou a um encontro. Ela tinha peitos pequenos e bonitos – antes eu não tinha conseguido vê-los direito – que combinavam muito bem com sua forma atlética.

— Eu só quis dizer que precisamos de mais homens no grupo — Cat se corrigiu com um sorriso amarelo, procurando o álcool em gel na bolsa. — Não estava tentando insinuar nada.

— É verdade. — Amber olhou para o asiático hipster, parado em um círculo de garotas, adorando toda a atenção. — Normalmente, é só o Kwan. Tenho certeza de que ele vai ficar feliz com um novo amigo.

— Não sei, não — eu disse, porque Kwan já estava me olhando feio, como se eu tivesse invadido sua festa. — Parece que ele está muito bem sem mim.

Cat foi para a mesa dos petiscos, deixando-me sozinho com Amber.

— Estou feliz por você ter vindo — ela disse, colocando a mão no meu braço de maneira bem casual, como se nem soubesse o que estava fazendo. Mas eu sabia. Senti lá embaixo, nas bolas, uma onda quente de poder, como se alguém tivesse acabado de virar a chave para ligar o motor.

Depois do intervalo, uma garota chamada Nellie nos contou sobre seu irmão, que era muito esperto, mas ficava balançando as mãos e fazendo barulho com a boca, e por isso era difícil levá-lo para qualquer lugar. Três garotas disseram que tinham irmãos com Síndrome de Asperger. Uma outra menina, Dora, disse que era a única filha normal entre quatro irmãos. Todos os outros três haviam sido diagnosticados com Transtorno Global do Desenvolvimento sem outra especificação, e um deles era totalmente não verbal. Amber sugeriu que Dora parasse de usar a palavra *normal* e a substituísse por *neurotípica*.

— É menos ofensivo — ela explicou. — Além disso, na sua família, parece que o autismo é a norma, não é?

Dora deu de ombros.

— Minha mãe sempre diz que sou sua filha normal. É assim que ela me apresenta a estranhos. *Essa é a Dora. Ela é minha filha normal.*

O hipster, Kwan, tinha um irmão chamado Zhang que agia de maneira estranha demais para frequentar uma escola regular. Ele era totalmente hiperativo e ficava correndo em círculos sempre que ficava muito agitado. A única coisa que o acalmava era tocar piano. Quando tinha sete anos, sentou e tocou "The Entertainer", daquele filme antigo *Um golpe de mestre*. Saiu do nada. Ninguém da família tinha visto o filme, e os pais de Kwan eram imigrantes de primeira geração que só ouviam música clássica europeia. Mas Zhang tocou perfeitamente.

— Meus pais ficaram tão felizes naquele dia — Kwan disse. — Foi, tipo, *Ai, meu Deus, nosso filho é um gênio!* Eles ficaram muito orgulhosos de Zhang, o que foi algo incrível de se ver, porque normalmente eles se sentiam envergonhados com sua condição e não sabiam como ajudá-lo. Contrataram um professor de piano especializado em crianças com necessidades especiais e fizeram de tudo para estimular seu dom.

Kwan parou de falar e olhou ao redor para ver se alguém tinha alguma pergunta. Ele estava usando jeans com a barra dobrada, uma camisa xadrez justa com as mangas arregaçadas até o bíceps e um chapéu de feltro bege, mas gostei dele assim mesmo.

— Que legal — Cat disse. — Ele toca música clássica ou jazz?

Kwan deu de ombros.

— Ele toca "The Entertainer". Repetidas vezes. Todos. Os. Dias. De. Sua. Vida. Toda vez que ligo para casa, ouço o som ao fundo: dada dada DA DA da DA DA! Odeio aquela música.

Meu meio-irmão caçula era autista, mas eu não cresci com ele. Eu já estava no ensino médio quando ele nasceu e não estava me dando muito bem com meu pai naquela época, nem com minha madrasta, Bethany, que eu considerava A Vadia Má Que Estragou Minha Vida. Hoje percebo que foi idiotice culpá-la pelo divórcio. Como se ela tivesse feito uma lavagem cerebral em meu pai e o sequestrado para que ficasse longe de mim e da minha mãe. Independentemente do que meu pai fez, foi porque *ele* escolheu fazer. Porque ele *quis* fazer. Ainda me lembro do dia em que me explicou isso. Ele me levou para tomar sorvete, colocou o braço em volta dos meus ombros, e disse: *Veja, Brendan, se quiser odiar alguém pelo que aconteceu, sou eu que você deve odiar, está bem? Não desconte em Bethany. Ela não tem culpa de nada, assim como você.*

O acordo de guarda dizia que ele ficaria comigo dois fins de semana por mês, mas não reclamava se eu não o visse para ir dormir na casa de um amigo ou se simplesmente quisesse ficar em casa para estudar. Eu praticava três esportes – futebol, basquete e lacrosse –, então o que ele fazia era ir aos meus jogos aos fins de semana e depois me levar para jantar. Esse era o relacionamento que tínhamos depois do divórcio – meu pai e eu no Wild Willie's ou no Haddington Burrito Works, conversando sobre a partida que eu havia acabado de jogar, agindo como se tudo fosse perfeitamente normal, como fosse assim que as coisas deviam ser.

Eu passei a vê-lo ainda menos depois que Jon-Jon nasceu. Não houve um dia específico em que ele me chamou e disse: *Tem algo muito errado com seu irmão*. Era mais como um fluxo contínuo de más notícias. Eles não sabiam por que ele não falava, por que ignorava os brinquedos, por que não olhava nos olhos do pai ou não sorria para a mãe. Os médicos estavam preocupados com a gravidade de suas crises.

Quando eles começaram a usar abertamente a palavra *autista*, eu já estava me dando melhor com meu pai e até mesmo com Bethany, que no fundo era uma pessoa muito mais legal do que eu imaginava. Ela era muito mais nova que minha mãe e era bem bonita quando se casou com meu pai, mas tinha envelhecido muito nos últimos anos. Dava para ver em seus olhos como sua vida era difícil, com um filho como Jon-Jon. Era impossível não sentir um pouco de pena dela.

Houve um breve período durante o primeiro ano em que tentamos ser uma família durante dois fins de semana por mês. Eu fazia a mala e meu pai me pegava na volta do trabalho e me levava para sua nova casa.

O único problema era que Jon-Jon surtava sempre que eu aparecia. Ele não ficava apenas chateado – ele ficava enlouquecido. Bethany fingia ficar feliz quando eu chegava, tipo, *Ei, Jon-Jon, veja quem está aqui. É seu irmão mais velho! Pode dizer oi para o Brendan?* Jon-Jon nem olhava para mim. Ele simplesmente agitava os braços e gritava como se eu fosse um monstro que estivesse chegando para devorá-lo. Às vezes, ele se jogava no chão ou começava a dar socos na própria cabeça, algo horrível de se ver, porque ele não estava brincando. Quando começava a ter essas crises, elas podiam durar horas. Quando finalmente se cansava e adormecia, o restante de nós podia passar um certo tempo em paz, só que não era bem paz, porque estávamos perturbados pelo que havia acabado de acontecer. Jogávamos uma ou duas partidas de algum jogo e então Bethany ia para a cama e meu pai e eu assistíamos a um episódio de *Scrubs*, que nós dois adorávamos. Era um dos melhores momentos de pai e filho de que me lembro, nós dois sentados no sofá, rindo de algo completamente idiota que J.D. tinha dito a Turk. Era bem legal simplesmente estarmos no mesmo lugar, fazendo a mesma coisa. Quando o episódio terminava, ele me dava um beijo de boa-noite – coisa que não costumava fazer antes do divórcio – e ambos íamos para a cama. Então eu acordava na manhã seguinte, descia para tomar café da manhã e Jon-Jon começava a gritar de novo.

Era difícil para todos, então acabamos desistindo e voltamos ao esquema antigo – eu e meu pai nos encontrando de vez em quando para jantar, falando sobre esportes e programas de TV, faculdade e garotas. Era fácil conversar com ele, muito mais fácil do que com minha mãe, embora provavelmente fosse pelo fato de ele ser homem e porque nunca me passava a impressão de estar me julgando ou desejando que eu fosse uma pessoa diferente do que era. Eu sempre fazia questão de perguntar sobre Jon-Jon e ele sempre dizia algo positivo, como *Ele está crescendo* ou *Ele gosta muito da professora nova*, mas nunca o pressionava para dar detalhes. A vida de Jon-Jon era um mistério para mim. Eu não tinha ideia do que ele fazia o dia todo, o que pensava, ou por que me odiava tanto. Na maior parte do tempo, eu simplesmente vivia minha vida sem pensar nem um pouco nele.

Eu não pretendia contar toda a história de minha família na reunião, mas Amber meio que acabou me convencendo. Depois de um tempo, esqueci das outras pessoas que estavam na sala. Era só eu falando e Amber ouvindo.

Falei que meu pai tinha se convidado para o Fim de Semana dos Pais, pegando-me totalmente desprevenido. Eu achava uma ótima ideia – não nos víamos desde a semana anterior ao início da faculdade –, mas disse que ele precisava ver com a minha mãe, porque ela também pretendia comparecer, e os dois não costumavam fazer essas coisas juntos.

Vou falar com a chefe, ele disse. *Pedir permissão à autoridade.*

Não tenho ideia de como fez, mas ligou uma semana depois e disse que ela havia concordado. O plano era que meu pai viesse sozinho, porque não fazia sentido trazer Jon-Jon a um evento desses. Ele detestava viagens longas de carro, reagia mal a novos ambientes e normalmente ficava muito agitado com pessoas desconhecidas. Seria mais fácil para todos se ele ficasse em casa com a mãe e seguisse sua rotina. Mais fácil para todos, exceto para Bethany, eu acho.

Seremos só nós dois, meu pai avisara. *Talvez possamos ir a um jogo de futebol. Se Zack quiser ir junto, ele é mais do que bem-vindo.*

Zack topou na hora. Ele e meu pai conversaram ao telefone algumas vezes, e Zack disse para todo mundo que ele era legal, muito mais legal do que os pais dele, que ele parecia feliz em dizer, ficariam em Boxborough no fim de semana. Sua irmã caçula participaria de uma competição de dança irlandesa e isso era muito importante na família.

Já viu essa merda, cara? Parece que as meninas estão dançando com um graveto enfiado na bunda e sorrindo como se fosse a melhor sensação do mundo.

Planejamos o dia todo. Jogar *Commandos* à tarde, churrasco no pátio no jantar, e depois o tal show de talentos dos alunos de que todos estavam falando tanto. Era no estilo de *American Idol*, com professores como jurados. Aparentemente, um deles era um cretino, exatamente como Simon Cowell, e todos o amavam.

Quem sabe? Zack disse. *Talvez seu pai encha a cara com a gente.*

Ah, até parece.

Estou falando sério, cara. Você acha que ele ainda fuma maconha?

Mano, ele não vai fumar com a gente. Acredite.

Devíamos levar ele para uma festa, Zack disse. *Talvez a gente consiga arrumar alguém para ele.*

Nem pense nisso, avisei.

Durante toda a semana anterior ao Fim de Semana dos Pais, essa foi uma grande piada em nosso quarto, todas as loucuras que faríamos com meu pai. Eu sabia que nada daquilo ia acontecer, mas era divertido ficar imaginando, e nos deixava eufóricos como se algo importante estivesse prestes a acontecer.

Então, um dia antes do Fim de Semana dos Pais, recebi a ligação.

Mudança de planos, meu pai disse. *Sinto muito.*

Você não vem?

Não, não é isso. Eu vou. Mas vou levar a turma toda.

Que turma?

Bethany e Jon-Jon.

Ah. O que eu podia dizer? Não dá para falar para o seu pai não levar a esposa e o filho. *Tudo bem. É claro.*

Não tem problema?

Acho que não. Quer dizer... só tenho três ingressos para o jogo de futebol e um deles é do Zack.

É, ele disse. *Não sei se o jogo vai rolar. Acha que podemos deixar para a próxima?*

Eles apareceram por volta das onze da manhã no sábado. Eu não via Jon-Jon havia uns seis meses e quase não o reconheci. Ele estava muito maior do que eu me lembrava. Era bem bonito, cabelos loiros e olhos azuis, e aqueles cílios longos que suscitavam comentários de todos que o conheciam. Bethany o havia vestido com calça cáqui, camisa de botão e uma jaquetinha jeans. Ele parecia um modelo do catálogo da linha infantil da Gap, mas aquilo não era o mais importante. Ele parecia muito mais controlado do que o garoto de quem eu me lembrava. Estava olhando na minha direção e não estava gritando.

Veja, Bethany disse a ele. *É seu irmão mais velho. Brendan está na faculdade. É aqui que ele mora. Por que não diz oi para o Brendan?*

Jon-Jon ouviu tudo aquilo.

Olá, ele disse, dirigindo a palavra aos meus joelhos. Sua voz era suave e mecânica, e a palavra quase pareceu estranha, mas, ainda assim, ele falou.

Uau, eu disse.

Eu sei! Bethany parecia tão feliz. *Ele está ótimo. Finalmente encontramos a escola certa.*

Ele veio muito bem no carro, meu pai acrescentou. *Quase nem reclamou.*

Eles se apresentaram a Zack, que se comportou de acordo com a ocasião, conversando sobre temas banais como um escoteiro. Jon-Jon estava parado no meio do quarto, perdido dentro da própria cabeça, enquanto nós falávamos sobre como os dormitórios eram bonitos em comparação aos da época de meu pai e Bethany. Era a conversa de sempre – eles foram tratados como merda e nós éramos tratados como reis.

Vi a sala de estar quando entrei, meu pai disse. *Aquela TV é enorme!*

E a cozinha comunitária, Bethany disse. *Nossa. Eu não me importaria de morar aqui por alguns meses.*

Teve um momento em que Jon-Jon deu alguns passos em minha direção. Achei que ele ia me abraçar ou sentar no meu colo, mas só estava examinando o tecido do sofá em que eu estava sentado, aquele que Zack e eu tínhamos encontrado na rua no início do semestre. Ele tinha uma textura estranha, meio felpudo e ao mesmo tempo um pouco liso – quase engordurado –, e Jon-Jon parecia fascinado por ele. Esticou o braço bem devagar e começou a acariciar o braço do sofá como se fosse um ser vivo. Por um tempo, paramos de conversar e ficamos observando.

Acho que ele gostou daqui, Bethany disse.

Antes do almoço, saímos para caminhar. Zack ficou, disse que tinha coisas para fazer, então fomos só eu, meu pai, Bethany e Jon-Jon. Havia muitas excursões oficiais durante o fim de semana, mas meu pai e Bethany achavam que Jon-Jon não estava pronto para algo assim. Era melhor irmos em nosso próprio ritmo, sem incomodar ninguém, mesmo que isso significasse eles terem que ouvir minhas péssimas tentativas de incorporar um universitário que realmente sabia do que estava falando.

Hum... Acho que é um prédio de Ciências. Talvez Química. Não sei bem. Pode ser Sociologia.

Bem, essa é a academia nova. É bem melhor que a antiga. É o que todos dizem. Acho que a antiga cheirava mal.

Esses suportes para bicicleta são bem grandes. Acho que vou trazer a minha no ano que vem. Só preciso encher os pneus.

Não sei que estátua é essa. Algum cara de 1900. Acho que é melhor ler a placa.

Eu me senti um idiota falando todas aquelas bobagens, mas meu pai e Bethany pareciam felizes o suficiente. Tudo o que eu dizia, um deles repetia para Jon-Jon em linguagem simplificada. *Veja as bicicletas... Veja a estátua... É aqui que as pessoas fazem exercícios.* Às vezes Jon-Jon olhava para onde eles estavam apontando, mas na maioria das vezes ele olhava para onde tinha vontade. Para uma árvore. Para a própria mão. Para o nada.

Deu para entender por que eles estavam de tão bom humor. Considerando o modo como as coisas costumavam sair com Jon-Jon, era um pequeno milagre estar ao ar livre em um dia bonito, caminhando por um lugar público como uma família relativamente normal. Cruzei olhares com Bethany e ela fez uma expressão de choque e empolgação, como se dissesse: *Minha nossa, você consegue acreditar nisso?* Eu me senti muito bem comigo mesmo. Não foi o dia divertido que eu tinha planejado, mas ainda assim foi legal, a seu modo.

Estávamos andando na direção da biblioteca, Bethany e Jon-Jon vinham atrás de mim e do meu pai. Eu estava contando a ele sobre as aulas de Economia, deixando de fora as minhas péssimas notas, quando ele se virou para ver como estavam a esposa e o filho.

Ah, merda, ele disse.

Não pareceu nada de mais no início. Jon-Jon tinha parado de andar. Ele estava paralisado no mesmo lugar, olhando para o céu. Bethany estava ao lado dele, olhando para o meu pai com uma expressão de preocupação no rosto.

O que aconteceu?, perguntei.

Meu pai balançou a cabeça e começou a andar na direção de Jon-Jon, movimentando-se devagar e com cuidado. Ele disse o nome do filho em tom calmo, mas Jon-Jon não pareceu ouvir. Sua atenção estava concentrada, como um raio laser, no pequeno avião que sobrevoava o *campus* em baixa altitude, com uma faixa que dizia: BEM-VINDOS, PAIS!.

Ele odeia aviões, Bethany explicou. *É uma daquelas coisas.*

O avião estava bem acima de nós, zumbindo como um inseto gigante. Jon-Jon soltou um gritinho curto e estridente, como se alguém o tivesse espetado com um alfinete. Depois fez de novo, dessa vez mais alto. Notei que as pessoas se viravam em nossa direção, sem entender. Jon-Jon bateu na própria cabeça.

Sinto muito, Bethany me disse. *Ele estava indo tão bem.*

Já era difícil lidar com as crises de Jon-Jon dentro de casa, mas era muito pior com todos aqueles estranhos por perto. Uma mulher de cabelos grisalhos com um blusão da faculdade se aproximou, perguntando se o pobrezinho estava bem. Bethany pegou um cartão na bolsa e o entregou à mulher. Eles tinham mandado fazer cartões um ano antes, depois de uma crise épica na Target.

Por favor, não se assuste, dizia o cartão. *Nosso filho Jonathan foi diagnosticado com autismo e às vezes precisa ser fisicamente contido para que não machuque a si mesmo ou outras pessoas. Amamos muito Jonathan e só queremos mantê-lo em segurança. Agradecemos pela compreensão.*

O avião se afastou de nós, indo na direção do estádio de futebol, mas acho que Jon-Jon nem notou. Ele estava se balançando de um lado para o outro, gemendo e segurando a cabeça. E então deu um soco em si mesmo. Com força, bem acima da orelha. Como se estivesse socando a cabeça de outra pessoa, de alguém que odiava.

Por favor, não faça isso, Bethany disse a ele.

Meu pai se sentou na grama e o abraçou por trás, tentando segurar seus braços, mas Jon-Jon se contorceu como louco para se soltar, debatendo-se e gritando como um animal aprisionado.

A luta durou apenas alguns minutos, mas pareceu muito mais. Toda vez que parecia que meu pai tinha Jon-Jon sob controle, um de seus braços se soltava e ele começava a se bater de novo. E meu pai tinha que agarrar aquele braço sem soltar os outros membros de Jon-Jon. Era quase como um jogo, só que Jon-Jon estava babando e o nariz de meu pai estava sangrando devido a uma cabeçada. Ainda assim, ele continuou falando baixo o tempo todo, dizendo ao filho que o amava e que tudo ficaria bem. Uma multidão havia se reunido em volta deles àquela altura, e Bethany estava entregando um cartão a cada um que chegava, desculpando-se pela confusão.

— Eles parecem ótimos pais — Amber disse quando terminei de contar a história.

— Sim — respondi. — São muito pacientes com ele.

— E você? — ela perguntou. — Como se sentiu enquanto tudo acontecia?

— Só senti pena deles — respondi.

Aquela parte era verdade. Eu realmente sentia pena do meu pai e de Bethany, e até de Jon-Jon, porque sabia que ele não tinha culpa de nada. Só não contei que sentia muita pena de mim mesmo e que tinha inveja de meu irmão caçula, mesmo parecendo totalmente ridículo. Jon-Jon tinha uma vida difícil, e eu nunca gostaria de estar no lugar dele. Mas o tempo todo que ele passou gritando e se debatendo, eu fiquei pensando em como era injusto que meu pai o amasse tanto e o abraçasse com tanta força – com muito mais força do que ele jamais havia me abraçado – e não o soltasse por nada no mundo.

A CONDIÇÃO HUMANA

No final da aula de terça-feira à noite, Barry levantou a mão e convidou toda a classe para se reunir e tomar uma bebida em seu bar.

— Não sei quanto a vocês — ele disse —, mas toda essa conversa sobre gênero me deixou com sede!

A reação inicial ao convite de Barry foi de indiferença – era tarde, as pessoas tinham que trabalhar no dia seguinte –, mas a opinião geral mudou quando ele acrescentou que as bebidas seriam por conta da casa.

— Agora que você mencionou isso — disse Russ, um fanático por hóquei —, uma cerveja até que cairia bem.

— É assim que se fala — disse Barry. — Qual a graça de estar na faculdade se não socializarmos fora da sala de aula? É, tipo, metade de nossa educação.

— Isso inclui destilados? — Dumell apontou melancolicamente para a barriga. — Estou controlando os carboidratos.

— Dentro dos limites — Barry disse a ele. — Não vou abrir o Pappy Van Winkle.

— Não se preocupe com isso — Dumell garantiu a ele. — Eu me contento com pouco. Pergunte à minha ex-mulher.

Eve não tinha nenhuma intenção de sair com eles. Estava fugindo dos convites de Barry para beber depois da aula havia dois meses e não queria lhe dar a mínima esperança, embora ele nem precisasse disso. Barry era um desses caras que não conhece o significado da palavra "rejeição". Ele simplesmente não parava de tentar. Sua persistência poderia ser vista como um elogio se ele não fosse tão presunçoso e convencido – tão impregnado de privilégio masculino –, como se não fosse possível que ela o vencesse em uma batalha de determinação romântica.

Esperando evitar algo desagradável no estacionamento – Barry às vezes ficava à espreita na saída e depois colava em Eve enquanto ela ia para o carro –, ela entrou no banheiro feminino e aguardou alguns minutos dentro da cabine, jogou várias rodadas de palavras cruzadas no celular (adversário aleatório, não muito bom) e depois fez xixi, não porque estivesse com vontade, mas porque já estava sentada no vaso sanitário e pareceu bobagem não aproveitar. Ela lavou as mãos com um cuidado excessivo e se olhou no espelho – um hábito incansável, porém cada vez menos recompensador – antes de sair do banheiro, e quase se chocou com a dra. Fairchild, que estava parada do lado de fora. Seu corpo esbelto de jogadora de basquete parecia ainda maior com os saltos altos.

— Eve. — Ela pareceu preocupada, porém havia um quê de repreensão em sua voz. — Você está bem?

— Estou. Por quê?

— Você ficou aí dentro um bom tempo. — A professora se deu conta do que dissera e fez uma careta, constrangida pela própria grosseria. — Não que seja da minha conta.

— A aula de hoje foi ótima — Eve disse, tentando desfazer o clima estranho.

A dra. Fairchild fez que sim distraidamente com a cabeça e depois perguntou com certa insistência:

— Você vai? Ao bar?

— Não pretendia ir.

— Ah. — A dra. Fairchild não conseguiu esconder a decepção. — Esperava que você fosse.

— *Você* vai?

— Estava pensando em ir. Pode ser legal, não?

Hum. Eve não parou muito para pensar no que a professora considerava divertido, mas parecia pouco provável que beber em um bar de esportes com caras como Barry e Russ estivesse no topo de sua lista.

— Tive um dia longo — Eve explicou. — Estou meio cansada.

— É que... — A dra. Fairchild jogou os cabelos sobre o ombro, primeiro para um lado, depois para o outro, seu gesto de nervosismo preferido. — Eu não queria ir sozinha.

— Você não vai estar sozinha. Vários deles vão estar lá.

— Eu sei. — Havia um tom suplicante na voz da professora. — Mas é muito mais fácil chegar com uma amiga. Principalmente em um lugar daqueles.

Eve ficou confusa, mas também tocada quando a professora usou a palavra *amiga*. Até aquele momento, elas nem haviam conversado fora da sala de aula.

— Acho que eu poderia beber alguma coisa — Eve concordou. — Só uma dose. Preciso trabalhar amanhã.

— Obrigada. — A dra. Fairchild se aproximou e abraçou Eve. — Fico muito grata.

— Não precisa agradecer. Então nos vemos lá?

O sorriso da dra. Fairchild também funcionava como uma desculpa. Ela sabia que estava abusando da sorte.

— Será que você poderia me dar uma carona? — ela perguntou. — Assim eu não perco a coragem.

Dez minutos depois, elas estacionaram em frente ao bar de esportes de Barry, um prédio de tijolinhos que tinha o péssimo nome de *JOGO DE BOLA!* gravado no toldo da frente, com um taco de beisebol no lugar do ponto de exclamação. A dra. Fairchild não parecia estar com pressa para sair do carro.

— Tenho pés grandes — ela disse. — Não é fácil encontrar sapatos bonitos do meu tamanho.

— Esses são bonitos — Eve observou. — Não tem como errar com scarpins pretos.

— Você precisa ver os vermelhos de salto fino. Mal consigo andar com eles, mas são bem sensuais. Só não tenho muitas oportunidades para usá-los no momento.

— Eu desisti de usar salto alto — Eve disse a ela. — Na minha idade, prefiro ficar confortável.

— Você não é tão velha assim.

— Quarenta e seis. Não sou jovem, isso é certo.

— Não sou tão mais nova que você — observou a dra. Fairchild. — Acho que estou tentando compensar o tempo perdido. Meus melhores anos já se passaram.

Na esfera pública da sala de aula, Eve nunca teve problema em aceitar a dra. Fairchild como mulher. Naquele contexto – uma professora interagindo com alunos, desconstruindo conceitos ultrapassados de masculinidade e feminilidade –, ela parecia uma materialização do currículo, sua teoria e prática como um todo contínuo. Em um carro em frente a um bar de esportes, no entanto, a identidade de gênero da professora parecia um pouco mais instável, desejo e realidade na mesma medida. Em parte, era o timbre de sua voz no escuro, e em parte simplesmente o tamanho de seu corpo no banco de passageiros, o modo como preenchia o espaço disponível.

Posso ver quem você era, Eve pensou. *Uma pessoa sobre a outra.*

No instante em que aquela imagem nada generosa lhe ocorreu, ela fez o possível para apagá-la de sua mente. Não era a polícia do gênero. Seu trabalho – sua *responsabilidade* – era ser gentil e oferecer apoio, e não julgar o sucesso ou fracasso da transformação de alguém.

— Você é muito bonita — ela disse.

— Estou tentando. — O riso da dra. Fairchild tinha um quê de ansiedade. — Todo dia é uma aventura, não é?

— Eu bem que gostaria.

— Pelo menos é o que minha terapeuta me diz. Acho que ela só está tentando me animar.

— Está tudo bem?

A dra. Fairchild ficou olhando pela janela enquanto pensava na resposta. A única coisa na frente delas era uma parede de tijolos.

— Foi aniversário da minha filha na semana passada — ela disse. — O nome dela é Millicent. Ela acabou de fazer oito anos.

— É uma idade ótima.

— Fizemos uma festa para ela, eu e minha ex-esposa. Alguns pais das outras crianças apareceram no final. Eles não me trataram mal nem nada desse tipo, mas notei que os deixei desconfortáveis, e minha filha percebeu também. Eles ficaram o mais longe possível de mim. Como se eu tivesse alguma doença contagiosa.

— Tenho certeza de que não fizeram por mal — Eve disse. — As pessoas precisam de tempo, sabe?

A dra. Fairchild examinou as unhas.

— Se não fosse por Millie, eu provavelmente me mudaria para Nova York ou Los Angeles. Só para ficar longe desse povinho suburbano.

— Se é o que deseja, devia fazer isso. Nova York não fica tão longe.

— É caro demais — disse a dra. Fairchild. — E não ia fazer diferença. Não importa onde você more. Sempre está sozinha com seus problemas, sabe?

— É da condição humana — Eve disse a ela.

A dra. Fairchild parou de olhar para a parede.

— Você é tão ruim quanto minha terapeuta — ela disse, mas em tom de elogio.

★ ★ ★

Julian Spitzer não tinha idade para beber legalmente – não chegava nem perto – mas nenhum dos adultos se opôs quando ele se serviu de um copo de cerveja da jarra comunitária, e depois tomou mais um. Esse era o lado bom de ir a um bar em uma terça-feira à noite com um monte de gente mais velha. Ninguém reparava nessas coisas. Ninguém se preocupava em verificar sua identidade falsa ou prestava muita atenção, principalmente se você estava sentado com o dono do bar, o que, ele tinha que admitir, era bem legal.

A parte ruim era que ele estava preso em um buraco chamado JOGO DE BOLA!, cercado por pessoas com o dobro de sua idade que conversavam entre si sobre as coisas inacreditavelmente chatas que as pessoas daquele idade gostavam – planos odontológicos, couve, dor na lombar. Era quase a mesma coisa que sair com seus pais, com a diferença de que seus pais nunca se sentariam de frente para uma jarra de cerveja light ou qualquer outra cerveja ruim como aquela, e nem fingiriam não notar que ele estava consumindo seu conteúdo.

Não era ético guardar esse tipo de coisa para si mesmo, então ele tirou uma foto da jarra pela metade e enviou para o amigo Ethan, que estava se divertindo muito na Universidade de Vermont.

Cara, estou ENCHENDO A CARA com um bando de velhotes da aula de Gênero e Sociedade! O que pode ser mais deprimente que isso?

Até ele digitar aquela mensagem, Julian não estava ciente do fato de que estava no processo de *ENCHER A CARA*. Mas assim que viu aquilo por escrito, pulsando como uma profecia dentro do balão de texto verde, ele se deu conta da força de uma verdade inquestionável. Falando sério, por que ele não deveria *ENCHER A CARA*? Estava na faculdade havia quase dois meses e essa era a primeira vez que saía com os colegas de turma, ou com qualquer pessoa, para ser mais preciso. O outono não estava sendo muito emocionante.

Ele recebeu uma notificação no celular: *É isso que você ganha por fazer faculdade comunitária, idiota!*

Dumell, um dos dois negros da turma – era o afro-americano, não o nigeriano – ouviu o som e o cutucou com o cotovelo.

— Mensagem da namorada?

— Uma delas — Julian respondeu.

Dumell riu.

— Quantas você tem?

— É difícil não perder a conta.

— Olha só o cara! Aposto que elas adoram quando você chega de skate.

— O que posso dizer? Sou um amante preocupado com o meio ambiente.

Dumell refletiu sobre a metáfora.

— Pensando assim, eu sou devorador de gasolina — ele disse. — Detroit das antigas. Quatro quilômetros por litro na estrada. Mas é um passeio gostoso, se é que me entende.

Barry, o anfitrião, bateu na mesa, poupando Julian da necessidade de continuar na brincadeira.

— Bem-vindos, colegas de turma — Barry disse. — Fico feliz por estarem aqui. Principalmente porque nossa querida professora decidiu nos agraciar com sua presença. Dra. Fairchild, é um privilégio recebê-la em minha humilde taverna. Você traz classe ao recinto.

A dra. Fairchild ficou corada e acenou com a mão, dispensando o elogio, enquanto os alunos faziam um brinde em sua homenagem. Julian fez questão de brindar com todos que estavam à mesa – Barry, Dumell, Russ, a professora, Eve (a mãe de Brendan Fletcher, por uma coincidência estranha), o cara com um nome hilário, sr. Ho (que falava muito pouco inglês), e Gina (a motociclista sapatão e conversadora). Tirando Barry, que era um daqueles caras que sentiam orgulho de ser cretinos, Julian até que gostava de todos, e até que não estava achando Barry tão ruim, considerando que ele pagaria a conta.

Foda-se, ele escreveu para Ethan. *Esse é o meu pessoal.*

Julian sabia que era inteligente demais para fazer faculdade comunitária. Todos diziam isso – seus pais, seus professores, seus amigos, seu ex-orientador da escola, que era meio idiota, mas ainda contava. Ele tinha nota para entrar em uma faculdade melhor, e seus pais tinham dinheiro para pagar, ou pelo menos era o que diziam. Só que seu último ano do ensino médio tinha sido uma merda – havia passado boa parte dele em depressão profunda – ele não tinha conseguido preencher as inscrições a tempo.

Ele só começou a se sentir melhor no início do verão – a medicação foi ajustada pela quarta ou quinta vez e finalmente encontraram a fórmula mágica – e a essa altura já era tarde demais para entrar em uma faculdade boa. Seus pais e o psicólogo concordaram que seria bom ele fazer algumas aulas da faculdade comunitária local, *para ir pegando o ritmo*, como eles insistiam em dizer. Se gostasse e tirasse boas notas, poderia se transferir para algum lugar melhor no segundo ano, um lugar *mais condizente com sua capacidade*.

Julian não esperava muito da faculdade comunitária e, em grande parte, aquela estava correspondendo às suas baixas expectativas. A aula de Matemática era uma piada, muito mais fácil do que o ensino médio. Ele quase sempre dormia nas aulas de Biologia e ainda assim tirou dez nas duas primeiras provas. Gênero e Sociedade era a única exceção à essa regra geral de mediocridade. Era imprevisível, uma noite repleta de adultos deslocados, tendo aula com uma professora que havia nascido homem e feito a *transição* como ela gostava de dizer, com trinta e poucos anos, o que certamente aprimorava a experiência acadêmica de Julian. Uma coisa era um professor chegar e dizer que gênero era algo socialmente construído, e outra era ouvir de uma pessoa que realmente havia passado pela desconstrução.

Havia muito jargão estranho nas leituras propostas – *cisgênero, heteronormativo, disforia, performatividade*, entre outras coisas –, mas ele não se importava. Era uma dessas aulas que realmente faziam *pensar*, nesse caso sobre coisas que eram tão básicas que não ocorria às pessoas questionar, todas as pequenas regras que vão sendo enfiadas em sua cabeça quando você é criança e não pode se defender. Meninas usam rosa, meninos usam azul. Meninos são fortes. Meninas são doces. Mulheres são cuidadoras e não têm muitos músculos. Homens são líderes com corpos musculosos. Meninas são olhadas. Meninos olham. Axilas peludas. Unhas bonitas. Esse pode, mas aquela não. As Regras de Gênero eram intermináveis, quando se parava para pensar nelas, e impostas o tempo todo por um exército extremamente motivado de pais, vizinhos, professores, técnicos, outras crianças e completos estranhos – basicamente toda a raça humana.

Tem alguma gata? Ethan perguntou por mensagem.

Rá, rá, Julian respondeu.

Infelizmente, havia poucas opções na turma de Gênero e Sociedade. A única garota mais ou menos bonita com idade próxima à sua era Salima, a muçulmana, e ela usava um maldito véu na cabeça. O resto das roupas era relativamente normal e ela tinha um rosto arredondado e bonito, mas o véu na cabeça era preto e proibitivo. Quando eles se entrevistaram, ela disse que não bebia, namorava ou dançava – o que explicava sua lastimável, mas totalmente previsível, ausência no bar – e estava se guardando para o casamento com um bom muçulmano. Ela disse que era feliz por ser mulher, só que, pelo menos uma vez, queria saber qual era a sensação de dar um soco na cara de alguém.

Apenas três mulheres à mesa. Uma sapatão, a mãe de Brendan Fletcher, e minha professora.

O traveco? Ethan respondeu. *Nossa!*

Julian lançou um olhar culpado para a professora Fairchild, que conversava sem parar com a sra. Fletcher. No início do semestre, ele havia, sem pensar, usado a palavra *traveco* para descrever a professora, antes que ela tivesse a chance de explicar que o termo era ofensivo, e agora seus amigos não paravam de usá-lo, independentemente de quantas vezes Julian tivesse pedido para pararem. Eles insistiam que *traveco* era uma palavra inofensiva e disseram que Julian era uma bichinha por censurá-los.

Ela é uma pessoa legal, ele escreveu.

Gostosa?

Eles já tinham falado sobre isso.

Nada de especial.

A professora Fairchild não era esquisita nem nada do tipo, longe disso. Era o que sua mãe chamaria de uma *mulher mais velha atraente.* Usava terninhos conservadores de bom gosto, como uma advogada da TV, sempre com um lenço colorido amarrado no pescoço. Muita maquiagem e bons perfumes. Tinha o queixo um pouco masculino, mas, fora isso, era bem convincente.

E a mãe do Fletcher?

Era uma pergunta mais difícil. A sra. Fletcher de fato até que era bonita, por mais que ele detestasse admitir. Não como uma mulher jovem, mas *bonita-para-a-idade*, que ele não sabia exatamente qual era, tirando o fato óbvio de que tinha idade suficiente para ser sua mãe. Ela tinha um rosto bonito, talvez um olhar um pouco triste, ou apenas cansado. Havia alguns fios brancos em seus cabelos e ela tinha uma barriguinha, mas tinha um belo corpo no geral. Peitos excelentes, e ainda ficava muito bem de jeans, o que já não se aplicava à sua mãe, apesar da dieta paleo e do vício em ioga.

Ela é ok, ele respondeu. *Tirando a parte de ter dado à luz um grande cretino*

* * *

O bar não estava tão cheio em uma noite de terça-feira, mas estava bem barulhento, com rock clássico tocando ao fundos, músicas da época em que Eve estava no ensino médio – Aerosmith e Led Zeppelin e "Little Pink Houses" –, várias das quais deixaram Barry e Russ empolgados, fingindo que tocavam guitarra no ar. Eve odiava a maioria daquelas músicas – *rock de macho*, suas amigas de faculdade costumavam dizer –, mas as letras estavam gravadas permanentemente em sua memória, cortesia de todos os seus ex-namorados.

Snot running down his nose! Greasy fingers smearing shabby clo-hoes!*

Essa música horrível do Jethro Tull tocou quando a professora Fairchild contava a Eve sobre a morte de sua mãe, que havia acontecido apenas poucos meses depois que Margo – elas já estavam se chamando pelo primeiro nome – completara sua transição. Tinha sido uma daquelas coisas estranhas, uma gripe teimosa que acabou virando uma pneumonia resistente a antibióticos. Sua mãe foi para o pronto-socorro reclamando de uma tosse chata e falta de ar, e doze horas depois estava respirando com a ajuda de aparelhos, sem conseguir falar, alternando entre estados conscientes e inconscientes. Ela melhorou um pouco logo antes de morrer, apenas o suficiente para escrever uma última mensagem para a filha, que um dia tinha sido filho.

---

* Em tradução livre: Catarro escorrendo de seu nariz! Dedos engordurados sujando suas roupas! (N.E.)

Você está confuso, ela escreveu com a mão fraca e trêmula. *Você precisa acordar e cair na real!*

— Essas foram suas últimas palavras. — Margo tentou sorrir, mas não conseguiu completar a missão. — Logo depois que eu disse o quanto a amava. *Você precisa acordar e cair na real!* Nunca vou perdoá-la por isso.

— Você devia tentar — Eve disse. — Não é saudável guardar rancor dos mortos.

Margo sabia que era verdade.

— Queria poder falar com ela mais uma vez. Só para que entendesse que *esta* sou eu. Não aquele garotinho triste vivendo no corpo errado. Mas ela provavelmente só me magoaria mais uma vez. Ela costumava dizer coisas horríveis.

— Sei como é — Eve disse. — Trabalho com pessoas mais velhas. Você não acreditaria nas coisas que saem da boca delas.

— Ah, eu acredito — Margo disse. — Mas minha mãe era professora. Não era uma mulher ignorante. Simplesmente se recusava a aceitar minha experiência e reconhecer minha dor.

— Ela amava seu garotinho. — Era estranho como isso estava claro para Eve, embora ela nunca tivesse conhecido a mulher. — Ela não sabia como pensar em você de outro modo.

Margo tomou o último gole de vinho que havia na taça.

— Ela nunca me conheceu de verdade. Minha própria mãe. Não é horrível?

Margo cobriu o rosto com as mãos. Depois de um instante de hesitação, Eve esticou o braço e começou a acariciar o ombro da professora, ciente de que todos à mesa as observavam com um misto de preocupação e desconforto.

— Aconteceu alguma coisa? — Dumell perguntou.

Eve deu de ombros – é claro que tinha acontecido alguma coisa –, mas Margo levantou a cabeça e disse que estava tudo bem.

— Não se preocupem comigo — ela disse, secando os olhos e abrindo um sorriso constrangido. — É que eu fico emotiva quando bebo.

— Só existe uma cura para isso. — Barry fez sinal para o barman. — Ei, Ralphie! Outra rodada para os meus amigos.

★ ★ ★

Russ tinha passado para a Coca Diet e todos os outros estavam tomando vinho ou destilados – tentando aproveitar ao máximo a generosidade de Barry –, então Julian ficou com a segunda jarra de cerveja inteira para si. Era muita coisa para uma pessoa só, mas ele estava se aproximando de um nível de embriaguez em que beber tudo aquilo sozinho parecia uma questão de honra. Para tornar oficial, mandou uma foto para Ethan antes de servir o primeiro copo: o recipiente de plástico suado cheio até a boca, seu próprio Monte Everest líquido.

Quase dois litros cara, deseje-me sorte!!!

— Está mandando mensagem ou me ouvindo? — Dumell perguntou.

— As duas coisas — Julian respondeu, mas guardou o celular e voltou toda sua atenção para o companheiro de carne e osso, que estava lhe contando sobre o Iraque, que não era um assunto sobre o qual Julian ouvia todos os dias, pelo menos não de alguém que realmente tivesse estado lá.

Não que tivesse sido tão empolgante assim, aparentemente. Dumell disse que era entediante na maior parte do tempo, devido ao fato de ele ser mecânico automotivo e não soldado de combate. Ele passou a maior parte do período de serviço suando em uma oficina, trocando óleo e pastilhas de freio, substituindo velas de ignição e fazendo rodízio de pneus, as mesmas tarefas de rotina que ele executava atualmente todos os dias na Warren Reddy Subaru, em Elmville. De vez em quando, no entanto, tinha que sair com o guincho para rebocar um veículo quebrado atingido por um explosivo ou granada.

— Aí a merda ficava bem real — ele disse. — Você está dirigindo naquele deserto, totalmente exposto, só esperando alguma coisa explodir. Qualquer buraco parece o fim do mundo, sabe?

Estranhamente, Julian achava que sabia, embora nunca tivesse nem chegado perto de uma zona de guerra e nem visto nada maior que uma bombinha explodir, exceto nas telas.

— Aconteceu alguma coisa ruim?

— Comigo, não. Só fiz meu trabalho e voltei para casa.

— Deve ter sido um alívio.

— Seria o esperado. Mas eu não… me *reajustei* tão bem. Não conseguia dormir, não parava em nenhum emprego. O casamento acabou. Eu ficava assustado o tempo todo. Como se ainda estivesse no deserto, dirigindo em um campo minado.

— Que merda.

— Transtorno do estresse pós-traumático — Dumell explicou. — É o que dizem os médicos. Mas não faz nenhum sentido. Eu tive sorte. Voltei inteiro para casa. Não tenho do que reclamar.

Aquela linha de pensamento era intimamente familiar a Julian. Ele a havia vivenciado em loop infinito durante o buraco negro que foi seu último ano do ensino médio. *Minha vida é boa. As pessoas me amam. Tenho um futuro promissor. Então por que não consigo sair da cama?*

— Não importa — ele disse a Dumell, surpreendendo-se com a convicção em seu tom de voz. — Você sente o que sente. Não precisa se desculpar com ninguém.

Dumell estreitou os olhos por alguns segundos, como se estivesse tentando colocar Julian em foco. Mas, depois daquele instante, sua expressão suavizou.

— Acho que você sabe do que estou falando, não é?

— Mais ou menos — Julian respondeu. — Tive transtorno do estresse pós-traumático do ensino médio.

★ ★ ★

Eve parou de beber depois da segunda taça de vinho branco da casa – um pinot grigio aguado –, mas Margo aceitou de bom grado quando Barry ofereceu a terceira.

— Dane-se — ela disse. — Não dou aula amanhã.

Eram quase onze horas e Eve começou a pensar na logística de uma saída discreta. Teria sido simples, mas ela se sentia responsável por levar Margo de volta à faculdade, onde ela havia deixado o carro. Estava prestes a tocar no assunto quando Margo se virou para ela com um sorriso melancólico.

— Isso é legal — ela disse. — Exatamente como eu esperava que seria.

— Como assim?

Margo fez um gesto vago, esculpindo um objeto arredondado com as mãos.

— *Isso*. Sair com uma amiga e conversar sobre... coisas. — Ela deu uma gargalhada triste. — Sempre achei que teria mais amigas mulheres depois da transição. Não me entenda mal. Eu tenho amigas. Mas são poucas as mulheres cis.

— É difícil — Eve disse. — Todo mundo é muito ocupado.

Margo bateu com a unha pintada sobre um guardanapo úmido.

— Acho que assisti a muitos episódios de *Sex and the City* e li muitos romances sobre amizades incríveis entre mulheres. Essas mulheres que conversam sobre tudo e ajudam umas às outras nos momentos difíceis. Nunca tive amigos assim quando vivia como homem.

— Meu ex-marido também não tinha amigos assim. Homens simplesmente não precisam dessas coisas.

— Mas você precisa, não é? Você tem amigas em que pode confiar. Falar sobre sua vida amorosa, ou seja lá o que for. Contar segredos.

— Algumas — Eve disse, embora não tivesse feito um bom trabalho para manter aquelas amizades nos últimos meses. Ela não havia contado a Jane, Peggy ou Liza sobre seu problema com pornografia, e certamente não tinha mencionado a atração por Amanda. A única pessoa para quem se imaginava contando sobre seus sentimentos por Amanda era a própria Amanda, e isso não era possível no momento. Elas não conversavam de verdade desde o jantar fatídico na Casa Enzo, mesmo que se vissem todos os dias no trabalho. Quando se comunicavam, ambas ficavam um pouco na defensiva, agiam de forma muito correta e profissional, como se nenhuma das duas quisesse arriscar entrar em qualquer área cinzenta ou chegar perto dos limites pessoais uma da outra.

— Sabe qual é o problema? — Margo disse. — Perdi os períodos em que os laços se criam. Não cresci com um grupo unido de meninas, não tive nenhuma colega de quarto do sexo feminino na faculdade, não pude compartilhar histórias sobre sexo com colegas de trabalho na hora do almoço. Não participei de nenhum grupo de mães, não fiquei conversando com a vizinha enquanto nossos filhos brincavam. A única mulher com que sempre pude conversar é minha ex-esposa, e ela se recusa a ser minha amiga. Ela quer que eu seja feliz, mas não quer sair para comprar roupa e nem ouvir sobre o bonitinho por quem eu tenho uma queda. E eu acho que não posso culpá-la.

— Deve ser complicado — Eve disse.

Margo concordou, mas sua mente estava em outro lugar.

— Quando eu era homem, sentia inveja quando as mulheres iam ao banheiro juntas. Uma levantava e logo a amiga levantava também. Às vezes duas amigas. Era como uma conspiração. E eu ficava pensando: *O que está acontecendo lá dentro? Que tipo de segredos elas estão contando umas às outras?*

— Nada muito emocionante — Eve disse, embora já tivesse tido algumas experiências interessantes no banheiro no decorrer dos anos. No segundo ano do ensino médio, Heather Falchuk levantou a camisa e mostrou a Eve seu terceiro mamilo, uma pequena ilha rosada na parte de baixo das costas. Uma amiga de faculdade, Martina, bulímica em recuperação, costumava pedir para Eve acompanhá-la ao banheiro para que não se sentisse tentada a vomitar depois de comer muito.

— Sei que é besteira — Margo disse, passando o dedo sobre a borda da taça de vinho. — É apenas uma daquelas coisas que eu sempre quis fazer.

★ ★ ★

Julian havia conseguido tomar dois terços da jarra quando a extensão de sua embriaguez ficou clara para ele.

— Ah, merda — ele disse a Dumell.

— O que foi?

A risada de Julian pareceu vazia e distante a seus próprios ouvidos.

— Eu estou muito bêbado, cara.

— Dá para ver. Você mandou ver na cerveja.

— Posso te contar um segredo? — Julian se inclinou na direção de Dumell. Ele teve a impressão de que algo importante ia acontecer. — Nunca tive um amigo negro antes. Acha que isso me torna racista?

Dumell parou para pensar, coçando o canto da boca com a ponta do polegar.

— Espero que não esteja de carro — ele disse. Julian negou e apontou para o chão.

— Estou com meu skate velho de guerra.

— Onde você mora?

— Haddington.

— Fica a uns oito quilômetros daqui.

— Sim, senhor.

— Você usa mesmo essa coisa como meio de transporte?

— É melhor do que nada.

Dumell não discordou.

— É divertido?

— Muito. Sabe aquela ladeira na Davis Road? Perto do Wendy's? Às vezes eu desço mais rápido que os carros. Me sinto um super-herói.

— Já sofreu algum acidente?

— Nada sério. Se vejo que vou ter problemas, simplesmente pulo fora.

— Entendi — disse Dumell. — Mas nem sempre dá para saber o que vai acontecer, não é?

Julian pegou o copo – estava meio cheio – e o colocou de volta na mesa sem beber.

— A única coisa ruim que já me aconteceu foi quando uns babacas da minha escola me sequestraram.

— Sequestraram?

— Eles me jogaram no carro deles, dirigiram até um parque e me prenderam dentro de um banheiro químico.

Dumell arregalou os olhos.

— Está zoando?

— Não.

Julian lançou um olhar perverso para a sra. Fletcher, do outro lado da mesa, mas ela não notou. Estava ocupada demais bajulando a professora, que aparentemente tinha virado sua melhor amiga. O filho desprezível da sra. Fletcher tinha sido um dos sequestradores.

— Por que eles fariam uma coisa dessas? — Dumell perguntou.

— Por quê? Porque um desses palhaços estava agindo como um idiota em uma festa e eu joguei bebida na cara dele.

— Que loucura. — Dumell riu. — Quanto tempo você ficou preso lá dentro?

Julian deu de ombros. Ele havia ficado preso por apenas alguns minutos – conseguiu cortar a fita adesiva com a chave de casa –, mas parecera uma eternidade. O cheiro daquele vaso sanitário aberto havia ficado impregnado em suas narinas durante meses após o ocorrido. Ele ainda era capaz de senti-lo se fizesse um pouco de esforço.

— Tempo demais — ele respondeu.

Julian olhou novamente com ódio para a sra. Fletcher. Ele queria dizer algo maldoso, fazê-la saber que colocou uma pessoa horrível no mundo, mas ela já estava se levantando e nem olhou em sua direção quando seguiu para o banheiro, com a dra. Fairchild logo atrás.

— Nossa — disse Dumell, que estava observando as mulheres conversarem. — Ela é linda.

— Qual das duas? — Julian perguntou.

— Nossa — Dumell repetiu com a mesma voz suave, mas na verdade não era uma resposta.

★ ★ ★

Com apenas uma cabine e um espaço limitado, o banheiro feminino do JOGO DE BOLA! não era ideal para uma conversa de garotas. Eve fez um gesto magnânimo que dizia *pode ir na frente,* convidando Margo a utilizar o recinto primeiro. Ela verificou o celular enquanto esperava – não havia nenhuma mensagem ou e-mail importantes – e lembrou a si mesma que era grosseiro especular sobre as particularidades da anatomia da professora.

Não é importante, ela pensou. Gênero é um estado de espírito.

Margo deu a descarga e saiu com um sorriso levemente embriagado no rosto.

— Missão cumprida — ela anunciou em um tom de voz monótono, virando de lado para Eve poder passar. — Sua vez.

Eve precisava mesmo fazer xixi, mas foi tomada por um ataque repentino de timidez no momento em que se sentou no vaso. Ela não tinha problemas em ir ao banheiro com estranhos por perto, mas era mais difícil quando pessoas conhecidas podiam ouvi-la. Tudo porque Ted, no início do relacionamento dos dois, uma vez fez piada sobre a força de seu jato.

Nossa, ele disse. *Quem abriu a torneira?*

Anos depois, quando o casamento já ia de mal a pior, Eve mencionou o incidente em algumas sessões de terapia, nas quais ambos fizeram uma lista de incômodos velados. Ted não se lembrava de ter feito aquele comentário e ficou perplexo pelo fato daquilo a incomodar há tantos anos. *Foi uma piada boba*, ele disse. *Deixe para lá*. Mas lá estava ela, setes anos após o divórcio, ainda remoendo a mesma história.

— Eve — Margo disse. — Posso fazer uma pergunta?

— É claro.

— O que você acha do Dumell?

— Dumell? — Eve repetiu, tentando ganhar algum tempo. Eles ainda não haviam se entrevistado, e ele não falava muito na aula. Ela nem sabia se Dumell era nome ou sobrenome. Quase sempre só pensava nele como *Cara negro com ar preocupado*, embora tivesse ficado impressionada com a atenção que ele estava dando aquela noite a Julian Spitzer, que parecia estar ficando bastante embriagado.

— É — respondeu Margo. — Você gosta dele?

— Ele parece legal. — Eve descobriu, para seu alívio, que era fácil urinar enquanto conversava. — Bem discreto.

— Eu acho ele lindo — Margo disse. — Tem olhos bem bonitos.

Eve deu a descarga e saiu da cabine. Agora compreendia seu papel.

— Então — ela começou, lavando as mãos do modo teatral que adotava quando outras pessoas estavam observando. — Você está a fim dele?

— Talvez — Margo estava se olhando no espelho embaçado, passando batom com a concentração de um cirurgião. — E com *talvez* eu quis dizer *com certeza*.

— Uau.

— Não consigo parar de pensar nele.

— E é permitido? — Eve perguntou. — Essa coisa entre professora e aluno?

— Quem se importa? — Margo zombou. — Tem ideia de quanto eles me pagam? De qualquer modo, somos todos adultos, não somos?

Se elas iam trocar segredos, aquela seria a hora de Eve mencionar Amanda, para criar um laço com Margo baseado em paixonites ilícitas, mas ela não estava bêbada o bastante para dizer em voz alta.

— Só acho ótimo que ele seja alto — Margo disse. — Acho que não daria certo com um cara baixo. Quero dizer, não tenho nada contra, mas muitos homens se sentem intimidados por mulheres altas.

— Eles são tão infantis — Eve disse. — Com o que não se sentem intimidados?

Margo concordou, mas sem muita convicção.

— Na verdade, nunca estive com um homem — ela confessou.

— Ah — Eve disse. — Nossa.

— Eu gostava de mulheres quando era homem. Pelo menos tentava. Mas agora... não está mais dando certo para mim. Acho que estou pronta para diversificar.

— Que ótimo. — Eve apertou o braço dela como forma de encorajamento. Ela queria dizer: *sei exatamente como se sente*, mas novamente as palavras não saíram.

— Então, o que devo fazer? — Margo perguntou. — Como o seduzo?

— Talvez devesse apenas conversar com ele primeiro. Para conhecê-lo um pouco.

— Temia que você fosse dizer isso.

— Ou você pode sentar no colo dele e enfiar a língua em sua orelha. Isso também funciona.

★ ★ ★

Algo aconteceu a Julian no banheiro masculino. Ele não estava exatamente sóbrio quando entrou – nem perto disso –, mas ainda era capaz de andar e pensar direito. Mas, quando saiu, estava totalmente *BÊBADO*. Era como se toda a segunda jarra de cerveja tivesse feito efeito no tempo de uma única mijada.

Voltar à mesa foi uma aventura digna de um jogo de videogame, e a dra. Fairchild parecia ter sentado em seu lugar.

— Licença — ele disse a ela. — Sem querer ofender, mas você está no meu lugar.

Dumell apontou para o outro lado da mesa. Havia uma cadeira vazia ao lado da sra. Fletcher.

— Por que não se senta ali? — Dumell disse a ele. — Espalhe o amor.

Dumell o estava encarando com aquele olhar duro de militar, como se dissesse *Faça logo o que eu estou mandando, idiota*. Julian estava tão chumbado que não conseguia ler nas entrelinhas.

— Relaxe, cara. — Ele piscou para Dumell e levantou o polegar. Enquanto ainda fazia o gesto, percebeu que estava exagerando um pouco.

— Estou com você.

Ele queria dizer mais alguma coisa, mas não conseguia se lembrar o que era. Quando viu, a sra. Fletcher estava parada ao seu lado, com o braço em volta de seus ombros, oferecendo-lhe uma carona para casa. Julian ainda não queria ir embora, mas Barry disse que ele não tinha escolha.

— Você exagerou, garoto. É hora de ir embora.

— Eu não estou bêbado — Julian protestou, mas nem ele acreditava no que estava dizendo.

Eles o conduziram ao estacionamento como um criminoso. Barry de um lado. A sra. Fletcher do outro. Na verdade, foi um alívio sair do bar e respirar um pouco de ar puro.

— Bebi toda aquela jarra — ele disse a eles. — Sozinho.

— Você é foda. — Barry o ajudou a se sentar no banco do passageiro do carro da sra. Fletcher. — Não vai vomitar, vai?

— De jeito nenhum.

— Certo. — Barry acenou solenemente com a cabeça antes de fechar a porta. — Não me decepcione.

A sra. Fletcher sorriu para ele enquanto colocava a chave na ignição. Não era um sorriso de felicidade, mas um sorriso que dizia: *O que vamos fazer com você?* Era estranho estar no carro com ela. Como se fosse sua mãe. Ou até mesmo sua namorada. E por que não?

Brendan não ia gostar nada disso, ele pensou.

— Quantos anos você tem? — ele perguntou.

— Coloque o cinto de segurança — ela disse.

Ele se sentiu bem no início, só que o mundo não parava de se movimentar na direção dele pelo vidro. Muitas árvores, as luzes dos carros e fachadas de lojas. Era melhor ele se concentrar no rosto da sra. Fletcher. Ela era bonita de perfil.

— Você acha que vai rolar? — ele perguntou.

— O quê?

— Dumell e a dra. Fairchild. Acho que ele está a fim dela.

A sra. Fletcher se virou e olhou para Julian, como se ele tivesse dito algo interessante.

— Ele falou isso?

— Mais ou menos.

— Bem — ela disse, depois de um breve hesitação. — Não é da nossa conta se rolar. Eles são adultos.

Julian concordou. Ele gostava do som da voz da sra. Fletcher. E gostava da camisa justa que ela estava usando, o modo como seus seios empurravam os botões.

— E quanto a nós? — ele disse. — Vai rolar?

— Você está bêbado — ela afirmou.

— Você é bem bonita. Será que sabe disso?

— Julian — ela disse. — Vamos parar com isso, está bem?

— Por quê?

— Eu tenho quarenta e seis anos — ela falou. — E você não tem nem idade para beber.

Ele queria dizer que a idade não importava, mas aconteceu algo muito errado em seu estômago e ele teve que pedir para ela parar o carro.

— Agora! *Por favor*.

Ela reconheceu a urgência em sua voz e desviou para o acostamento. Ele saltou do carro com a mão sobre a boca e vomitou em um bueiro, o que era melhor do que deixar uma poça nojenta na calçada para os cachorros lamberem pela manhã.

— Que merda.

Ele estava de quatro, olhando para o buraco escuro, quando se deu conta de que a sra. Fletcher estava agachada ao seu lado, acariciando suas costas em círculos lentos, dizendo para ele relaxar, pois se sentiria melhor quando expulsasse o veneno de seu corpo.

— Pobrezinho — ela disse.

— Você tem peitos lindos — ele disse a ela, pouco antes de vomitar novamente.

PARTE TRÊS

Gênero e sociedade

UM MONTE DE ALERTAS VERMELHOS

Na maior parte do tempo, Amber e sua mãe se davam muito bem. Trocavam mensagens várias vezes ao dia e conversavam ao telefone pelo menos duas vezes por semana. E não eram ligações rápidas. Quando começavam, eram capazes de falar uma hora seguida sem parar para respirar.

A menos que houvesse algum assunto urgente para discutir, suas conversas seguiam um caminho bem definido. Sempre começavam com notícias sobre seu irmão – se estava comendo, como estava dormindo, como estava indo na escola, quantos carrinhos novos ele havia comprado – porque Amber sentia muita falta dele e ainda se sentia culpada por ter ido para a faculdade, deixando a mãe sozinha para cuidar dele, como se fosse uma mãe solteira, embora seu pai morasse na mesma casa. Ele nunca criou laços verdadeiros com Benjy; agia como se não fizesse sentido nem ao menos *tentar*, e ninguém o criticava por isso, incluindo Amber.

Quando esgotavam a conversa sobre Benjy, sua mãe fazia algumas perguntas sobre a faculdade, e depois Amber fazia o mesmo, dando à mãe muito espaço para falar sobre qualquer coisa que lhe ocorresse, independentemente do quão trivial pudesse ser – o clima, uma notícia do jornal, a qualidade dos legumes e verduras que havia comprado no mercado. Sempre havia alguma discussão sobre as alergias de sua mãe e um segmento dedicado a qualquer atividade incomum no bairro: quem comprou um carro novo, o cachorro de quem estava vestido de palhaço, quem tinha trocado o aquecedor a óleo por um a gás. Amber ouvia pacientemente porque sabia como sua mãe estava solitária e como seu mundo tinha ficado reduzido.

Era o mínimo que podia fazer.

Ao mesmo tempo, Amber temia esses telefonemas, pois sempre acabavam tocando em um assunto constrangedor: namorados. Especificamente, a incapacidade de sua mãe entender por que Amber não estava namorando. Não fazia sentido: ela era bonita, inteligente, tinha um coração enorme e uma personalidade calorosa. Sim, sua mãe entendia que a agenda da filha era cheia – estudos, softbol, os vários clubes e organizações de que participava –, mas os jovens sempre podiam arrumar tempo para um pouco de romance. A mãe de Amber certamente havia feito isso quando tinha sua idade. Ela tinha sido uma garota bem popular, se tivesse que se descrever.

Você devia marcar uns encontros, sua mãe dizia, como se fosse uma ideia brilhante que tivesse acabado de lhe ocorrer, e não uma sugestão que já tinha feito centenas de vezes.

Tentando conter a frustração, Amber explicava, pela centésima vez, que ninguém mais *marcava encontros*, que isso não era uma coisa que as pessoas da idade dela faziam.

Literalmente, não conheço uma única pessoa que foi a um encontro, ela protestava. Não era *literalmente* verdade, mas ela não queria enfraquecer seu argumento com um posicionamento mais sutil.

E então vinha a Grande Pausa Significativa. Toda vez.

Amber, querida? Quer nos contar alguma coisa? Você sabe que seu pai e eu te apoiaremos independentemente do que for.

Tudo porque ela tinha ido ao baile de formatura do ensino médio com Jocelyn Rodriguez, uma colega do time de softbol e uma das poucas alunas da escola que havia saído do armário. Nenhuma das duas tinha par, então resolveram ir juntas, como amigas. Muitas meninas faziam isso. Mas elas ficaram tão bem juntas, um casal totalmente *plausível* – Joss de smoking, com os cabelos curtos penteados para trás, Amber em um vestido cor-de-rosa bem feminino –, que todo mundo simplesmente presumiu que eram um casal, incluindo os pais de Amber. Até Joss pareceu achar isso, porque ficou bem decepcionada quando Amber não quis beijá-la durante as músicas lentas.

Afe, mãe. Quantas vezes vou ter que dizer? Eu gosto de meninos. Só que não tem nenhum que preste aqui.

Bem, esse é o seu problema, querida. Você já vai chegando de má vontade. Precisa dar uma chance a eles.

A essa altura, Amber ficava tentada a listar todos os caras com que tinha ficado no primeiro ano – oito ou nove, dependendo do ponto de vista, e todos eram idiotas à sua maneira –, mas ela não queria ser vista como promíscua pela própria mãe. Além disso, já estava cansada daquilo. Não transaria mais com ninguém embriagado. Não ficaria nua com idiotas machistas que não tinham nenhum interesse nela como ser humano.

Talvez se você usasse roupas mais femininas, sua mãe diria. *Você fica muito bonita de vestido. Esses jeans justos nem sempre te valorizam.*

Era como se estivessem atuando em uma peça que nunca terminava, condenadas a interpretar a mesma cena deprimente repetidas vezes. Mas aquilo estava prestes a mudar, Amber pensou, quando respirou fundo e pegou o telefone.

* * *

Becca tinha combinado de fazer uma visita naquele fim de semana. Estava tudo certo. Ela pegaria uma carona de Haddington até lá com uma garota de sua turma que tinha um convite em aberto para dormir na casa da Sigma, e Zack tinha concordado em ficar fora por alguns dias, e isso nem seria muito sacrifício da parte ele. Seu relacionamento vai-e-vem com a garota misteriosa (que supostamente não era gorda, embora eu sempre pensasse nela assim) estava de volta à ativa e ele quase nunca dormia no nosso quarto. Na maior parte do tempo, eu tinha a impressão de estar morando em um quarto individual, o que seria ótimo, tirando a parte que eu sentia falta dele. Mesmo quando estava presente, as coisas não eram as mesmas. Quero dizer... nós nos dávamos bem, mas não nos divertíamos e ríamos tanto quanto antes. Ele parecia um pouco distante, muito mais interessado nas mensagens de texto que recebia do que em qualquer coisa que eu tivesse a dizer. Era bem irritante.

Cara, perguntei a ele uma noite. *Você está apaixonado ou algo assim?*

O quê?, ele respondeu, rindo sozinho enquanto digitava uma resposta.

Deixa para lá, eu disse. *Não é nada importante.*

Eu estava empolgado para ver Becca depois de tanto tempo, mas também um pouco nervoso. Era ela que estava insistindo para fazer uma visita de fim de semana – por mim, podíamos esperar até o Dia de Ação de Graças –, mas agora que estava tudo combinado, achava melhor aproveitar ao máximo. Eu estava louco para transar, porque depois de quase dois meses na faculdade, não havia feito sexo com ninguém (apenas sozinho), o que não parecia um bom começo para minha carreira como universitário.

Mas dar uma com uma garota era uma coisa e passar um fim de semana inteiro com ela era outra, e Becca e eu nunca havíamos sido um desses casais que ficam muito juntos, nem tínhamos muito sobre o que conversar. Então não posso dizer que fiquei muito mal quando ela ligou pelo Skype na quarta-feira com a maquiagem dos olhos toda borrada de tanto chorar e me disse que a visita estava cancelada. Seus pais haviam conversado e resolvido que ela era muito nova para passar o fim de semana com um universitário – mesmo que esse universitário fosse, na verdade, seu namorado do colégio –, e queriam saber por que, já que eu queria tanto ver a filha deles, eu simplesmente não voltava para casa no fim de semana e ficava com ela lá.

— Droga — eu disse. — Que chato.

— Eu sei. Queria tanto dormir com você.

— É, eu também.

Ela fungou e limpou o nariz, encarando-me com aquela cara de pássaro ferido.

— Não é uma ideia tão ruim — ela disse.

— O quê?

— Você poderia pegar o ônibus, né? E sua mãe ficaria muito feliz em te ver.

— Você quer que eu vá para casa?

— Por que não? Eu racho os gastos com você, se é isso que te preocupa.

— Não tem nada a ver com dinheiro.

— Então qual é o problema?

Eu sabia que estava pisando em terreno perigoso. Não havia uma forma não cretina de contar a verdade a ela, que eu até ficaria feliz em vê-la se não tivesse escolha, mas ficaria mais feliz ainda em não a ver se pudesse escolher.

— Preciso pensar um pouco — afirmei. — Eu te mando uma mensagem amanhã.

Uns dez minutos depois que desligamos, Amber ligou. Eu não falava com ela desde a reunião da Rede de Conscientização sobre Autismo, onde me humilhei chorando feito uma menina.

— O que você vai fazer no sábado à noite? — ela perguntou.

— Ainda não sei.

Ela fez um barulho parecido com o de uma campainha de programa de televisão.

— Resposta errada — ela disse. — Nós temos um encontro.

★ ★ ★

Era doloroso, mas Amber estava ciente das divergências entre sua ideologia e seus desejos. Era feminista interseccional, defensora das pessoas com deficiência e aliada de corpo e alma da comunidade LGBT em toda sua gloriosa diversidade. Como mulher hétero, cisgênero, sem deficiência, neurotípica, de classe média, branca e nascida em um país de primeiro mundo, ela se esforçava para manter uma consciência constante de seu privilégio e evitar usá-lo para silenciar ou ignorar as vozes daqueles desprovidos das mesmas vantagens, que tinham mais direito que ela de falar sobre muitos e muitos assuntos. Nem precisava dizer que ela se opunha ardentemente ao capitalismo, ao patriarcado, ao racismo, à homofobia, à transfobia, à cultura do estupro, ao *bullying* e à microagressão em todas as suas formas.

Mas quando se tratava de garotos, por algum motivo, ela sempre gostou apenas de atletas.

Era uma droga. Queria se sentir mais atraída por homens que compartilhassem de suas convicções políticas – os abraçadores de árvores, os inconformistas de gênero, os ativistas veganos, os que participavam de ocupações e boicotes, os que estudavam sobre branquitude e branqueamento, negros intelectuais com óculos de Malcolm X – mas nunca parecia funcionar desse jeito. Ela sempre se interessava por atletas – jogadores de futebol, arremessadores de peso, jogadores de rúgbi, lutadores peso pesado, e até mesmo um jogador de golfe antipático, embora ele tenha sido um caso atípico –, quase todos caras brancos que bebiam muito e tinham peitos sarados e depilados, impregnados de privilégio, incapazes de enxergar um palmo além do próprio pinto. E, é claro, eles a usavam como um objeto descartável, sem arrependimento ou desculpa, porque é *isso* que o privilégio é – a permissão para tratar os outros como merda e continuar acreditando que você é uma boa pessoa.

O que era mesmo que seu pai sempre dizia? A definição de loucura era fazer a mesma coisa repetidas vezes e esperar resultados diferentes? Bem, essa era a história da vida amorosa de Amber até então, e ela já estava farta. No verão, tinha jurado que pararia com essa loucura. Começaria a escolher seus parceiros com mais sabedoria ou, se fosse necessário, optaria pelo celibato e pelo amor-próprio no lugar do sexo vazio e da tristeza e ódio por si mesma que vinha depois.

E então, como se o universo estivesse testando sua determinação, ela conheceu Brendan na Feira de Atividades logo no primeiro dia de seu segundo ano. Ele era um monte de alertas vermelhos – um jogador de lacrosse bonito, autoconfiante, de ombros largos, nada articulado e sem consciência política –, exatamente o tipo de homem que ela tinha jurado evitar. Mas não importava: o coração deu sua cambalhota usual e incorrigível e mostrou o dedo do meio para o cérebro. Sua fraqueza a surpreendia, como uma fumante que havia prometido parar de fumar, mas não conseguia passar um único dia sem acender um cigarro.

Para não dizer que não fez nada, ela havia demonstrado mais resistência do que de costume. Se fosse um ano antes, teria mandado mensagem para ele logo de cara, convidando-o para sair, talvez fumar um baseado e ver um filme. Na época, parecia ser um ato feminista – por que uma mulher não podia procurar sexo tão livremente quanto um homem? –, mas, por algum motivo, sempre terminava com ela olhando com tristeza para o telefone, imaginando por que Trent, Mason ou Royce (o jogador de golfe cretino) não tinham mandado nem uma mensagem dizendo *obrigado pelo boquete!* Como se isso fosse fazer com que se sentisse melhor.

Com Brendan, ela recuou e se fez de difícil, como sua mãe diria, esperando que ele desse o primeiro passo. Não mandou mensagem para ele, não arquitetou um encontro "por acaso" no refeitório, nem mesmo o adicionou no Facebook, embora tivesse vasculhado bastante o perfil. Ele postava muitas fotos de si mesmo sem camisa e, ela tinha que admitir, ele ficava muito bem sem ela.

Acabou sendo uma estratégia eficiente para não ficar com ele, principalmente porque Brendan também não fez nenhuma tentativa de entrar em contato com ela. Mas, mesmo em uma faculdade grande como aquela, eles não poderiam se evitar para sempre. Cerca de um mês após o início do semestre, ela entrou na biblioteca com a recém-formada Coalizão dos Estudantes Contra o Racismo e a Violência Policial, e lá estava ele, lindo como sempre, lendo um livro sobre mudanças climáticas.

Ele a surpreendeu da melhor maneira possível. Não imaginava nenhum de seus ex-peguetes se juntando a ela para protestar contra a morte de Michael Brown ou chorando diante de uma sala cheia de estranhos em uma reunião para pessoas com irmãos autistas. Ele parecia ser um cara decente, e talvez até servisse para namorar. Certamente valeria a pena arriscar.

Como vai ser esse encontro?, sua mãe havia perguntado.

Nós vamos ver um filme. E depois provavelmente vamos a uma festa onde todo mundo fica pelado.

Rá, rá, sua mãe disse. *Muito engraçado.*

★ ★ ★

Eu não *detestei* o filme. Simplesmente não era um filme feito para se *gostar* e nem do tipo que normalmente se via em um encontro. Mas Amber era muito ligada em feminismo, e uma das suas melhores amigas, uma garota vietnamita chamada Gloria, estava responsável pelo Festival Internacional de Documentários com Temática Feminina, então nós fomos.

O filme serviu para me abrir os olhos, isso é certo. Ele tratava de um monte de buracos deprimentes do terceiro mundo onde as mulheres eram tratadas como lixo. Em um país africano, meninas novas eram estupradas o tempo todo e nada acontecia aos homens que faziam isso com elas. Uma das vítimas – ela tinha doze anos, mas parecia mais velha – foi estuprada por seu "tio", que não verdade não era seu tio. Era um amigo da família, e um homem muito importante no vilarejo. As pessoas brancas que estavam fazendo o filme a convenceram a denunciá-lo, mas o tiro saiu pela culatra. Ela e a mãe acabaram sendo expulsas de casa e os estupradores negaram tudo.

Não sou esse tipo de pessoa, ele disse, como se a acusação o tivesse magoado.

Eram várias histórias – garotas vendidas para prostituição pelos próprios pais, garotas forçadas a trabalhar em condições precárias para sustentar a família, garotas forçadas a se casar com homens mais velhos repulsivos antes de atingirem a puberdade, garotas que tiveram os genitais mutilados enquanto as próprias mães as imobilizavam. Eu podia ouvir Amber fungando ao meu lado, e peguei em sua mão. Ela se virou e abriu um sorrisinho triste.

Depois de um tempo eu meio que parei de prestar atenção. Não dava para aguentar tanta tristeza de uma vez. Normalmente, em uma situação assim, eu pegaria o celular para verificar as mensagens ou jogar uma partida de Hitman, mas a menina que apresentou o filme fez muita questão de pedir que todos desligassem os telefones e dedicassem sua total atenção à tela.

Por favor, ela disse. *Isso é importante. Por favor, não desviem os olhos.*

O filme era longo, o que significava muito tempo para pensar. Pensei em minha mãe e em como ela ficaria feliz em saber que eu estava assistindo a um documentário sério como esse, aprendendo sobre o mundo, o que para ela era a principal função da faculdade. E pensei em Becca, que não teria durado cinco minutos naquela sala, pois o que a levaria a fingir que se importava com coisas que aconteciam com pessoas que ela não conhecia em lugares de que ela nunca tinha ouvido falar? Eu compreendia por que ela se sentia daquela forma – parte de mim até mesmo concordava com ela –, embora soubesse que era algo egoísta de que não se deve falar em voz alta, principalmente no Festival internacional de documentários com temática feminina.

Amber ficou quieta depois que o filme terminou. Deixamos a sala e fomos para fora. A noite estava fria, com uma leve garoa, mas acho que ela estava tão feliz quanto eu por respirar ar puro. Ainda estávamos de mãos dadas, e fiquei me perguntando se devia tentar beijá-la. Mas então olhei para seus olhos inchados e expressão aturdida e percebia que não seria boa ideia.

— O que você achou? — ela perguntou.

— Do filme?

Aquilo a fez rir um pouco.

— É — ela afirmou. — Do filme.

Se fosse para ser totalmente sincero, eu teria dito a ela que o filme me fez perceber como tinha sorte. Por ser homem. Por ser americano. Por ter um corpo saudável e dinheiro suficiente para nunca ter que me preocupar com a proveniência de minha próxima refeição e por saber que eu nunca teria que sacrificar minha própria felicidade pela de outra pessoa. Por acordar todas as manhãs sabendo que algo divertido poderia acontecer. O filme me fez querer ajoelhar e beijar o chão. Mas eu sabia que não deveria dizer aquilo.

— Essa merda partiu meu coração — eu disse a ela.

★ ★ ★

Amber passou a semana inteira ansiosa pela festa. Muitas de suas amigas da Aliança Feminista estariam lá, e todas estavam empolgadas. Era uma daquelas situações raras em que é possível se divertir e defender uma posição ao mesmo tempo, pelo menos era o que elas estavam dizendo a si mesmas. Mas agora, depois do filme que ela tinha acabado de ver, a festa de repente pareceu algo ridículo, um bando de universitários privilegiados fingindo que estavam fazendo uma afirmação política, combatendo o patriarcado ao ficarem bêbados e tirarem as roupas.

— Você está bem? — Brendan perguntou, colocando a mão gentilmente sobre seu ombro. Eles estavam no meio do pátio, tomando chuva.

— Só estou triste — ela disse, tocada pela preocupação dele. Ele havia visto todo aquele filme pesado sem reclamar nenhuma vez, e segurado a mão dela durante as piores partes. — O mundo é tão fodido.

— Nem me fale.

Amber não se arrependia de ter assistido ao filme. Não se podia virar as costas para a verdade só porque ela rasgava suas entranhas. Era preciso encarar a crueldade e a injustiça de frente, reconhecer a humanidade das pessoas menos favorecidas e aceitar sua obrigação em ajudar a melhorar a vida delas. Era o mínimo que se podia fazer.

Mas era tão pouco. Era quase nada.

Uma parte dela só queria dizer *Foda-se* – largar a faculdade, dar adeus ao softbol, aos Estudos Femininos, à Conscientização sobre o Autismo, à Marcha das Vadias e à sua hilária colega de quarto, Willa – dizer adeus aos *Estados Unidos* –, e arrumar um emprego em alguma ONG que constrói escolas para meninas no Afeganistão, combate o tráfico de pessoas na Tailândia, ou oferece cirurgias gratuitas para mulheres africanas com fístula obstétrica. Fazer algo útil em vez de perder seu tempo lendo livros, vendo filmes e curtindo merdas insignificantes no Facebook. Seria difícil para sua mãe, no entanto, e ela sentiria muita falta de Benjy, que só entenderia que ela estaria bem longe, e não o motivo. Sua motivação generosa não faria sentido para ele.

— Quer beber alguma coisa? — Brendan perguntou.

Antes que ela pudesse responder, seu telefone vibrou. Era Cat novamente. Ela tinha mandado três mensagens durante o filme.

Onde vc táááááá???? É melhor trazer sua bunda gorda para cá para eu poder dar um tapa nela, miga!!!!

Amber sorriu. Cat era a única pessoa no mundo que podia falar assim com ela sem ser repreendida. Além disso, eram dez e meia de uma noite chuvosa de sábado, e ela tinha que aceitar o fato que, naquele momento, não havia nada que ela pudesse fazer para ajudar ninguém, além de si mesma, a ter uma vida melhor e mais feliz.

— Sei onde podemos beber alguma coisa — ela disse a ele.

★ ★ ★

Na festa a que Amber me levou, as pessoas não estavam totalmente nuas. Estavam usando roupas de baixo. O evento era patrocinado pela Aliança Feminista, então é claro que tinha um nome edificante, que nesse caso era TODO CORPO É LINDO! – uma afirmação que não era nem um pouco verdadeira.

Quando chegamos, uma feminista que estava na porta nos entregou crachás. Em vez do nome, era para escrevermos algo de que não gostávamos em nosso corpo. A ideia era celebrar as falhas em vez de ter vergonha delas. Simplesmente se expor em público para que as pessoas pudessem dizer que você era lindo de qualquer modo.

Amber não hesitou. Tirou a tampa da caneta e escreveu *OMBROS PERTURBADORAMENTE LARGOS* no cartão com a facilidade de quem escrevia o próprio nome. Depois me entregou a caneta. Fiquei desconcertado por um instante, porque estava malhando e me sentia muito bem com meu corpo. Só consegui pensar em *PANTURRILHAS PODIAM SER MAIORES*, embora eu não visse nenhum problema nelas. Amber riu quando viu o que eu havia escrito.

— É isso? — ela disse. — Suas panturrilhas podiam ser maiores?

Dei de ombros. A única outra coisa que eu poderia ter escrito seria *CHULÉ*, porque de vez em quando eu tinha esse problema, embora não achasse que se qualificasse como falha física.

— O meu problema não é tão diferente do seu — observei.

Dava para ver que ela não concordava, mas acenou com a cabeça assim mesmo e tirou o vestido de uma maneira totalmente casual, o que instantaneamente me deixou meio excitado. Tive que me virar e ficar olhando para um gordinho de cueca branca até ter condições de começar a me despir. Estranhamente, o gordinho havia listado como sua falha *ESPASMOS NA PÁLPEBRA*, o que parecia um pouco irrelevante. Quando terminei, colocamos os sapatos e roupas em um saco de lixo e o enfiamos atrás de um sofá.

— Acha que é seguro deixar isso aqui? — perguntei. — Não quero ter que ir para casa de cueca.

Em vez de responder, Amber me agarrou pelo pulso e me puxou para o meio da multidão. Estava usando calcinha de algodão comum, preta com uma barra branca, e um sutiã com decote em V que parecia um top de ginástica, mas tinha renda na frente. Seu corpo era exatamente como eu havia imaginado, forte e elegante. Não era nenhum violão, mas tinha uma linda bunda arredondada que eu estava feliz em seguir para onde quer que fosse.

A casa estava bem escura. Alguns cômodos eram iluminados por velas, outros tinham luminárias de lava, e a pista de dança tinha luzes de discoteca e lâmpadas estroboscópicas. Aquilo tornava o fato de todos estarem seminus muito menos problemático do que se as luzes estivessem acesas. De maneira divertida, acaba-se prestando mais atenção nos crachás das pessoas do que em seus corpos. Era bem interessante ver do que as pessoas se envergonhavam – *PNEUZINHO, MONOCELHA, NARIZ GIGANTESCO, SEIOS MASCULINOS, ESPINHAS NA BUNDA* – e depois meio que tentar olhar discretamente para aquela falha que estavam apontando. Às vezes dava para avistar o problema de imediato, e outras era preciso simplesmente acreditar na palavra das pessoas.

Amber conhecia muita gente ali, então eu praticamente apenas acenava e sorria enquanto ela me apresentava a seus amigos – *ECZEMA*,

FUNGO NA UNHA DO PÉ e O DIREITO É BEM MAIOR, entre outros. A maioria das pessoas que conhecia era bem legal, embora muitas delas não acreditassem que minhas panturrilhas nada musculosas se qualificassem como um problema genuíno. A única pessoa que eu conhecia era Cat, da Rede de Conscientização sobre Autismo, que era extremamente magra sem roupas – costelas, cotovelos e ossos do quadril se destacavam. Mas, eu tinha que admitir, até que estava sexy de calcinha e sutiã de oncinha. Ela também estava usando chinelos azuis e luvas cirúrgicas brancas, o que contribuía para compor um pacote atraente.

— Ei, Brendan. — O cartão em seu pescoço dizia: BRAÇO PELUDO. — Que bom te rever.

— Digo o mesmo — respondi, olhando atentamente para seus braços completamente sem pelos.

— Eu depilo com cera — ela explicou. — *Muito*. Senão pareceria um orangotango.

— Por que está de luvas?

Ela deu de ombros e bebeu um pouco de vodca com Ki-suco de um copo vermelho.

— São muitos corpos. — Ela estremeceu um pouco, com repulsa. — Muita pele e suor e... *eca*.

Ficamos sorrindo um para o outro por alguns segundos, meio constrangidos. Ela se virou e olhou para Amber, que conversava com uma garota negra com um abdômen incrível e sofria de PELE CINZENTA. A garota negra usava shorts de academia e a parte de cima de um biquíni, o que me parecia trapaça, já que nenhum dos dois se qualificava como roupa de baixo.

— Amber gosta muito de você — Cat me disse.

— Eu também gosto dela.

— É melhor não a magoar — ela disse, encostando o dedo coberto de látex em meu peito. — Ou você vai se ver comigo.

* * *

O quarto de Amber ficava no sexto andar do Thoreau Hall. Era ainda menor do que o quarto duplo em que morou no primeiro ano, em Longfellow, mas pelo menos não ficava no porão.

— Estamos com sorte — ela disse a Brendan. — Willa vai passar o fim de semana fora.

— Ótimo. — Ele estava ocupado olhando para os pôsteres nas paredes verde-claras: Malala, Dalai Lama, Andy Samberg. — Que lugar legal.

Ela não tinha planejado levá-lo para casa depois da festa. Queria ir devagar, talvez apenas dar uns beijos, plantar uma semente para o futuro, mas dançar com alguém só de calcinha e sutiã acabou não sendo a melhor estratégia para desacelerar as coisas. Eles começaram a se agarrar para valer mais para o final, e foi incrível a sensação de estar tão perto de transar com tantas pessoas em volta.

Ela jogou o casaco sobre a cama de Willa e tirou o vestido. Por que não? Já havia se despido na frente dele, e ele claramente gostara do que tinha visto. A festa havia feito maravilhas por seu humor – transformado totalmente a noite – e dado um impulso positivo em sua autoestima. Tinha sido tão comovente fazer parte daquela comunidade, uma humana imperfeita em meio a muitos, todos admitindo suas vulnerabilidades, fazendo os outros se sentirem seguros, amados e belos. Ela tirou o sutiã e o jogou na direção de Brendan.

— Atenção!

Seus reflexos estavam um pouco lentos – devia ter sido o baseado que fumaram na varanda do andar de cima, com os corpos despidos fervendo sob o ar noturno – mas ele conseguiu agarrá-lo com uma só mão depois que bateu em seu peito. Depois, simplesmente ficou parado por um segundo, olhando fixamente para o sutiã como se fosse um objeto que nunca tivesse visto antes.

— Você está bem? — ela perguntou.

— Sim — ele disse. — Estou ótimo.

Ele era tão *menino*, ela pensou – doce, ingênuo e estranhamente passivo. Amber era apenas um ano mais velha, mas era mulher, era mulher há muito tempo. Não se importava com o desequilíbrio. Gostava de ficar no comando, ser a única adulta no recinto.

— Tenho uma pergunta — ela disse. — Por que você ainda está de calça?

★ ★ ★

173

A primeira vez que se transa com alguém novo deveria ser um grande acontecimento. Uma ocasião monumental. Eu me lembro o que senti a primeira vez que dei uma com Becca. Minhas mãos estavam literalmente tremendo quando coloquei a camisinha.

Você não quer que sua mente esteja em outro lugar, presa a algo besta que não tem nada a ver com a garota com quem você está, principalmente se ela estiver de joelhos, fazendo um boquete inesperado pelo qual você nem teve que pedir. Você não quer ficar, justo naquele momento, pensando no idiota do seu colega de quarto e em como ele te desprezou na festa.

Por mais engraçado que pareça, foi culpa de Amber. Ela estava se esfregando tanto em mim na pista de dança que achei que ia gozar ali mesmo. Falei que precisava ir ao banheiro, mas ela sabia exatamente qual era o problema e achou graça.

— Faça o que tiver que fazer — ela me disse. — Vou esperar bem aqui.

Para me acalmar, fui dar uma volta pela casa sozinho, no andar de cima e de baixo, com as mãos cruzadas – casualmente, eu esperava – na frente da virilha. O espaço era bem grande, com uma varanda no segundo andar e um deque bambo que saía da cozinha. Havia também um pequeno solário perto da sala de estar, e foi ali que encontrei Zack, jogando o jogo da moedinha com duas pessoas que eu não conhecia. Uma delas era uma cadeirante.

— E aí, cara — eu disse. — Não sabia que você vinha a essa festa.

— Ah, oi. — A julgar pelo olhar em seu rosto, ele também não esperava me ver lá. — Brendan, nossa.

Ele colocou a mão no braço da cadeirante – ela estava sentada bem ao lado dele – e sussurrou algo em seu ouvido. Ela se virou para mim com um sorriso engraçado se formando no rosto.

— Nossa! — Ela parecia bem embriagada. — O famoso colega de quarto.

— Eu mesmo — eu disse. — O famoso colega de quarto.

— Eu sou a Lexa. — Ela tinha cabelos lisos e rosto bonito, embora um dos olhos parecesse um pouco mais fechado que o outro, como se tivesse paralisado no meio de uma piscada. O cartão em seu pescoço dizia: *PERNAS NÃO FUNCIONAM*.

— Eu sou o Brendan.

— Riley — disse o outro cara que estava na mesa. Ele era baixinho e tinha cara de bravo, com bíceps ridiculamente grandes, ombros cheios de espinhas e um cartão que dizia: BEXIGA MUITO PEQUENA.

— Riley e eu estudamos juntos no ensino médio — Lexa explicou. Sua pele era de um tom de bronze dourado, como se tivesse acabado de usar um spray bronzeador. — Lá em North Ledham.

— Avante, Raiders — disse Riley, sem muito entusiasmo.

Todos nos cumprimentamos e depois eu me virei para Zack, cujo cartão no pescoço dizia PEIDOS INCONTROLÁVEIS.

— Pelo menos você é sincero — eu disse a ele.

— Nem me fale — afirmou Lexa, que usava um sutiã brilhante marrom e calcinha combinando. Ela tinha um corpo bonito – seios grandes e cintura fina –, embora eu tivesse me distraído com o tubo plástico transparente que saía da lingerie e ia para as costas. Não dava para ver até onde ia e eu não quis ficar olhando muito.

— E você ama — Zack disse a ela.

— É — ela disse. — Seus peidos incontroláveis são bem excitantes.

— E um fetiche popular — ele disse. — Você devia dar pesquisada no Google.

— Já pesquisei — ela disse. — Sua foto ficou ótima.

Zack a cumprimentou – *Muito bem!* – e depois olhou para mim.

— Cadê a Becca?

— Ela não pôde vir. Estou aqui com aquela outra garota, Amber.

— A jogadora de softbol?

— É. Fomos ver um filme e...

— Vamos jogar ou ficar falando bobagem? — Riley resmungou.

— Cale a boca — Lexa disse. Ela sorriu para mim e apontou para o copo sobre a mesa. — Quer se juntar a nós?

O convite foi extremamente sincero, e eu ficaria feliz em jogar uma rodada ou duas. Mas dava para saber que Zack não me queria ali. Ele não balançou a cabeça e nem me olhou feio, nada óbvio. Apenas ficou de cabeça baixa e desviou os olhos, como se tivesse alguma coisa no chão que demandasse sua total atenção, um inseto morto ou mancha de sujeira.

— Hoje não — respondi a ela. — Fica para a próxima.

★ ★ ★

Amber sentiu um buraco familiar começando a se formar em seu estômago, um espaço vazio que, se algo não mudasse, logo seria preenchido por arrependimento.

Não fazia sentido. As coisas tinham esquentado tanto na pista de dança. Os dois se agarrando, a facilidade com que se movimentavam no ritmo da música, as coisas levemente obscenas que ele havia sussurrado no ouvido dela.

E agora... *isso*. Nenhuma conexão. Apenas um pinto estranho em sua boca e dedos tamborilando impacientemente no alto de sua cabeça, como se quisesse acabar logo com aquilo. Ela levantou os olhos para ver como ele estava, esperando algum tipo de orientação, mas ele nem notou. Estava perdido em pensamentos, olhando para o nada, com a expressão congelada entre confusão e raiva.

Ela ficou se perguntando se tinha ido rápido demais. Eles só se beijaram por um ou dois minutos e ela já caiu de boca. Os beijos não estavam inspirados – foram duros e distantes – e ela achou que precisava tentar algo um pouco mais drástico para mudar a energia.

Estava prestes a pedir uma pausa quando de repente os dedos dele pressionaram seu couro cabeludo. Ele investiu e soltou um gemido leve de aprovação, o primeiro sinal de vida verdadeiro.

Finalmente, ela pensou.

Ela acelerou ele reagiu ao novo ritmo, investindo para acompanhá-la. Era encorajador, mas também um pouco preocupante, porque ela não queria que ele gozasse já. Ela não se importaria se achasse que ele poderia retribuir com qualquer grau de habilidade ou paciência, mas Brendan não parecia ser desse tipo. Ela só havia estado com um cara que tinha feito um oral decente, e tinha sido coisa de uma vez só. Quando terminou, o cara – um lutador chamado Angus – nunca mais respondeu nenhuma mensagem e agiu como se não a conhecesse quando se cruzaram no *campus*.

— Você gosta disso, não é? — Brendan perguntou em uma voz suave, onírica.

Amber fez um ruído afirmativo, o melhor que podia sob as circunstâncias.

— Você gosta dessa rola grande na sua boca?

Afe. Ela ignorou a pergunta. Por algum motivo, detestava a palavra *rola*.

— Chupa minha rola, sua vadia.

Peraí, ela pensou. Aquilo não era legal. Ela tentou dizer a ele, mas a mão dele já tinha deslizado para a nuca dela, e ele segurou com mais força.

— Chupa, sua puta.

Ela não conseguia se mexer, não conseguia se afastar. Não conseguia nem respirar. Ele investiu novamente e Amber começou a engasgar.

★ ★ ★

Bem, eu teria entendido se fosse só Zack e Lexa no solário, mas aquele tal de Riley já estava lá, então eu não estava estragando nenhum grande momento romântico. Tentei dizer a mim mesmo que Zack estava com vergonha de Lexa, mas aquilo também não fazia nenhum sentido. Eles estavam em uma festa juntos, em público, de roupa de baixo, e pareciam estar se divertindo muito. Não, a única pessoa de quem Zack tinha vergonha era de mim, e eu não tinha feito nada para merecer isso, nada mesmo.

Foda-se ele, pensei.

Não era justo comigo, e não era justo com Amber. Ela estava há um bom tempo de joelhos, dando o melhor de si, e eu percebi que estava começando a suar um pouco.

Foco, eu disse a mim mesmo. *Concentre-se no jogo*.

Amber estava fazendo um ótimo trabalho, não me entenda mal, mas, por algum motivo, eu não estava sentindo muita coisa, não do jeito que senti com Becca no dia em que parti para a faculdade. Quase podia ouvir sua voz, ela levantando os olhos para mim e dizendo: *É seu presente de despedida*. E simplesmente ficamos falando durante o tempo todo, dizendo qualquer merda sem sentido que nos viesse na cabeça.

Sei que é meio grosseiro pensar em uma garota enquanto está com outra, mas não dá para controlar o que se passa em sua cabeça em um momento como aquele. E funcionou, sabe? Fui de zero a cem quilômetros por hora em poucos segundos, e depois não parei mais. Mantive o pé no acelerador, a estrada livre à minha frente, sem nenhum carro à vista.

E então Amber me deu um soco no saco.

Não foi acidente. Ela me acertou nos testículos – um golpe curto e brutal – quando eu estava a dez segundos da linha de chegada.

Meus joelhos cederam e eu caí no chão, enrolado em posição fetal, esperando a agonia passar.

— Que porra é essa? — perguntei, quando finalmente consegui falar. — Está maluca?

Amber estava em pé, abraçando o próprio corpo e cobrindo os seios.

— Você estava me asfixiando — ela disse.

— Não, não estava.

— Eu não conseguia respirar, Brendan. Não conseguia nem mexer a cabeça.

A dor tinha diminuído um pouco, mas voltou na forma de náusea. Olhei ao redor à procura de um cesto de lixo, caso tivesse que vomitar.

— Não sei do que você está falando.

— E nunca mais me chame de vadia. — Ela levantou o pé como se fosse me chutar, mas depois o apoiou novamente no chão. — Não sei quem você pensa que é.

— Eu só estava falando obscenidades. Achei que você gostasse.

— Por que acharia isso? — O rosto dela estava bem vermelho. — Você não tem ideia do que eu gosto.

Eu me obriguei a sentar.

— Desculpe. Eu me empolguei.

— Vá embora daqui — ela me disse.

— Fala sério, Amber. Não seja assim.

— Assim como? — Ela pegou minha calça no chão e jogou em mim. — Uma pessoa que se respeita?

Ela tinha ficado bem calma até aquele momento, mas então sua boca se esticou e ela começou a chorar. Percebi que não queria fazer aquilo – não queria demonstrar fraqueza na minha frente – e então apenas fungou bem alto e se recompôs. As lágrimas simplesmente cessaram. Eu nunca tinha visto ninguém fazer aquilo antes.

— Não podemos conversar sobre isso? — perguntei.

Mas Amber já não queria conversar. Ela ficou ali parada de calcinha preta e branca, abraçando o próprio corpo e fazendo que não com a cabeça, como se não adiantasse discutir nada comigo, como se eu não fosse digno do esforço.

A HISTÓRIA DE UMA MULHER

Amanda esperou perto da entrada principal, fazendo o possível para acalmar o nervosismo que costumava sentir nos dias de palestra e se concentrar no próprio sentimento de realização profissional, uma sensação que raramente podia experimentar na vida pós-universitária.

Eu fiz isso sozinha!, ela lembrou a si mesma. *Fiz isso acontecer!*

Tecnicamente, aquela era a terceira palestra mensal que ela supervisionava, mas não se sentira responsável pelas edições de setembro e outubro – tributos entediantes à rainha da Inglaterra e à soja versátil, respectivamente –, ambas herdadas de seu predecessor. Foram experiências tão degradantes que Amanda tinha considerado seriamente pedir demissão depois de cada uma delas, ou pelo menos escrever uma carta sincera se desculpando com todos os presentes, inclusive ela mesma.

Mas em vez de pedir demissão ou envenenar sua vida no trabalho com amargura e negatividade, ela se comportou como adulta. Reuniu coragem e discutiu a situação com sua chefe, e juntas haviam encontrado uma forma de fazer uma mudança construtiva. Eve merecia uma boa parte dos créditos, é claro. Ela que havia levantado a possibilidade de convidar sua professora para fazer a palestra de novembro, mas só depois que Amanda mencionou o desejo de uma abordagem mais arrojada, anticonvencional.

Levar uma convidada transgênero para falar no Centro para Idosos era exatamente o tipo de ação ousada que Amanda estava defendendo, um anúncio para a cidade toda (e para além dela) que a série de palestras mensais estava sob nova direção e que talvez as pessoas quisessem começar a prestar mais atenção.

Eve também estava empolgada, e a expectativa compartilhada as deixou mais unidas, ajudando a passar por cima de qualquer resquício de estranheza relacionada ao beijo surpresa na frente do restaurante. Foi um alívio para Amanda, e não apenas por razões profissionais. Ela estava se sentindo mal pela forma como reagira aquela noite, encolhendo-se como se Eve a estivesse atacando e não dando uma abertura levemente desajeitada, mas não completamente importuna. Não que Amanda desejasse ter ido para a cama com ela ou mesmo correspondido ao beijo, porque sabia que era uma péssima ideia se envolver com a chefe. Ela só queria ter sido um pouco mais gentil ao dizer não, porque gostava muito de Eve e, na verdade, tinha ficado lisonjeada e até um pouco excitada, pelo menos em retrospecto – na hora havia ficado apenas confusa –, pois, às vezes, quando estava entediada, percebia-se repassando o beijo na memória, e às vezes o usava como combustível para encontros fantasiosos mais desenvolvidos que realmente a excitavam. Mas Eve não precisava saber daquilo.

— Com licença — disse uma idosa de agasalho verde-escuro com detalhes em verde-claro. Amanda já a havia visto algumas vezes, mas não se lembrava de seu nome. Bev ou Dot ou Nat, algo abreviado e quase extinto. Seus cabelos eram brancos e bem encaracolados, e ela estava com um band-aid com tema de Halloween no rosto. — O que é isso?

Bev ou Dot ou Nat apontou para o pôster sobre um cavalete perto da recepção. Ele mostrava uma foto ampliada de Margo Fairchild, sorrindo delicadamente, como uma corretora de imóveis de alta classe.

PALESTRA MENSAL – NOVEMBRO
QUARTA-FEIRA, 19H
MARGO FAIRCHILD, Ph.D.
A HISTÓRIA DE UMA MULHER

— É uma professora local — Amanda explicou. — Uma pessoa muito inspiradora.

A mulher com nome de três letras olhou fixamente para o pôster durante alguns segundos – tempo suficiente para Amanda ser engolida por uma nuvem de perfume floral – e depois balançou a cabeça. Ela parecia extremamente irritada, embora Amanda tivesse passado tempo suficiente com pessoas velhas para saber que a expressão delas nem sempre correspondia ao humor.

— Do que se trata? — ela perguntou.

Amanda hesitou. Queria ter usado a palavra *transgênero* no pôster ou no material de divulgação, mas Eve fora contra, alegando que poderia indispor ou assustar espectadores em potencial.

Deixe que venham de mente aberta, ela aconselhou. *Margo vai conquistá-los.*

— Trata-se de assumir o controle da própria vida — Amanda respondeu. — Encontrar felicidade nos próprios termos.

A mulher parou para pensar.

Viv, Amanda de repente se lembrou. *Seu nome é Viv.*

Viv acenou com a cabeça, aparentemente satisfeita.

— Melhor do que soja — ela disse, e seguiu seu caminho.

★ ★ ★

A música estava tão alta que Margo mal ouviu a notificação do celular, mais uma mensagem de Eve Fletcher, que, compreensivelmente, estava começando a ficar preocupada.

Estou a caminho, Margo respondeu depois de um breve atraso estratégico, porque era menos constrangedor do que a verdade – ela já estava no estacionamento do Centro para Idosos havia quinze minutos, escondida dentro de seu Honda Fit, ouvindo "Shake It Off" repetidas vezes. *Chego em 5.*

Ela podia imaginar como parecia idiota, uma mulher transgênero de meia-idade – com doutorado! Palestrante convidada da noite! – cantando músicas adolescentes enquanto idosos passavam a caminho do auditório onde Margo logo falaria para eles. Mas, na verdade, ela não se sentia como uma mulher de meia-idade. No fundo, era uma adolescente, ainda conhecendo os detalhes de seu novo corpo. Ainda esperando sua cota de amor, felicidade e diversão, todas aquelas coisas boas que o mundo às vezes concedia.

Ela ouviu mais uma notificação, mas dessa vez não era Eve. Era Dumell.

Arrasa, garota!

Margo sorriu. Ele era tão meigo. Era um homem muito amável, gentil, frágil. E bonito também. Ele a assustava um pouco. Não de forma negativa, mas porque ela gostava muito dele e não queria estragar as coisas. Eles haviam saído duas vezes até então, os melhores encontros que ela teve na vida. Conversaram sobre tudo – Iraque, basquete, família, os prós e contras de vários medicamentos antidepressivos e ansiolíticos, e como tudo parecia estranhamente normal quando estavam juntos, apesar de serem um casal peculiar em muitos aspectos. Eles haviam se beijado – haviam se beijado muito –, mas não tinham transado. Ainda não. Mas era algo que estava para acontecer, se um deles, ou ambos, não amarelasse.

Vou te ver mais tarde?, ela perguntou.

A menos que fique cega, ele respondeu, acrescentando uma piscadinha. Ela mandou um sorrisinho em reposta.

Já tinha passado da hora de sair do carro, mas ela não conseguiu se conter e colocou uma última música para tocar. Sentia-se segura no carro, e a música era tão boa. Ela também adorava o videoclipe, todas aquelas pessoas dançando no final, não apenas os profissionais flexíveis e talentosos, mas gente normal, carecas, barrigudos, envergonhados e comuns, de óculos e cardigã e corpos perfeitamente normais, todos tentando se livrar do que os refreava e abatia e os fazia imaginar se algum dia encontrariam o que procuravam. Eram como Margo.

Taylor Swift não era um deles – estava apenas fingindo, da mesma forma que Jesus fingira ser um homem. Era por isso que ela ficava em primeiro lugar na fila, na frente dos outros e não entre eles. Porque ela era a professora, o modelo de conduta. Sempre havia se livrado dos que a odiavam e duvidavam dela, e ativado sua melhor versão. Ela estava lá para mostrar ao mundo o que era felicidade e liberdade. Era algo que fazia as pessoas brilharem. E fazerem exatamente o que quisessem. Independentemente da fantasia que usassem, ainda eram elas mesmas, singulares e belas e inconfundíveis.

Um dia, Margo pensou. *Um dia.*

★ ★ ★

O escritório de Eve era pequeno e funcional – paredes claras, mesa de metal, carpete cinza industrial – o tipo de escritório que se tem quando contribuintes relutantes pagam a conta. Ainda assim, era a maior sala do Centro para Idosos, e a placa na porta dizia *Diretora Executiva*. Margo ficou bem impressionada.

— Uau! — ela exclamou. — Olhe para você. Que importante.

Eve riu, constrangida, mas gostou do que ouviu. Ela *era* importante naquele pequeno espaço, e ficou feliz por Margo ter a chance de observá-la em seu habitat natural.

— É isso mesmo — ela disse. — Não sou apenas uma aluna da faculdade comunitária. Também sou burocrata do serviço municipal.

— Ignore o que ela está falando — Amanda pediu. — Eve é uma ótima diretora. Todos a amam.

Era um elogio protocolar – uma funcionária puxando o saco da chefe –, mas Eve sentiu o rosto corar. Sua relação com Amanda ainda estava um pouco instável, toda interação era permeada pela lembrança daquele beijo equivocado após o jantar e a estranheza que se sucedeu. Amanda foi muito cortês em relação a isso – na maior parte do tempo, agia como se nada tivesse acontecido –, mas Eve não conseguia tirar aquilo da cabeça ou encontrar um modo de se comportar normalmente na presença de Amanda.

— Não estou surpresa — Margo disse. — Eve é um amor.

— Certo, certo — Eve murmurou. — Já chega.

Ela estava prestes a sugerir que fossem para o auditório, mas Margo estava prestando atenção na roupa de Amanda – um vestido preto e branco de bolinhas sobre meia-calça verde-limão.

— Adorei seu vestido. — Ela passou a mão na manga de Amanda, sentindo o tecido. Elas formavam um par extraordinário – Margo, alta e angulosa, usando um terninho azul-marinho e um lenço de seda colorido amarrado no pescoço; Amanda, baixa e voluptuosa, extremamente feminina apesar das tatuagens agressivas e dos coturnos. — Onde você comprou?

— Em um brechó — Amanda respondeu, com o orgulho de uma caçadora de pechinchas bem-sucedida. O vestido era adorável, com gola Peter Pan e botões brancos grandes na parte da frente. — Custou catorze dólares.

— Está brincando.

— Não. É uma lojinha chamada Unicycle. O segredo mais bem-guardado de Haddington.

— Preciso de umas roupas divertidas — Margo disse, com certa melancolia. — Mas odeio fazer compras sozinha. Às vezes é bom ter uma segunda opinião.

— Eu vou com você — Amanda disse. — Quando quiser.

— Cuidado. — Margo riu. — Depois eu vou cobrar.

Eve ficou feliz em ver que elas estavam se dando tão bem. Era sempre gratificante quando amigos de diferentes partes de sua vida faziam amizade, um reflexo de seu próprio bom gosto. Ela só esperava ser incluída se elas saíssem para fazer compras. Não fazia nada parecido havia muito tempo. Um grupo de amigas passeando no shopping ou olhando as vitrines em uma cidade suburbana, saindo de provadores com expressões duvidosas ou esperançosas. Depois parariam na Starbucks ou em um bar de vinhos para falar sobre o dia, deixando as sacolas de compras no chão, ao lado de seus pés cansados. Era uma fantasia tão atrativa, exatamente o tipo de amizade feminina inocente de que Eve precisava em sua vida. Mas era difícil se reconciliar com a culpa que sentia em relação às duas mulheres que estavam em sua sala, com a suspeita de que não fosse digna de sua amizade.

Seu erro com Amanda era nítido, fácil de definir: era assédio sexual, por mais que lhe doesse usar aquele termo – uma violação de confiança, um mau uso de autoridade, o tipo de coisa pela qual se perde o emprego por justa causa. Com Margo, a deslealdade era um pouco mais nebulosa, mais privada e indireta e possivelmente mais perdoável, embora não tenha parecido no momento, provavelmente pelo fato de a transgressão estar tão fresca em sua mente.

Tinha acontecido na noite anterior, logo que chegou em casa, após a aula. Ela só tinha pesquisado no Google a frase "mulher transgênero". Dissera a si mesma que estava agindo por mera curiosidade – um impulso perfeitamente razoável –, só que não clicou nos links sérios e informativos, que a levariam a artigos úteis sobre terapia com hormônios, cirurgia de remoção de pomo de Adão, leis antidiscriminação ou nada decente e transparente. Ah, não. Ela foi direto para a baixaria, como sempre, para os Travecos Brasileiros Gostosos, Moças-Macho Vadias Tailandesas e Vagabundas com Pinto, insistindo para si mesma o tempo todo que estava indignada com tudo o que via – a exploração de pessoas vulneráveis, a sexualização redutiva de algo que ia muito além do sexo –, embora não tão indignada a ponto de não abrir vários vídeos e depois assistir a um clipe de oito minutos chamado *Traveco seduz MILF* três vezes seguida, apesar de as personagens estarem falando português, sem legenda. Mas, em defesa de Eve, elas não estavam falando muito além de *Ai!* e *Deus!*

Era bem excitante, ela tinha que admitir, mas de um modo bem desconfortável. Um verdadeiro solavanco em seu sistema, um daqueles momentos reveladores em que você se percebe excitado por algo que nem estava em seu radar erótico. Uma linda mulher de cabelos escuros com um pênis certo, falando uma língua estrangeira misteriosa. Havia algo quase mitológico naquilo.

Em nível moral, Eve tinha quase certeza de não ter feito nada verdadeiramente errado. Era apenas um ser humano vendo outros seres humanos fazendo o que humanos às vezes faziam. Ela queria *saber*, e agora sabia. *Ai!* Não era nada pessoal. *Deus!* Não tinha nada a ver com Margo e nada a ver com ela própria.

Ainda assim, ao mesmo tempo, sabia que tinha. *Traveco* e *MILF*. *MILF* e *Traveco*. Eram apenas rótulos, uma forma abreviada de organizar o caos do mundo. Mas é engraçado como os rótulos acabam se transformando em nossos nomes, independentemente de concordarmos ou não. *Margo* e *Eve*. *Eu* e *você*. Ela devia estar com uma expressão confusa ou perturbada, porque de repente se deu conta de um silêncio estranho na sala. Levantou os olhos e viu as duas amigas que havia ofendido a encarando com preocupação.

— Eve? — Amanda perguntou. — Está tudo bem?

— Está. — Eve abriu um sorriso profissional e juntou as mãos devagar. — Acho que é melhor darmos início à apresentação.

* * *

Julian estava preocupado. Novembro sempre parecia um atraso, com o horário de inverno, a escuridão, o vento cortante e a sensação sinistra de estar *ficando para trás*. Aquilo trazia muitas lembranças do ano anterior, a tristeza paralisante que havia chegado junto com o clima frio, dia após dia, quando ele não via razão para levantar da cama, nem mesmo para tomar banho. Estava no fundo do poço, debatendo-se como um peixe no anzol entre os lençóis emaranhados, sentindo o cheiro azedo do próprio corpo e não se importando o suficiente para tomar qualquer atitude a esse respeito. Ele não achou que aconteceria novamente, não com os novos medicamentos, mas não dava para ter certeza. Essa era a parte assustadora. *Não dava para ter certeza.*

A noite estava fria para sair de skate, com um vento úmido que fazia o próprio ar parecer um obstáculo. Quando ele entrou no estacionamento, seu rosto estava praticamente congelado. Ele hesitou por um instante, expirando flores de vapor e olhando fixamente para a frente do prédio, que era maior e mais impressionante daquele ângulo do que da estrada. Vários idosos faziam a árdua caminhada do estacionamento para a entrada iluminada, movimentando-se extremamente devagar.

Julian pegou o skate e se juntou ao bando. Compreendia como aquilo era patético – não tinha nenhuma intenção de contar a Ethan ou a qualquer outra pessoa, nem em forma de brincadeira –, mas também aceitava a triste verdade de sua vida: *ele literalmente não tinha nada melhor para fazer.* Tinha dezoito anos e tinha ido a um Centro para Idosos de merda para se divertir. Apenas cinquenta anos adiantado.

A dra. Fairchild havia mencionado a palestra no dia anterior e convidado a turma toda para assistir – era gratuita e aberta ao público –, se todos já não estivessem cansados do som de sua voz. *Seria bom ver alguns rostos conhecidos na multidão*, ela disse. A sra. Fletcher certamente estaria lá – era diretora do Centro e tinha organizado a coisa toda – e Dumell disse que tentaria ir também, mas só conseguiria chegar no final porque tinha aula às quartas-feiras.

Julian esperava que todos saíssem para beber depois, embora tivesse prometido a si mesmo que não ficaria tão bêbado quanto da última vez, quando acabou de quatro no Haddington Boulevard, vomitando no esgoto enquanto a sra. Fletcher acariciava suas costas e lhe dizia para deixar tudo sair. Ele tinha mandado um e-mail a ela no dia seguinte, desculpando-se profusamente pelos comentários inapropriados que tinha feito sobre seu corpo – não era mentira, mas algo totalmente inadequado – e ela lhe havia assegurado que não estava zangada.

Ele entrou no auditório atrás de um senhor corpulento de jaqueta de náilon e boné. O pobre homem tinha uma perna preguiçosa que se arrastava atrás dele. Cada passo que dava era como desenhar uma nova linha na areia.

A sala estava bem cheia, provavelmente perto de cem pessoas. Julian olhou ao redor, esperando avistar um de seus colegas de turma – Russ ou Barry, ou até mesmo o sr. Ho –, mas só viu um monte de velhinhos de cabelos brancos esticando o pescoço e olhando em sua direção, como se tivessem pedido pizza uma hora atrás e estivessem achando que ele poderia ser o maldito entregador.

O cara que estava na sua frente foi mancando até uma fileira com dois lugares vazios no corredor e Julian foi atrás dele, porque sentar no corredor parecia uma boa ideia, caso ele sentisse a necessidade de sair às pressas. Ele se abaixou e colocou o skate sob a cadeira. Ao se ajeitar, notou que seu vizinho o observava com uma expressão entretida.

— Não se vê muito essas coisas por aqui — o senhor observou. Seu nariz era inchado e cheio de veias, e o boné dizia *U.S.S. Kitty Hawk*.

Julian acenou educadamente com a cabeça, não querendo iniciar uma conversa longa enquanto esperavam. O senhor estendeu a mão.

— Al Huff — ele disse. — Moro na Hogarth Road.

Julian se arrependeu de ter sentado ali.

— Julian Spitzer. Sanborn Avenue.

Eles se cumprimentaram. A mão de Al era macia e ressecada, estranhamente inchada.

— Veio ver a palestra? — ele perguntou.

Julian não conseguiu se conter. Olhou ao redor, depois falou em voz baixa.

— Quem liga para a palestra? Eu vim pelas mulheres.

A risada de Al era alta, mas um pouco ofegante, quase uma tosse.

— Eu também — ele afirmou. — Quem sabe um de nós não dá sorte.

Julian disse que a sorte estava do lado deles, mas Al não estava mais prestando atenção. Ele estava se contorcendo na cadeira, tentando olhar para trás. Julian acompanhou seu olhar e viu que a dra. Fairchild havia entrado na sala, juntamente com a sra. Fletcher e uma mulher mais jovem, e as três caminhavam em fila na direção do palco. Com exceção da ausência de música, parecia um casamento. Todos observando em silêncio enquanto as convidadas de honra passavam pelo corredor. A sra. Fletcher acenou com a cabeça para Julian quando passou, e a dra. Fairchild fez uma expressão de agradável surpresa ao vê-lo. A mulher mais jovem – ela era baixinha e um pouco pesada, mas meio sexy – lançou-lhe um olhar confuso, como se estivesse se perguntando o que alguém da sua idade estava fazendo lá. Quando Julian se virou, viu que Al Huff estava fazendo cara feia e sacudindo a cabeça.

— Que vergonha — ele disse. — Isso é uma grande vergonha.

★ ★ ★

Margo respirou fundo e se obrigou a sorrir. O público era grande, maior do que esperava, pelo menos dois terços de mulheres. Ela nem tinha começado a palestra e um senhor idoso já estava roncando na segunda fileira, fazendo um barulho com a garganta que ia e vinha em intervalos aleatórios.

— Boa noite. — Ela bateu com a unha no microfone. — Todos conseguem me ouvir bem?

A resposta foi, na maior parte, afirmativa, por mais que houvesse um burburinho irritante na sala, provavelmente mais devido aos aparelhos auditivos individuais do que a qualquer problema com o sistema de som. Margo olhou para Eve na primeira fileira, que fez um sinal positivo com o polegar.

— Vou tentar falar de forma lenta e clara — ela disse, passando os olhos na multidão em busca de aliados. Ficou feliz em ver Julian Spitzer – crédito extra, embora ele nem precisasse –, mas tomou a decisão consciente de não olhar na direção dele em busca de apoio moral. Ele estava destoando dos outros, não representava nem um pouco o grupo demográfico com que ela queria se conectar. Em vez disso, concentrou-se em um rosto igualmente incentivador – era um truque que ela tinha aprendido na aula de oratória – nesse caso, uma mulher rechonchuda e de aparência agradável com uma blusa de gola alta lilás, sentada na quarta fileira, bem no meio. Ela não estava exatamente sorrindo, mas tinha uma expressão paciente e benevolente, como uma avó orgulhosa em um recital de piano.

— Muito obrigada pela presença de todos. Vocês são o primeiro grupo de idosos para quem falo.

Normalmente, Margo falava para jovens, predominantemente alunos do ensino médio, porque eles precisavam ser expostos a transgêneros modelo. E se não fosse ela, quem seria? Ela se lembrava de como se sentira solitária na adolescência, desconectada do mundo por um segredo que mal podia admitira para si mesma, muito menos para seus pais, professores ou amigos. Ela daria tudo, na época, para ouvir uma trans adulta lhe dizer que não estava sozinha, que felicidade e completude eram possíveis, que dava para encontrar uma forma de se tornar a pessoa que você sabia, lá no fundo, que era de verdade, apesar de todas as coisas que provavam o contrário.

Os adolescentes para quem falava costumavam se comportar muito bem. Riam de suas piadas e aplaudiam educadamente no final. Mas Margo não se iludia. Sabia que os valentões estavam lá, dando risadinhas e murmurando insultos em voz baixa, odiando-a, porque odiar era tão divertido, e se sentir superior era a recompensa por esse ódio. Sempre a exauria ficar diante deles, expor-se diante de toda a arrogância e gozação. Mas ela ia mesmo assim. Ia porque aqueles jovens eram o futuro, e mesmo o pior deles podia mudar, ou pelo menos se calar por constrangimento.

Mas aqueles idosos diante dos quais estava aquela noite não eram o futuro. Eles pertenciam ao passado, e Margo havia aprendido do jeito mais difícil – não apenas com sua mãe, mas com toda uma geração de tias e tios e amigos da família e vizinhos e conhecidos – que poucos deles estavam dispostos a examinar suas crenças fundamentais sobre gênero, muito menos alterá-las para poder abrir espaço para pessoas trans em seus corações e mentes. Havia chegado a um ponto em que ela já nem tentava discutir com os parentes mais velhos; simplesmente não valia o esforço e a dor de cabeça. Só restava esperar. Eles não durariam muito, e levariam sua mente pequena e suas ideias nada generosas junto.

Por esse motivo, ela havia inicialmente recusado o convite de Eve para falar no Centro para Idosos. Mas logo Eve lançou mão de um truque ardiloso envolvendo o politicamente correto, dizendo que Margo estava demonstrando preconceito com idade, sendo hipócrita por fazer com os idosos o que a sociedade fazia com pessoas LGBT há tanto tempo. Ela lembrou Margo que as pessoas mais velhas eram uma parte vulnerável e frequentemente estigmatizada da comunidade, e que era tanto moralmente errado quanto politicamente contraproducente desconsiderá-los como se fossem uma causa perdida. Afinal, eles votam. E têm filhos e netos, o poder de dar ou negar amor e aprovação.

Margo olhou diretamente para a mulher de blusa de gola alta lilás. Ela não se parecia com sua mãe – parecia calma e compreensiva, enquanto Donna Fairchild fora nervosa e intolerante –, mas tinha mais ou mesmo a mesma idade e era formada pelas mesmas forças sociais. Poderia ter sido amiga ou colega de trabalho de sua mãe. Era próximo o suficiente.

Estou falando com você, Margo pensou. *Espero que me escute.*

— Boa noite a todos.

Ela saiu detrás do púlpito, deixando a multidão dar uma boa olhada em seu corpo, dando a eles tempo de registrar todas as particularidades – a altura incomum, os belos cabelos, os peitos volumosos, os quadris estreitos, as pernas longas e musculosas. Era algo com que ela ainda estava se acostumando, essa necessidade que as pessoas tinham de analisá-la dos pés à cabeça, como se tudo na vida fosse um concurso de beleza, e todas as mulheres estivessem participando. Ela até deu uma voltinha, porque os juízes gostavam de ver a parte de trás também. Não era justo, mas Margo sabia melhor do que ninguém que justiça e gênero eram coisas que raramente se cruzavam.

— Meu nome é Margo Fairchild — ela anunciou —, e antes eu era homem.

★ ★ ★

Julian estava se concentrando na apresentação de slides, uma série de fotos que documentavam a vida anterior da dra. Fairchild – fotos de bebê, a criancinha de olhos brilhantes, chapéus de aniversário e fantasias de Halloween, presentes nas manhãs de Natal. Grupo de escoteiros, liga infantil de beisebol e um sorriso com janela nos dentes.

— Eu fui um garotinho adorável e um ótimo filho — explicou a dra. Fairchild. — Era o que todos diziam.

Al Huff soltou um gemido de desespero.

— É uma doença mental — ele disse.

Al estava fazendo esse tipo comentário desde o início da palestra, em uma voz alta que ele parecia confundir com um sussurro. Atrapalhava muito, mas ninguém por perto parecia se importar. Eles agiam como se fosse perfeitamente normal, como se Al tivesse o direito divino de expressar tudo o que se passava em sua cabeça, independentemente do quanto fosse idiota ou ofensivo.

Julian olhou em volta, procurando um lugar vazio. Havia alguns, mas nenhum perto do corredor, e ele não conseguiria se movimentar sem obrigar um monte de idosos a se levantar para que ele passasse, chamando atenção para si mesmo no processo.

— Tive um surto de crescimento no sétimo ano — anunciou a dra. Fairchild, e dava para ver nas fotos. De uma só vez, Mark tinha virado um adolescente com espinhas, aparelho nos dentes e um sorriso aflito. — Às vezes eu acordava de manhã e podia notar, pela calça do pijama, que minhas pernas tinham ficado mais longas enquanto eu dormia. Era uma pesadelo. As pessoas ficavam me dizendo: *Você está se transformando em um homem lindo*, e essa era a última coisa que eu queria ser. Mas não parecia haver nenhuma forma de impedir que isso acontecesse. Meu corpo tinha um impulso biológico próprio, como se estivesse me dizendo: *Você vai ser um homem, querendo ou não*.

O celular de Julian vibrou em seu bolso. Ele pegou o aparelho e viu que era uma mensagem de Ethan, que estava perturbando para ele passar o fim de semana em Burlington para fumar uns baseados e conhecer o *campus*, caso ele quisesse se transferir para lá no segundo ano. Julian guardou o celular sem responder. Era legal que Ethan o tivesse convidado, e aceitar o convite deveria ser fácil. Por que ele não ia querer viajar no fim de semana, dormir no chão de um dormitório, experimentar a verdadeira vida universitária? Mas, por algum motivo, pensar na viagem o deixava ansioso, toda aquela pressão para ser normal e se divertir com jovens da sua idade. Na experiência de Julian, diversão garantida costumava deixá-lo mais deprimido do que já estava.

— Meu Deus — disse Al. — Não consigo nem olhar para isso.

A imagem na tela mostrava o jovem Mark usando uniforme de basquete, gravitando sobre os colegas de time magrelos.

— A única coisa boa que me aconteceu no ensino fundamental foi ter começado a jogar basquete a sério — observou a dra. Fairchild. Uma série de imagens se seguiu, documentando a trajetória de Mark Fairchild como astro no ensino médio. Algumas das fotos eram provenientes de jornais e anuários; outras eram fotos simples tiradas na escola ou em casa. Em todas elas, mesmo as que haviam sido tiradas em salas de aula ou no sofá da sala de casa, Mark estava vestindo uniforme de basquete ou um conjunto de calça comprida e agasalho de zíper.

— Eu me sentia eu mesma na quadra. Só ali. Em todos os outros lugares, me sentia um grande erro.

Para ilustrar, apareceu uma foto de baile de formatura. Mark Fairchild, alto e bonito, usando um smoking preto clássico, com o braço em volta de uma menina linda vestida de rosa. A menina estava radiante de felicidade. Mark, nem tanto.

— Eu me lembro daquela noite com tanta clareza. Estava infeliz com aquele smoking. Queria estar de vestido, como o que meu par estava usando, sentir a saia roçar nas pernas enquanto dançava. Só queria me sentir bonita no meu baile de formatura, ser vista pelo que realmente era.

— Isso é errado — Al murmurou. — Não é natural.

Julian finalmente se cansou.

— Cara — ele disse. — Você poderia fazer o favor de ficar quieto? As pessoas estão tentando ouvir.

Al não ficou ofendido. Na verdade, pareceu genuinamente interessado na opinião de Julian.

— Você acha isso natural? — ele perguntou.

— Não há nada natural quando se refere a gênero — Julian informou. — É uma construção social.

Al balançou a cabeça.

— Não sei o que significa isso.

Julian se arrependeu de ter aberto a boca. Por sorte, seu telefone vibrou, salvando-o de ter que dar mais explicações.

— Com licença — ele disse, enfiando a mão no bolso.

Era Ethan novamente, lembrando que ele precisaria levar um saco de dormir.

Eu não vou. Julian quis escrever, mas não conseguiu pensar em uma boa desculpa.

Tenho outros planos?

Odeio andar de ônibus?

Não quero dormir no chão?

Ele ainda estava olhando para o balão de texto vazio quando notou alguém se agachar ao seu lado no corredor. Era a jovem de vestido de bolinhas, funcionária de Eve Fletcher. Ela estava olhando para ele de cara feia, como se fosse o encrenqueiro que estava atrapalhando a palestra.

— Com licença. — Ela apontou com a cabeça na direção de Al, que estava resmungando sem parar que homem era homem e mulher era mulher. — Pode fazer o favor de pedir para o seu avô falar baixo?

★ ★ ★

Eve estava tentando não chorar; não parecia algo que uma diretora executiva devia fazer em um evento público. No entanto, estava difícil – a apresentação de slides estava partindo seu coração, o progresso inexorável de uma criança com o passar do tempo, mudando a cada foto, e ainda assim permanecendo a mesma pessoa. Mark Fairchild tinha sido um lindo garoto – tão confiante, tão *feliz*. Pelo menos era o que parecia. Mas lá estava Margo, bem ao lado da tela, insistindo que tudo aquilo tinha sido uma mentira e um tormento mais ou menos constante, um pesadelo do qual não sabia que era possível escapar, e só foi descobrir muito mais tarde.

É claro que os pensamentos de Eve se voltaram para Brendan – como não? Ela foi tomada por um desejo quase desesperador de ver o rosto de seu filho, abraçá-lo, ouvir sua voz, ter certeza de que ele estava bem. Ela tinha sido besta de ceder o Fim de Semana dos Pais a Ted, de se privar voluntariamente. Podia sentir seu único filho se afastando dela e entendia que havia sido cúmplice no processo. Eles não se falavam por telefone havia quase duas semanas, e as mensagens que trocavam eram curtas e superficiais, apenas as banalidades e pedidos de dinheiro cheios de desculpas de sempre. Ela não tinha se esquecido dele, mas permitira que desbotasse em sua mente, ficasse periférico. E tinha acontecido tão rápido, com tão pouca resistência da parte dos dois. Ela havia justificado aquilo para si mesma lembrando-se de que um pouco de distância era bom, que ele estava crescendo, tornando-se independente, e que ela estava recuperando um pouco da própria vida, e talvez parte disso fosse verdade, mas o nó que crescia em sua garganta sugeria outra coisa.

— Essa é minha mãe — Margo disse, quando um anuário de colégio antigo preencheu a tela, mostrando uma jovem de cabelos escuros e sorriso enigmático. — Seu nome era Donna Ryan quando essa foto foi tirada. Alguns anos depois, ela se tornou Donna Fairchild.

Uma foto do dia do casamento substituiu a foto do anuário. A noiva se admirava em um espelho oval. E, de repente, a noiva era uma mulher careca e debilitada em uma cama de hospital, olhando para uma câmara com expressão desolada e abatida.

— Se estivesse viva, ela teria setenta e quatro anos. Morreu jovem demais.

Donna lavava louça. Alimentava um bebê com uma colherzinha. Estava ao lado de Mark no dia em que se formou no ensino médio. Sua cabeça batia no ombro dele.

— Eu enganava muita gente — Margo disse. — Mas nunca a enganei.

Apareceu outra foto, dessa vez um instantâneo estourado do fim da década de 1970 ou início dos anos 1980: Donna Fairchild, nem jovem, nem velha, na praia, de frente para uma cadeira de salva-vidas vazia, de óculos escuros e maiô azul com babado. Sua expressão era vazia, indecifrável.

— Eu amava aquele maiô — Margo disse. — Amava até um pouco demais.

Donna continuou congelada na tela durante toda a história que se seguiu. Aconteceu quando Margo estava no quinto ano e ainda pensava em si mesma como Mark. Um dia, Mark fingiu estar doente para poder faltar às aulas. Antes, sua mãe, professora do ensino fundamental, costumava ficar em casa para cuidar dele quando se sentia doente, mas naquele dia em especial, Donna decidiu que ele já era grandinho e podia ficar em casa sozinho, exatamente o que ele esperava que acontecesse. Assim que sua mãe saiu para trabalhar, Mark foi direto ao guarda-roupa dela e encontrou o maiô azul com babados. Estava bem onde ele imaginava, na segunda gaveta, de cima para baixo.

— Achei que só queria tocar nele. Mas tocar não foi suficiente.

Mark tinha só onze anos e ainda não tinha passado pelo surto de crescimento, então o maiô serviu surpreendentemente bem, em todo o corpo, exceto no peito, onde ficou com uma aparência caída, vazia. Ficou muito melhor quando ele preencheu o bojo com papel. Para falar a verdade, ficou ótimo.

— Tenho quase certeza de que fiquei hipnotizada. Devo ter ficado olhando para meu reflexo no espelho por quinze ou vinte minutos. Era como *me* ver pela primeira vez.

Depois de um tempo, Mark saiu do quarto de sua mãe, mas não tirou o maiô. Desceu as escadas, abriu um saco de batata chips e ligou a TV.

Imaginou que teria pelo menos quatro horas antes de precisar se preocupar com alguém chegando em casa e o encontrando daquele jeito.

— Era um luxo tão grande — Margo disse. — Simplesmente ficar sozinha em casa. Aquilo *nunca* acontecia.

O dia estava lindo, era fim de setembro ou início de outubro, e Mark foi para o quintal dos fundos tomar um pouco de sol, uma atividade muito popular entre as garotas de sua escola. Levou um rádio portátil e bronzeador, e abaixou as alças do maiô para evitar marquinhas.

— Foi tão relaxante. O sol e a música. Acho que simplesmente baixei a guarda e peguei no sono.

Deve ter sido um sono pesado, porque ele não ouviu o carro parando na entrada e nem sua mãe entrando em casa e chamando seu nome. Ela tinha ficado preocupada e voltado para casa no intervalo para o almoço para ver como ele estava. O que encontrou foi a filha que não sabia que tinha, usando um maiô de senhora que não lhe favorecia.

— Por um bom tempo, minha mãe não disse nada. Simplesmente ficou olhando para mim e balançando a cabeça. *Não, não, não.* Lembro de como ela ficou pálida, como se tivesse acabado de receber notícias terríveis sobre alguém que amava, uma doença ou morte inesperada. Quando finalmente conseguiu falar, ela perguntou se aquilo era uma piada, se eu achava *engraçado* usar as roupas dela. Hoje, enxergo claramente que ela queria desesperadamente que eu dissesse *Sim, mãe, é só uma piada sem graça*. Mas estava tão assustado e constrangido que só consegui dizer a verdade. *Eu amo esse maiô. É o meu preferido.* Ela me mandou subir, tirar o maiô e nunca mais tocar nele de novo. E em nenhuma outra peça de roupa dela.

Eles nunca conversaram sobre o incidente, pelo menos não de forma direta; não eram esse tipo de família. Mas Donna nunca tinha visto aquilo, e havia ficado assustada.

— Ela usava um código — Margo explicou. — Chamava de meu *absurdo*. Sempre que meus pais me deixavam sozinho em casa – e, acreditem, eles quase não faziam isso – minha mãe dizia: *É melhor você não fazer nenhum dos seus absurdos!* Se me via triste, perguntava: *Tem a ver com aquele absurdo?* E, quando marquei o casamento, ela disse: *Espero que isso signifique que você colocou um ponto final em todo aquele absurdo.* — Margo balançou a cabeça, admirada com a teimosia de sua mãe. — Até em seu leito de morte, depois que já tinha feito a transição e estava vivendo como mulher, ela olhou para mim e disse: *Algum dia vai parar com esse absurdo?*

Eve sabia que não era educado mandar mensagem no meio de uma apresentação, mas não conseguiu se conter. Pegou o celular e mandou uma mensagem rápida para Brendan.

Estou com saudade.

— Sinto muito, mãe — Margo disse à fotografia. — Não posso parar com meu absurdo. Sou sua filha e te amo muito.

★ ★ ★

Eu mal podia esperar pelo Dia de Ação de Graças. Só queria ir para casa, dormir em minha própria cama, comer uma comida decente, dar uma passada na pista de golfe com Troy e Wade, fumar uns baseados e tomar uma garrafa de vodca vagabunda, como nos velhos tempos. Ficaríamos totalmente destruídos na quarta-feira à noite e depois nos arrastaríamos para o jogo de boas-vindas na manhã de quinta, onde poderíamos nos gabar da ressaca para pessoas que não víamos há três meses, embora parecesse *muito* mais tempo que isso. Becca estaria torcendo na lateral do campo – o último jogo de futebol de sua carreira como líder de torcida – e eu esperava pegá-la em uma fase sensível e convencê-la a me dar outra chance. Eu achava que ela ficava linda com aquele vestidinho justo que todas usavam, vermelho, com um grande H branco na frente.

Devia ser um G de "gostosa", eu dizia a ela.

Devia ser um V de "vadia", eu dizia aos meus amigos.

A única coisa que eu temia na volta para casa era ter que falar sobre minha *experiência universitária*, fingindo que era a melhor coisa do mundo, festas e sexo misturados a aulas instigantes, professores inspiradores e muitos amigos novos e legais, quando, na verdade, praticamente tudo tinha virado uma merda nas últimas semanas. Eu estava prestes a ser reprovado em Economia e Matemática, Amber não respondia minhas mensagens e Zack quase nunca estava por perto. Ele passava todo seu tempo com Lexa, dormia no quarto dela, empurrava sua cadeira de rodas pelo *campus*, como se ele fosse seu enfermeiro, e não namorado. Um dia, cruzei com ele na lanchonete do Centro Acadêmico e perguntei, na lata, se ele estava puto comigo, mas ele disse que não. Eu disse que não tinha essa impressão e perguntei por que ele nunca havia me contado sobre Lexa.

— Achei que éramos amigos.

— Nós somos — ele disse, embora não parecesse muito feliz com isso. — Mas sinceramente? O modo como falamos sobre garotas? As merdas que dizemos? Eu não queria fazer isso com ela. Ela merece coisa melhor.

— Do que você está falando? Eu nunca faria piada com uma pessoa com deficiência.

— Não é você, cara. Sou eu.

— O que isso quer dizer?

Ele demorou um pouco para responder. Dava para ver que estava pensando, tentando explicar da melhor forma.

— Sem querer ofender, cara, mas a pessoa que eu sou quando estamos juntos? Simplesmente não quero mais ser aquele cara.

Certo. Então ele estava apaixonado ou algo assim. Sorte dele, eu acho. Não chegava a me incomodar, só que eu odiava ficar sozinho em nosso quarto, principalmente à noite, quando eu tinha que estudar, e eu sempre tinha que estudar, embora não estudasse nunca. Quando Zack estava por perto, nós procrastinávamos por horas, falando merda e jogando videogame, e era muito divertido, exatamente como a faculdade devia ser. Mas sozinho parecia meio patético, como se eu fosse um idiota que não tem amigos que estava reprovando em todas as matérias. Comecei a deixar a porta totalmente aberta, caso alguém que eu conhecesse passasse e quisesse me salvar do confinamento solitário.

Era o que eu estava fazendo naquela noite maçante de quarta-feira, sentado no sofá caindo aos pedaços que Zack e eu tínhamos encontrado na Baxter Avenue, jogando Smash no piloto automático – eu era o capitão Falcon – apenas matando o tempo, esperando acontecer *alguma coisa* que servisse como desculpa para levantar e sair daquele quarto deprimente. Lembro como meu coração saltou quando o telefone vibrou – eu estava pensando, *esperando* que fossem Amber, Becca, Zack, Wade, nessa ordem – e como fiquei decepcionado quando pausei o jogo e vi que era apenas uma mensagem da minha mãe.

Estou com saudade.

Quer dizer... foi legal, não me entenda mal. Ficava feliz por ela sentir saudade de mim. Mas não contribuía muito para minha situação.

Também estou com saudade, respondi.

E então levantei os olhos e vi Sanjay parado na porta, olhando para mim com aqueles olhos grandes e tristes. De certo modo, só por sua expressão, antes mesmo que ele dissesse uma palavra, percebi que receberia más notícias.

★ ★ ★

Mais ou menos no meio da apresentação de slides, Margo sentiu que estava perdendo a atenção do público. Ninguém ria de suas piadas; alguns espectadores não estavam se comportando bem, interrompendo sua fala com sussurros altos e comentários possivelmente sarcásticos, alguns dos quais suscitavam risadas dos vizinhos. Os aplausos no final da apresentação principal mal chegou ao nível básico da educação.

Mas foi só quando as luzes se acenderam novamente para a sessão de perguntas e respostas que ela se deu conta do tamanho de seu fracasso. Dava para ver nos rostos que a encaravam – alguns inexpressivos, alguns frios, muitos outros indignados ou confusos.

— Vamos — ela disse. — Perguntem o que quiserem. Não existe pergunta idiota.

O silêncio que se seguiu ganhou uma densidade constrangedora. Então, ainda bem, notou uma mão se levantando no meio da multidão. Era a mulher de blusa de gola alta lilás, sua aliada imaginária, cujo rosto não parecia mais tão calmo e compreensivo.

— Eu e minhas amigas estávamos nos perguntando — ela disse em um tom de voz frágil. — Qual banheiro você usa?

Sério? Margo pensou. Não era só a pergunta que a deprimia, mas o murmúrio alto de aprovação que se seguiu. *Depois de tudo o que eu falei, é isso que vocês querem saber?*

— Uso o banheiro feminino — ela disse, obrigando-se a sorrir. — Acho que causaria um tumulto se entrasse no banheiro masculino.

Os idosos pararam um momento para discutir a questão entre eles. Margo notou outra mão se levantando, resgatando-a.

— Próxima pergunta. Ali.

As palavras já tinham saído de sua boca quando ela percebeu que estava chamando o vizinho de Julian Spitzer, o falastrão que tinha causado agitação durante a apresentação de slides. Ele se levantou com alguma dificuldade e ficou olhando para ela por um bom tempo com uma expressão estranhamente cheia de expectativa, com os braços abertos como se ele mesmo fosse a pergunta.

— Mark — o homem finalmente disse. — Não está me reconhecendo?

Margo recuou, mas manteve a calma.

— Sinto muito, senhor. Não atendo mais por esse nome. Por favor, me chame de Margo.

— Não sabe mesmo quem eu sou? — Ele tirou o boné, dando a ela uma visão mais clara de seu rosto, mas não ajudou. Margo tinha passado tanto tempo tentando esquecer tantas coisas que grandes partes do passado se perderam. E não havia problema.

— Sinto muito. O senhor vai ter que me ajudar.

— Al Huff. — O tom do homem era de reprovação, como se não devesse ter sido forçado a dizer seu nome em voz alta. — *Técnico* Huff. Do St. Benedict's? Jogamos duas vezes contra você, no campeonato estadual de 1988 e 1989? Você era um jogador tão bom, Mark. O melhor arremessador que eu já tinha visto no ensino médio.

— Ah, nossa. — Margo acenou, fingindo reconhecê-lo, tentando, sem sucesso, conectar o técnico Huff de que se lembrava – ex-fuzileiro naval, esguio e atlético, motivador e disciplinador – ao senhor que estava à sua frente, de rosto inchado pelo álcool e pela decepção. Se ela se lembrava bem, Al Huff havia pedido demissão em meio a um caso suspeito, um tipo de escândalo durante o recrutamento, dez ou talvez quinze anos antes. — É bom ver você.

— Você nos matou com aquela cesta no último segundo nas semifinais. — Ele balançou a cabeça como se a lembrança ainda doesse. — Acabou com a gente. Nunca vou me esquecer.

— O técnico Huff é uma lenda local — Margo informou à multidão. — A St. Benedict's era nossa arquirrival e sempre teve um dos melhores times do estado.

Algumas pessoas aplaudiram a lenda local, mas Al Huff não pareceu notar. Ele abriu um pouco mais os braços.

— Mark – ele disse. — O que foi que aconteceu? Por que você faria uma coisa essas consigo mesmo?

Margo tentou sorrir, mas não conseguiu. Momentos como aqueles sempre a tiravam do prumo, quando percebia que outras pessoas – algumas delas praticamente estranhas – estavam mais envolvidas com o jovem chamado Mark Fairchild do que ela mesma jamais esteve.

— Técnico — ela disse. — Essa sou eu.

Al Huff olhou para o chão e balançou a cabeça. Quando falou, parecia estar prestes a chorar.

— Você precisa de ajuda, filho. Não pode viver assim.

— Agradeço a preocupação — Margo disse de maneira um pouco fria. — Mas estou muito bem. Estou mais feliz agora do que já estive em toda minha vida.

Como se quisesse enfatizar sua declaração, Dumell escolheu aquele exato momento para chegar. Entrou pela porta dos fundos, abrindo o zíper da jaqueta de couro em câmera lenta enquanto olhava com atenção para os idosos brancos que compunham a plateia, e depois olhou para Margo. Ele sorriu quando seus olhares se cruzaram, e acenou meio sem graça, desculpando-se pelo atraso. Ela quis soprar um beijo para ele, mas optou por um rápido sorriso antes de voltar a seus afazeres.

— Mais alguma pergunta?

* * *

Sanjay havia me alertado no caminho sobre o que esperar, então não fiquei tão surpreso quando entrei no Centro Acadêmico e vi meu rosto na parede. Mas ainda foi como se eu tivesse levado um soco no estômago.

Estava lotado, cheio de gente perambulando, vendo as pinturas e esculturas, todas feitas por alunos do Programa de Artes Visuais. A maioria era a porcaria padrão que se via em qualquer exposição de arte de colégio – naturezas-mortas com frutas e garrafas de vinho, autorretratos de garotas bonitas, fotografias em branco e preto de pessoas pobres. O que transformava em uma exposição universitária eram os cartõezinhos que acompanhavam cada item, listando o nome do artista e o título da obra, juntamente com uma breve carta de intenção descrevendo a proposta.

O "projeto" do qual eu fazia parte era o maior e mais chamativo da mostra. Ocupava uma parede inteira da galeria e era a primeira coisa que se notava ao entrar: duas fileiras de retratos gigantescos, cada um com uma pequena legenda embaixo. O cartão identificava a artista como Katherine Q. Douglas, turma de 2017, e o título da obra era *Mural da Repreensão*. A carta de intenção dizia: "Pedi para alguns amigos repreenderem algo por comportamento que prejudica nossa comunidade e ameaça nossa segurança. Este projeto é interativo. Fique à vontade para acrescentar sua própria repreensão ao Mural da Repreensão!".

Os retratos em si eram muito bons – óleo sobre tela, de acordo com o cartão. Não eram perfeitos, mas eu me reconheci sem nenhum problema. Eram dez rostos no total, nove caras e uma loira azarada, que até que era bem bonitinha. Dois caras eram negros, um era asiático. Não havia nomes identificando os rostos, apenas uma breve descrição da ofensa que a pessoa supostamente cometeu. Um cara ruivo *PASSOU A MÃO EM MIM NA PISTA DE DANÇA*. O garoto asiático *PENSA QUE É BRANCO*. A menina loira *MENTE BEM NA SUA CARA*. Um garoto gordo que eu já tinha visto por aí era um *APROPRIADOR CULTURAL*. Um dos negros – tenho quase certeza de que era jogador de futebol – era *EXTREMAMENTE HOMOFÓBICO*. Um cara de gorro de lã era um *GASLIGHTER*, seja lá o que fosse isso. Três caras tinham o rótulo de *ESTUPRADOR*.

— Não sei se isso está dentro da lei — Sanjay disse. — Deve ser uma violação ao devido processo legal ou algo do tipo.

— Não importa — eu disse, porque realmente não dava a mínima para o devido processo legal.

— Quer sair daqui? — ele perguntou.

Eu sabia que devia ir embora, mas não conseguia parar de olhar para a minha cara na parede. Parecia tão *real*, assim como aquela que eu via no espelho todos os dias. Ainda pior, eu estava rindo feito um idiota, como se estivesse empolgado por ter sido incluído na exposição de arte e não tivesse nada contra as palavras escritas sob a pintura, um breve resumo de minha vida:

ENORME DECEPÇÃO.

Senti um cheiro forte de remédio e, ao me virar, vi Cat, a amiga de Amber, parada ao meu lado, passando álcool nas mãos.

— Nossa! — ela exclamou. — Veja só quem está aqui. Você tem muita coragem.

Fiquei surpreso com a frieza em sua voz. Cat sempre tinha sido bem legal comigo. Ela apontou com a cabeça para a parede.

— Tive dificuldade com seus olhos. Eles são um pouco assimétricos.
— Foi você que fez isso?
Ela balançou a cabeça, como se eu já devesse saber.
— Eu te falei para não a magoar.

★ ★ ★

Eve não esperava levar visitas para casa, mas ficou aliviada ao ver que a sala estava arrumada. As almofadas do sofá estavam fofas e perfeitamente espaçadas, uma por encosto, exatamente como Deus ordenou. Não havia chinelos abandonados sobre o tapete, nenhuma caneca de chá do dia anterior e nem lenços de papel amassados comprometendo a superfície imaculada da mesa de centro. Até mesmo os controles remotos – todos os três – estavam alinhados perfeitamente na frente da TV de tela plana, arrumados em ordem decrescente de tamanho. Por outro lado, estava um pouco organizado demais, como se ela tivesse entrando em uma exposição de museu documentando a vida monótona de uma mulher exatamente de sua idade e vivendo sob exatamente as mesmas circunstâncias. Mas melhor do que achar uma meia suja no braço da poltrona ou um sutiã bege no corrimão das escadas.

— Que casa linda. — Margo observava a decoração com o que parecia uma admiração sincera, e talvez um quê de desejo. — Muito obrigada por nos convidar.

Dumell e Amanda ecoaram o sentimento, enquanto Julian Spitzer permaneceu perto da porta, o skate debaixo do braço, concordando de maneira vaga.

— De nada — Eve disse. — Fiquem à vontade.

Encarnando a anfitriã, ela foi para a cozinha ver o que poderia servir em termos de aperitivos e bebidas. Infelizmente, não tinha muita coisa. Pelo menos havia uma garrafa fechada de shiraz australiano sobre o balcão; vinho era uma coisa que ela raramente esquecia de comprar. Porém, na geladeira havia apenas uma cerveja que ela não se lembrava de ter comprado, juntamente com uma garrafinha de bebida à base de vodca que devia ter mais de um ano. A situação da comida não era muito melhor – meio pacote de biscoito água e sal não muito novo, um pedaço de queijo que já estava com as bordas endurecidas, um punhado de cenourinhas que pareciam estar boas, a menos que olhadas muito de perto, e um pote de homus que não ofereceria nem a seu pior inimigo.

Ela encontrou uma bandeja e arrumou os biscoitos em semicírculo em volta do pedaço de queijo, que ficou com uma aparência muito melhor depois de passar por uma pequena cirurgia estética. Pelo menos as cenouras acrescentaram um pouco de cor. O homus foi direto para o lixo, para onde devia ter ido dias atrás. Enquanto abria a garrafa de vinho, ouviu gargalhadas reconfortantes vindo da sala e se deu conta de que fazia muito tempo que não recebia tantas pessoas em casa.

Ela tinha feito o convite por impulso, depois que o auditório esvaziou. Os cinco ficaram pensando em um lugar para jantar. Foi uma conversa frustrante – Dumell não gostava de comida tailandesa, Amanda evitava peixe sempre que possível, Julian não estava com fome –, sem nenhuma resolução à vista. Margo, a convidada de honra, nem estava participando. Ela parecia cansada e perturbada – quem poderia culpá-la? – e de repente ocorreu a Eve que ela poderia não estar a fim de nada muito elaborado.

Tenho uma ideia, ela disse. *Por que não vamos todos para minha casa? Podemos pedir pizza e relaxar um pouco.*

E lá estavam eles, rindo, totalmente à vontade.

Quem diria?, ela pensou enquanto pegava o vinho e a bandeja de petiscos para se juntar aos amigos na sala.

* * *

Amanda não se importava em fazer um esforço pelo grupo. Alguém tinha que comprar bebida, e ela podia muito bem ir. Dumell tinha sido o primeiro a se oferecer, mas Margo parecia tão feliz abraçada com ele no sofá – ficava acariciando a perna dele e cutucando seu ombro, como se precisasse ter certeza de que era real – que seria uma pena separá-los. Além disso, ainda era mais ou menos um evento de trabalho, embora, tecnicamente, o expediente tivesse acabado.

Ela estava feliz por sair um pouco, deixar os outros com seu vinho e sua conversa. Não estava tão a fim de socializar, não depois do fracasso no Centro para Idosos. Era tão desanimador se encher de otimismo

– uma sensação de propriedade e satisfação pessoal – e depois ter que ver sua Única Boa Ideia explodir.

Ela olhou para Julian, seu passageiro inquieto, porém silencioso.

— Quer colocar música?

— Tanto faz — ele respondeu. — É você que está dirigindo.

Vamos, cara, ela pensou. *Dê uma ajuda aqui.* Ele pareceu feliz em acompanhá-la à loja de bebidas, mas aparentemente não se sentia na obrigação de contribuir com nada em termos de conversa.

— Gosta de Prince? — ela perguntou.

— Pode ser.

Que se dane. Ela apertou o *play* e o clima no carro transformou-se instantaneamente pelo som esparso e abafado de "When Doves Cry", possivelmente a música mais sensual já composta. Parecia um pouco íntima demais para as circunstâncias, mas ela não pretendia desligar.

— Ando ouvindo muito Prince ultimamente — ela disse a ele. — Acho que tinha esquecido que ele era um gênio. Tantas músicas boas.

Julian acenou com a cabeça como um terapeuta, de modo neutro, como se fosse interessante que ela se sentisse daquela forma, mas ele não necessariamente concordasse com ela.

— De que tipo de música você gosta? — ela perguntou.

— Sei lá. Acho que todos.

Minha nossa. Fazia muito tempo que Amanda não falava com um calouro de faculdade, então não sabia muito bem se aquele era o comportamento padrão ou não. Talvez respostas curtas e antipáticas fossem o máximo que poderia esperar. Pelo menos ele era bonitinho.

— É estranho para você? — ela perguntou. — Sair com um monte de gente velha?

— Você não é tão velha.

— Rá, rá — ela disse. — Você parecia um pouco desconfortável lá. Achei que precisasse dar um tempo ou algo assim.

— Não tem a ver com as pessoas — Julian explicou. — Eu estava angustiado por estar naquela casa.

— Por quê?

— Você conhece o filho dela? Brendan?

— Não muito bem.

— Eu estudei com ele. — Julian estremeceu de repulsa. — Ele é um cretino. Fiquei arrepiado ao entrar lá e ver a foto dele na parede. Foi como se desse para *sentir seu cheiro*.

— Entendo. — Amanda só tinha encontrado Brendan uma vez, mas foi o suficiente. — Também não gostei muito dele.

— Nada contra Eve — Julian garantiu a ela. — Ela é bem legal.

— Eve é ótima — Amanda concordou. — Todo mundo ama a Eve.

★ ★ ★

Sanjay precisava mesmo ir embora. Tinha que estudar, fazer um exercício enorme para a aula de Ciência da Computação e ler um capítulo denso do livro de História da Arquitetura. Ficar sentado em um café, ouvindo os problemas de outra pessoa, não era um uso produtivo de seu tempo.

— Que droga — Brendan disse. — Não sei o que fazer.

Sanjay não tinha certeza de como responder. Não tinha experiência com situações como essa e não podia contribuir com nada de valor, e isso tornava uma loucura maior ainda o fato de ele ter acabado preso no papel de conselheiro.

— Talvez você devesse pedir desculpas — ele sugeriu.

— Eu já pedi — Brendan explicou. — Ela nem responde minhas mensagens.

A pior parte era que Sanjay nem gostava de Brendan e nem de nenhum daqueles outros caras com que foi jantar na primeira noite do ano letivo. Seu colega de quarto, Dylan, até que era legal, mas os outros eram uns idiotas. Sanjay não se importaria de nunca mais falar com nenhum deles.

Mas ele havia entrado na exposição de arte depois do jantar e visto o retrato de Brendan no Mural da Repreensão. Parecia errado envergonhar publicamente alguém dessa forma, e Sanjay achou que Brendan tinha que saber. Era o que ele desejaria se seu rosto estivesse lá, embora fosse impossível. O problema é que você assume uma obrigação quando se tornar o portador de más notícias. Não pode simplesmente levantar e ir embora quando quiser.

— Eu nem fiz nada — Brendan balbuciou. — Ela me deu um soco no saco e eu sou o vilão da história?

— Ela te deu um soco?

Brendan deu de ombros, como se os detalhes não importassem.

— Quer encher a cara? Tenho um pouco de vodca no quarto.

— Eu não bebo.

— Podemos fumar um baseado.

— Também não faço isso.

Brendan pareceu perplexo.

— Então o que você *faz*? Quer dizer... para se divertir. Nos fins de semana?

— Minha irmã está no último ano — Sanjay disse. — Ela tem carro e volta para casa todo fim de semana para ver o namorado. Normalmente vou com ela.

— Então você sai com seus amigos?

— Todos passam os fins de semana na faculdade. Eu só estudo e vejo filmes com meus pais. Eles gostam de me ter por perto. E a comida é bem melhor que essa droga que comemos no refeitório.

— Parece bem tranquilo — disse Brendan. — Eu não vejo minha mãe desde o dia em que cheguei aqui.

— Aposto que ela sente sua falta.

— Sim. Ela acabou de me mandar isso.

Brendan pegou o telefone e mexeu na tela. Quando encontrou o que queria, segurou de frente para Sanjay para ele ver a mensagem da mãe dele e sua resposta.

Estou com saudade.

Também estou com saudade.

Sanjay acenou com a cabeça.

— As mães são as melhores.

— Com certeza — disse Brendan.

Ele ficou olhando para o telefone por mais alguns segundos antes de guardá-lo de novo no bolso. Sanjay aproveitou a pausa para afastar a cadeira da mesa.

— Espero que não se importe — ele disse, levantando-se. — Preciso mesmo ir para a biblioteca.

— Tudo bem — disse Brendan. — Faça o que tem que fazer.

★ ★ ★

Às vezes, Eve pensou, uma reunião casual como essa simplesmente se transformava em uma festa espontânea, o que era, por definição, melhor do que uma festa planejada, precisamente pela surpresa. Era um tributo às pessoas envolvidas, à química de sua personalidade individual combinada a um desejo coletivo de salvar *alguma coisa* de uma noite que, de outra forma, teria sido perdida, sem mencionar a grande participação da jarra de margaritas que Amanda tinha preparado na cozinha, usando uma garrafa de tequila barata e uma mistura industrializada pré-pronta verde-neon que era mais saborosa do que parecia.

Era um grupo convenientemente pequeno – talvez um pouco pequeno *demais* – e todos pareciam estar vibrando na mesma frequência, fazendo piadas e rindo um pouco alto demais, fazendo brindes à excelente coleção de lenços de Margo, aos serviços prestados ao país por Dumell, às bebidas alcoólicas trazidas por Amanda e a Julian, por simplesmente ter aparecido, representando a geração dos *millennials*. Havia uma tensão sexual palpável no ar – nenhuma festa era boa sem isso – em grande parte gerada por Margo e Dumell, que, conforme a noite foi passando, evoluíram de mãos dadas e palavras de afeto sussurradas a uma sessão completa de beijos e agarramento no sofá.

Eve sabia que era grosseiro ficar encarando os amantes, mas tinha dificuldade em desviar o olhar. Desde que tomara consciência de si como um ser sexual, no ensino médio, ficava excitada ao ver pessoas se beijando em público, e o efeito familiar foi intensificado nesse caso pelo fato de Amanda estar sentada ali perto, na cadeira de vime, e seus olhares ficarem se encontrado nos estranhos interlúdios que aconteciam enquanto o feliz casal estava a todo vapor. A maioria desses olhares parecia completamente inocente – duas amigas revirando os olhos, compartilhando um momento de solidariedade entretida –, mas alguns eram mais profundos, momentos prolongados de uma conexão silenciosa e penetrante que fazia Eve se perguntar se uma porta que ela pensou que estivesse fechada podia ter se aberto novamente.

Eu devia beijá-la, ela pensou, embora tivesse jurado que não faria aquilo novamente, não se constrangeria e nem se exporia como havia feito da última vez. *Aposto que ela ia deixar.*

O devaneio foi interrompido pela percepção repentina de que estava sendo observada, que Julian *a* estava encarando com o mesmo tipo de desejo que ela dirigia a Amanda. Ela se virou na direção dele, levantando o copo em um brinde silencioso, não querendo que ele se sentisse deixado de fora. Ele correspondeu ao gesto, contemplando-a com uma profunda sinceridade embriagada.

As coisas estavam começando a ficar um pouco estranhas quando Margo finalmente se retirou da maratona de beijos, tirando o cabelo dos olhos e piscando como se nem soubesse onde estava. Ela soltou um suspiro longo, lento e calmante e ajeitou a saia.

— Chega *disso* — ela disse, abanando o rosto com a mão. — Alguém está a fim de dançar?

* * *

Amber foi a uma festa com Cat e alguns de seus amigos artistas, mas saiu meio cedo, incapaz de se conectar com o clima festivo. Todos os presentes estavam muito empolgados com o Mural da Repreensão – imaginavam que seria ótimo transformá-lo em uma instalação permanente no Centro Acadêmico – e achavam hilário que Brendan continuasse mandando mensagens para ela, implorando por um minuto de seu tempo, parecendo mais patético a cada mensagem.

Amber era capaz de apreciar a justiça poética da situação – deixar que ele visse como era ser silenciado e ficar sem poder; uma vez na vida, ser definido por outras pessoas –, mas não era tão gratificante quanto ela esperava que fosse. Na verdade, quanto mais pensava em Brendan, mais culpada se sentia, como se tivesse feito algo ruim para ele, o que era totalmente frustrante, porque ele não merecia sua empatia e nem a de ninguém. Era típico dela – típico de uma garota – sentir pena de um cara que tinha todo o direito de desprezar, e depois voltar a culpa para si mesma.

Ela devia ter aceitado o conselho de Cat e bloqueado as ligações dele. Isso teria resolvido o problema de seu telefone vibrando constantemente, e a poupado dos gritos manipuladores dele por socorro. Mas parecia um pouco duro, e até mesmo um pouco covarde, repreender alguém e depois cortar todas as possibilidades de comunicação, como se a pessoa não tivesse direito de reagir, como se estivesse morta para você.

Amber estava cansada e um pouco deprimida. Só queria ir para a cama e esquecer que aquele dia tinha acontecido. Mas só tinha um jeito de conseguir fazer isso, e não adiantava fingir que não. Com um pequeno tremor de resignação e desgosto, ela pegou o telefone e tocou no nome dele. Ele atendeu na metade do primeiro toque.

— Uau — ele disse. — Já não era sem tempo.

— O que você quer, Brendan?

— Não sei. Só conversar, eu acho. Minha noite está sendo bem ruim.

— Bem — ela disse, um pouco na defensiva. — Também tive uma noite bem ruim há pouco tempo.

Uma pessoa mais legal teria entendido a indireta e perguntado o que havia acontecido, talvez demonstrando alguma empatia, mas era com Brendan que ela estava falando.

— A exposição de arte — ele disse. — Aquilo foi pesado para caralho.

— Tenho certeza disso. Mas você tem que...

— Você pensa mesmo aquilo de mim? — Ele parecia genuinamente curioso. — Que sou uma enorme decepção?

Amber hesitou. Ela sabia que Cat estivera trabalhando em uma obra para o Mural da Repreensão durante todo o semestre, mas só ficou sabendo que Brendan era parte da instalação dois dias antes, quando a ajudou a transportar os quadros do prédio de artes para o Centro Acadêmico. Ficou surpresa quando puxou o plástico bolha e viu seu rosto sorridente com as palavras SER HUMANO HORRÍVEL escritas embaixo, como um veredito final.

O que é isso?

Meu presente para você, Cat disse a ela.

Ele não é um ser humano horrível. É só...

Foram palavras suas, Cat lembrou a ela. *É uma citação direta.*

Amber não negou. Ela tinha falado aquilo sobre Brendan na manhã seguinte àquele encontro desastroso, quando se sentiu ferida e traída, e Cat estava lá para ajudá-la, como sempre, oferecendo apoio e validação quando Amber mais precisava.

Eu estava irritada. Só precisava desabafar.

Você expressou sua verdade, Cat disse. *Não volte atrás agora.*

Não me parece certo, Amber havia insistido.

Com relutância, Cat propôs algumas legendas alternativas – *ABU-SADOR? MISÓGINO?* – mas Amber também não achou muito precisas.

Ele foi uma... enorme decepção, só isso.

Tudo bem, Cat disse. *Você está sendo boazinha demais, mas vou mudar, se é isso que quer.*

É isso que eu quero, Amber havia dito, e não ia se desdizer pela segunda vez ou dar a Brendan um motivo para achar que tinha sido perdoado. Ela não conseguia nem pensar naquela noite sem se sentir enjoada e humilhada.

— Cara — ela disse a ela. — Você saiu ileso. Poderia ter sido muito pior, acredite.

— Amber — ele disse. — Eu sinto muito mesmo.

— É um pouco tarde para isso.

— Eu sei. Só estou dizendo.

— Certo — ela suspirou. — Tenho que ir. Estou exausta.

— Espere, Amber. Eu estava pensando... — A voz dele ficou baixa e desesperançosa. — Eu poderia ir aí passar um tempo com você?

— Está brincando, não é?

— Só como amigos — ele garantiu a ela. — Só não quero ficar sozinho no momento.

Ela quase gargalhou, mas podia ouvir a dor na voz dele.

— Sinto muito, Brendan. Nossos dias de amizade terminaram.

— É — ele disse. — Eu já imaginava.

Amber encerrou a ligação e secou uma lágrima constrangedora. Era tão idiota e injusto que alguém pudesse te tratar tão mal e você ainda tivesse vontade de abraçá-lo. Ela pensou que poderia ligar para Cat e encomendar um retrato de si mesma para o Mural da Repreensão:

SÓ QUER QUE TODOS SEJAM FELIZES, MESMO AS PESSOAS QUE NÃO MERECEM.

★ ★ ★

Dumell odiava ser o vilão, mas era dia de semana e ele precisava trabalhar na manhã seguinte.

— Última dança — ele sussurrou no ouvido de Margo. — Depois preciso te levar para casa antes de eu virar abóbora.

— Acho que é o seu carro que se transforma em abóbora — ela disse a ele.

Eles estavam grudados como namoradinhos de escolha, dançando sob o feitiço de "Sexual Healing", o que parecia uma estranha coincidência, uma mensagem não tão sutil do universo, mesmo sendo só mais uma música no iPhone de Amanda, parte de uma playlist composta por soul e Motown que agradava multidões e estava tocando havia uma hora e meia.

— É pior ainda — ele disse, fazendo contato visual não solicitado com Julian, que estava muito bêbado e se movimentava pela sala com as mãos para cima, como se a música estivesse tentando prendê-lo. — Ainda não terminei de pagar aquele carro.

Margo riu e o beijou novamente. Aquela mulher adorava beijar. Estava escuro, ela tinha um perfume bom e seu corpo quente parecia certo junto ao dele. Dumell lembrou a si mesmo de que nada além disso importava.

Não tenha medo, ele pensou. *Não há nada a temer.*

O medo era uma coisa ardilosa. Ele tem um jeito de se aproximar, fazendo você questionar a si mesmo e se preocupar com o futuro. *O que as pessoas diriam? O que pensariam? Eu quero mesmo isso?*

Eles giraram um pouco e agora ele estava olhando para Eve, que dançava com Amanda, embora não estivessem realmente se tocando. Eve estava com uma mão nos cabelos e a outra na cintura. Amanda estava de olhos fechados e boca aberta, cabeça inclinada para cima como uma musicista cega. Dumell ficou imaginando se havia alguma coisa entre elas, porque certamente era a impressão que dava.

Bom para elas, ele pensou.

Ele escorregou a mão pelas costas de Margo, acompanhando o relevo de sua coluna até a leve ondulação na parte de baixo, início de uma outra paisagem. Colocou o polegar dentro da barra da saia dela, puxando-a um pouco para baixo, uma promessa para mais tarde.

— Huuum — ela disse, como se estivesse provando algo gostoso.

Ele havia tido apenas um mau momento durante toda a noite, logo quando a música começou. Margo normalmente era uma pessoa graciosa, com o controle físico de uma atleta, mas não demonstrava isso na pista de dança. Em movimento, ela parecia maior e mais masculina do que no sofá, desconfortável no próprio corpo, e não a pessoa que Dumell queria que ela fosse. Ele deve ter deixado transparecer, porque ela parou e perguntou a ele o que havia de errado. Ela tinha uma capacidade levemente assustadora de ler suas expressões, registrar qualquer indício de dúvida ou hesitação.

— Nada — ele disse. — Só que você dança como uma garota branca.

Margo riu aliviada, como se aquela fosse a coisa mais meiga que alguém já tivesse lhe dito. Ela se soltou um pouco depois disso, e ele também. Mas Dumell ainda estava um pouco desestabilizado, inseguro por saber que seus sentimentos podiam mudar – e às vezes mudavam – em um piscar de olhos, que ele podia não ser capaz de levar adiante o que havia iniciado, que sua coragem podia falhar na hora H como já havia acontecido tantas vezes antes, que ele podia magoar alguém que havia confiado nele. Tudo o que ele precisava fazer era se visualizar fora daquela sala e daquele pequeno grupo de pessoas, imaginar o rosto de seus familiares, de sua ex-esposa, seus colegas de trabalho, os caras de sua unidade do exército, alguns com sorrisinhos sarcásticos, outros balançando a cabeça em reprovação, como se tivessem o direito de julgar. Quem eles pensavam que eram? Eles não conheciam Margo, não sabiam o que ela havia passado e nem como ela o fazia se sentir. Merda, a maioria deles nem mesmo conhecia Dumell. Não de verdade.

Ele a sentiu ficar tensa em seus braços. Ela tentou sorrir, mas seu rosto estava pálido e indefeso.

— Está tudo bem? — ela perguntou.

A música ainda estava tocando, mas eles não estavam mais se movendo. Estavam apenas ali parados, olhando um para o outro a uma distância bem pequena.

— Está tudo bem — ele respondeu logo antes de beijá-la.

★ ★ ★

O único problema de dar uma festa boa, Eve pensou, era a decepção que se sentia no final, quando a música parava, as luzes se acendiam e os convidados começavam a pedir seus casacos. Margo e Dumell foram os primeiros dominós a cair. Eve se despediu deles com um abraço e um sorriso que era produto de pura força de vontade.

Amanda já estava na cozinha, enxaguando copos sujos e os colocando na lava-louças, preparando-se para sua própria partida. Com esperança de adiar o inevitável, Eve pediu para ela preparar uma última jarra de margarita, mas foi lembrada pela própria funcionária que elas tinham que trabalhar na manhã seguinte.

Eve se contorceu.

— Não vamos falar de trabalho, certo? Trabalho é *tããããão* chato. Tudo o que eu faço é trabalhar.

Amanda abriu a boca, mas não saiu nenhuma palavra. Ela estava tão bonita com aquele vestido de bolinha, o rosto corado e resplandecente.

— Você dança muito bem — Eve disse a ela. — E bem sexy.

— Você também. Eu não fazia ideia.

Eve desconsiderou o elogio.

— Estou sem prática. Tenho que sair mais. Passo muito tempo em casa, olhando para a tela do computador. Não é bom. Preciso viver mais a vida, sabe? Sair um pouco de minha cabeça.

— Todos precisamos. — Amanda colocou o último copo na lava-louça e fechou a máquina. — A festa foi ótima. Acho que Margo gostou muito. — Eve concordou, mas não queria se desviar de seu propósito.

— Só mais uma bebida. Qual é o problema?

Amanda soltou um suspiro cético.

— Já vou ter que encarar uma bela ressaca se parar por aqui.

— Falte no trabalho. Diga que está doente. Não vou contar para a chefe.

Antes que Amanda pudesse responder, Julian veio da sala com o celular na mão, os cabelos compridos acomodados atrás da orelha de um modo meio feminino.

— O que está rolando? — ele perguntou, arrastando um pouco a fala. — Vocês estão falando de mim de novo?

— É melhor eu te levar para casa — Amanda disse. — Está bêbado demais para subir no skate.

— O quê? — Julian pareceu ofendido. — Você está mais bêbada do que eu.

— Nem de longe, cara.

— Sério? — Ele olhou para ela com os olhos apertados. — Você não está bêbada?

— Talvez um pouco — Amanda reconheceu. — Eu diria que estou levemente embriagada.

Julian riu.

— Diga isso para o bafômetro.

— Eu moro a cinco minutos daqui. Não vou ser parada.

Skates. Bafômetros.

— Por que vocês não dormem aqui? — Eve perguntou. — Há três quatros lá em cima. Tenho escovas de dente sobrando, se precisarem. Meu dentista me dá de brinde sempre que vou lá.

— O meu também! — Julian ficou empolgado com a coincidência. — Você vai no dr. Halawi?

* * *

A cama do quarto de hóspedes era perfeitamente confortável. Havia mais cobertores do que o necessário, não havia vãos nas janelas e as venezianas bloqueavam a luz da lua bem melhor do que as cortinas finas do quarto de Amanda. O pijama que Eve lhe havia emprestado eram macios e serviam razoavelmente bem, apesar de terem corpos bem diferentes. Não havia nenhum motivo razoável para ela não conseguir dormir, principalmente depois de toda a tequila que havia bebido.

Era só ansiedade, resultado de uma noite longa e por vezes estressante – a palestra, a festa, pessoas novas, o fato de ter dançado mais do que dançava havia muito tempo. Ela estava tensa, seus sentidos estavam em alerta. E também não ajudava em nada o fato de também estar com muito tesão, uma condição que a afligia sempre que dormia em um lugar estranho – um hotel, a casa de sua avó, o apartamento de uma amiga no centro, um simples Airbnb, uma barraca na floresta, até mesmo um vagão leito em um trem, coisa que havia experimentado apenas uma vez na vida. Estar em uma cama que não era a sua inundava instantaneamente seu cérebro com pensamentos sobre sexo.

Ou, nesse caso, sobre ausência de sexo.

Ela realmente acreditava que aconteceria alguma coisa com Eve. Elas estavam flertando a noite toda, vários olhares sugestivos e contato visual nada acidental na pista de dança. E depois Eve a havia convencido a dormir lá, encorajando-a a ficar ainda mais bêbada do que já estava, e aproveitar para faltar ao trabalho no dia seguinte. Pareceu uma sedução bem direta, uma pessoa pressionando, a outra resistindo, depois hesitando e então cedendo.

E depois... Nada.

Por que me faria ficar se não vai fazer nada?

Elas haviam tido uma oportunidade. Logo depois que Amanda escovou os dentes, Eve bateu na porta do quarto levando um pequeno pacote de cuidados para ela passar a noite – uma toalha de banho, um pijama limpo, um frasco de Tylenol. Eve já estava com suas roupas de dormir, calça de moletom e uma camiseta enorme que dizia *Lacrosse Juvenil de Haddington*. Parecia tão íntimo ver sua chefe naquele contexto, o rosto cansado e doce, mais suave sem maquiagem. *Pensei que pudesse precisar de algumas coisas.* Julian estava no banheiro – dava para ouvir o barulho da água –, então seria fácil Eve entrar no quarto e ficar o tempo que quisesse. Mas, por algum motivo, ela ficou timidamente na porta.

Durma bem, Eve disse a ela. *Nós nos vemos pela manhã.*

Naquele momento, no entanto, a manhã parecia estar a uma eternidade de distância, e Amanda estava com medo só de pensar nela. Seria muito estranho acordar de ressaca na casa de Eve, descer as escadas com mau hálito e uma dor de cabeça de matar, usando as roupas do dia anterior. Uma caminhada da vergonha, sem a parte da vergonha para compensar o constrangimento. E depois o que fariam? Tomariam café da manhã juntas?

Não posso, ela pensou. *Simplesmente não posso.*

É melhor simplesmente cair fora agora, deixar um bilhete sobre a mesa da cozinha para Eve não ficar preocupada. Ela se perguntou se deveria bater na porta de Julian na saída, ver se ele estava acordado e queria uma carona para casa.

Ele era um garoto legal. Havia se aberto para ela no caminho de volta da loja de bebias, contando sobre sua depressão clínica, o ódio que sentia da escola, os medos de sair de casa para estudar em outra faculdade, a dificuldade para conversar com garotas de sua idade.

Ela sabia exatamente o que o estava deixando para baixo: aquela sensação desamparada de estar desperdiçando a preciosa juventude, e por sua própria culpa. Era algo de que ninguém nunca se recuperava, e normalmente levava a cometer erros estúpidos pelo caminho, muitos dos quais piores do que algumas tatuagens dignas de arrependimento. Ela desejou poder entrar em uma máquina do tempo e voltar a ter vinte anos, só para poder ser namorada dele por um tempo, mostrar como ele era incrível, estimular sua autoconfiança para o futuro. Parecia uma boa ideia para um programa de TV, uma super-heroína feminista dos tempos modernos: *Amanda Olney, Agente de Justiça Sexual.*

★ ★ ★

O quarto de Brendan era o santuário de um atleta. Troféus de uma vida de excelência nos esportes – Liga Infantil de Beisebol (All-star), Futebol Juvenil (Campeão Municipal!), natação no ensino médio (Segundo Lugar, Nado de Costas!), Lacrosse Juvenil de Haddington (Melhor Jogador!) – estavam amontoados sobre a cômoda, logo abaixo de um mural de fotos que devia ter sido feito por Becca DiIulio, líder de torcida e namorada ridiculamente linda de Brendan, já que incluía duas imagens de Becca de biquíni (em uma delas laranja, na outra rosa), a última autografada com caneta prateada, como se ela fosse a porra de uma estrela de cinema: *T amo, Becca BjBj!* Havia três fotos de Brendan de óculos escuros e sem camisa. Ele era aquele tipo bem cretino que posava para a câmera mostrando os músculos, e nem ao menos fazia isso de forma irônica. Só para piorar, ele tinha um rolo de camisinhas guardado na gaveta de meias – Julian não se conteve e deu uma olhada –, dezoito no total, porque nunca se sabe quando toda a equipe de líderes de torcida pode aparecer e implorar por sexo, uma depois da outra.

Dezoito camisinhas. Um pequeno gemido de derrota escapou da boca de Julian. Ele não havia comprado dezoito camisinhas nem em toda a vida. Por um instante, pensou em procurar um objeto afiado – um alfinete ou uma tesourinha de unha – e fazer alguns furos estratégicos no estilo de vida de Brendan, mas ele rapidamente detectou a falha em seu plano: só serviria para encher o mundo com mais pequenos Brendans, o que não seria nada positivo.

Seria duplamente estranho se Brendan tivesse um filho, porque isso transformaria Eve em avó, e ela não parecia uma avó. Julian a estava cobiçando a noite toda – ela estava usando um pulôver confortável cinza, com apenas um pouco de decote, e uma saia azul-clara frisada que ele queria muito tocar. Ela e Amanda estavam tão a fim uma da outra na pista de dança que Julian achou que fossem começar a se beijar, mas não aconteceu, o que foi uma pena.

Depois que terminou a deprimente inspeção do quarto, Julian apagou a luz e foi para a cama. Eve havia lhe assegurado que os lençóis estavam limpos, mas ainda assim era um pouco perturbador – aquele era o colchão de Brendan Fletcher, o travesseiro de Brendan Fletcher, o espaço macio em que Brendan Fletcher repousava sua cabeça vazia e tinha seus sonhos insípidos. Julian não sabia se devia se sentir indignado ou triunfante. O simples fato de estar ali podia contar como uma pequena vitória, ter penetrado tão profundamente no território do inimigo.

Será que se qualificava como vingança se masturbar na cama de Brendan fantasiando com sua mãe? No mínimo, era divertido imaginar a reação de Brendan à notícia.

Ei, Brendan, sua mãe está chupando meu pau.

Ei, Brendan, sua mãe tem peitos incríveis.

Ei, Brendan, sua mãe e uma pessoa bem legal.

Não, espere...

Ei, Brendan, sua mãe gosta do estilo cachorrinho.

Ei, Brendan, eu vou chupar sua mãe.

Ele havia escolhido essa. Ele estava chupando Eve, e ela estava adorando, soltando aqueles gemidos de estrela pornô, como se o mundo todo precisasse saber como ele a estava satisfazendo. Ele a imaginou depilada lá embaixo, embora não tivesse a mínima ideia.

Ei, Brendan, sua mãe tem gosto de morango.

Ele ouviu alguém bater na porta.

Ah, merda.

Ele soltou o pinto assim que a porta se abriu.

— Ei, Julian — Amanda sussurrou. — Está dormindo?

★ ★ ★

Eve acordou com uma sensação vaga de desconforto. Prendeu a respiração e escutou. Havia algo familiar – até um pouco alarmante – no silêncio que a cercava.

Calma...

Ela tinha esses terrores noturnos de vez em quando – uma suspeita apavorante de que um intruso havia invadido sua casa – e sempre era alarme falso.

Não deve ser nada...

E então ela se lembrou e teve uma pequena explosão de alivio.

Ela não estava sozinha.

Graças a Deus.

Talvez Amanda tivesse levantado para beber água. Talvez Julian estivesse passando mal. Todos tinham bebido muito, o que sempre dificultava para dormir, embora Eve tivesse conseguido pegar no sono sem muito problema.

Era bom ter visitas em casa. Reconfortante, e também legitimador – era exatamente o que ela esperava depois que Brendan foi para a faculdade, durante aqueles primeiro e desnorteantes dias no ninho vazio. Ela tinha jurado criar uma nova vida para si mesma, conhecer pessoas interessantes, fazer novos amigos e se divertir um pouco. E, por milagre, havia realmente feito todas essas coisas, e nem tinha demandado tanto tempo e esforço. Ela havia se matriculado em uma matéria. Aceitado um convite. Dado uma festa. Aberto seu coração, e o mundo havia respondido.

Com que frequência isso acontece?

Não acontecia com muita frequência, ela sabia, e por isso não havia abusado da sorte com Amanda, embora desejasse muito. Novos amigos eram coisa rara e valiosa, valiam mais do que uma aventura sexual fugaz que depois só causaria dor e confusão. Percebeu que Amanda tinha ficado decepcionada – pareceu tão desolada na porta do quarto de hóspedes –, mas Eve sabia que havia tomado a decisão certa – a decisão *adulta* –, a decisão que seria melhor para ambas a longo prazo. Algum dia teriam que conversar sobre isso, quando não estivessem bêbadas e nem dormindo sob o mesmo teto. Ela tinha certeza que Amanda entenderia.

Ela ouviu aquele barulho novamente. Não era alto, mas foi sucedido por um gemido de aflição um segundo depois, que parecia vir do quarto de Brendan. Eve saiu debaixo das cobertas. Era uma sensação familiar, tatear pelo corredor no escuro. Parar em frente ao quarto de seu filho, aguçando os ouvidos para escutar o som de uma respiração lenta e contínua que garantiria que estava tudo bem. Mas não foi o que ouviu.

— *Aaaaah*, porra. Você é incrível!
— *Shhhh*.
— Desculpe.
— *Shhhh*.
Vocês só podem estar brincando...
A última vez que aquilo aconteceu, Eve recuou horrorizada. Mas era seu filho, e não seus amigos. Dessa vez, ela abriu a porta – só uma fresta – e espiou lá dentro.

Estava escuro, mas dava para ver bem.

Amanda estava sobre Julian, com o vestido de bolinhas desabotoado até a cintura. Seus seios eram surpreendentemente grandes, a tatuagem era uma sombra manchada. Ela se virou e olhou para Eve. Parecia estranhamente calma, nem um pouco constrangida.

— Sinto muito — ela disse. — Não queríamos te acordar.

— Vocês não têm culpa. — Eve abriu um pouco mais a porta. — Eu tenho sono leve.

Amanda continuou a movimentar o corpo lentamente. Era lindo de se ver, e estranhamente familiar, como a lembrança de um sonho ou de um vídeo. Eve deu um passo à frente.

— Tudo bem? — Julian perguntou.

— Por mim, tudo bem — Amanda respondeu.

Eve chegou mais perto. Pisou em algo estranho, um objeto comprido que ela identificou como um rolo de camisinhas. Ficou feliz em saber que eles estavam fazendo sexo seguro.

Amanda estendeu a mão para Eve.

— Ursula — ela disse, quando seus dedos se entrelaçaram.

Eve se inclinou e a beijou; dessa vez não houve confusão nem rejeição ou necessidade de se desculpar. Foi um beijo longo, lento e acolhedor, e não parou até que Julian levantou a mão e a colocou, de maneira um tanto quanto hesitante, sobre o seio de Eve.

— Tudo bem? — ele perguntou novamente, olhando para ela com expressão de preocupação.

Eve pensou por um segundo.

— Espero que sim — ela disse.

Julian pareceu aliviado.

— Você é uma pessoa muito legal — ele disse a ela.

★ ★ ★

Eu estava enlouquecendo, bebendo sozinho em meu quarto, repassando meus contatos inúteis. Deixei duas mensagens para o meu pai, mas acho que ele já tinha ido dormir, e minha mãe também não atendeu. Becca ignorou meu convite para conversar pelo Skype. Wade precisava estudar para uma prova e o celular de Troy estava ficando sem bateria. Will e Ricco tinham tomado ácido e não estavam falando coisa com coisa. O telefone de Dylan caiu direto na caixa de mensagens, então finalmente tentei Sanjay, porque não consegui pensar em mais ninguém, e ele atendeu de imediato.

— O que você está fazendo nesse exato momento? — perguntei.
— Só estudando.
— Vamos comer uma pizza?
— Não estou com fome.
— Ah, qual é? — eu disse. — Por favor? Só um pedaço.
— Brendan, você está bem?
— Não, cara. — Tentei rir, mas saiu estranho. — Não estou bem.

Ele me disse para procurar o conselheiro do meu dormitório ou talvez buscar assistência médica. Disse que conversar com alguém poderia ajudar. Mas eu não estava com vontade de conversar com ninguém.

— Eu odeio esse lugar. Só quero ir para casa.

Foi bom dizer aquilo em voz alta, mas depois eu comecei a chorar. Levei um tempo para me controlar.

— Desculpe — eu disse. — Eu não estou nada bem.

Dez minutos depois, estávamos no estacionamento dos estudantes C, colocando o cinto de segurança no Subaru da irmã de Sanjay, que na verdade não era dela. O carro pertencia aos pais dele e Sanjay tinha a chave.

— Você não precisa fazer isso — eu disse a ele.
— Não tem problema — ele respondeu. — Sei como é. Fico com saudade de casa o tempo todo.

A estrada estava bem livre àquela hora da noite. A maior parte do movimento era de caminhões grandes, andando em alta velocidade na pista da direita. Sanjay dirigia bem, não era tão hesitante quanto pensei que seria. Também era muito fácil conversar com ele, e ele sabia muito mais sobre esportes e música do que eu imaginava, o que era um alívio, já que o caminho para Haddington era longo. Conversar ajudava a passar o tempo e me distraía do fato de que eu era uma *Enorme Decepção*.

Ele me contou sobre sua namorada, um gênio da Matemática descendente de coreanos chamada Esther. Ela estava no último ano do ensino médio, tentando ingresso antecipado em Harvard. Sanjay esperava que ela não conseguisse entrar e acabasse no Programa Especial da Universidade Estadual de Berkshire, para que finalmente pudessem ficar juntos como pessoas normais.

— Os pais dela são muito rígidos — ele explicou. — Eles não a deixam namorar nem ir a festas. Ela ia no cinema com as amigas, eu ia ver o mesmo filme com os meus amigos, e então nós dois sentávamos sozinhos para podermos nos beijar. Mas uma garota da igreja dela nos viu e depois disso seus pais passaram a não permitir nem o cinema. A gente só podia se ver na escola.

Eles mantiveram as coisas em segredo até o fim do último ano de Sanjay, quando chegou a hora do baile de formatura. Sanjay organizou uma surpresa louca, em que um de seus amigos se vestiu de entregador e entrou na aula de cálculo avançado de Esther com uma caixa enorme em um carrinho de mão. Ele disse: *Entrega especial para Esther Choi!* E então Sanjay saiu da caixa com uma rosa na boca e a palavra *BAILE?* escrita na testa. Todos aplaudiram e Esther o abraçou e disse que sim, é claro que ela iria com ele ao baile. Mas depois telefonou chorando na mesma noite e disse que seus pais não tinham deixado.

— Que droga — eu disse.

Sanjay concordou.

— Foi mesmo uma droga.

Eu devo ter cochilado depois disso, porque quando vi já tínhamos saído da estrada e estávamos em Haddington, passando por todos os pontos familiares que eu não via há um bom tempo. Expliquei para Sanjay como chegar na Overbrook Street e paramos na frente da minha casa. Tirei o cinto de segurança e dei um abraço estranho nele, com um braço só.

— Valeu, cara.

— Se cuida — ele me disse. — A gente se vê daqui alguns dias?

— Sim — respondi. — Talvez.

Saí do carro e esperei ele ir embora. Depois fiquei um tempo parado na calçada. Minha casa parecia adormecida e pacífica, como sempre ficava quando eu chegava tarde. Eu não havia dito para minha mãe que estava indo para casa, então fiquei surpreso ao ver que ela tinha deixado a luz da varanda acesa, quase como se estivesse me esperando.

PARTE QUATRO

A MILF

ACONTECEU *AQUILO*

Eve ficou profundamente aliviada e nem um pouco surpresa quando Amanda pediu demissão, no final de janeiro. A única verdadeira surpresa, dada a confusão em que transformaram sua amizade e seu relacionamento de trabalho, foi ela ter demorado tanto.

— Consegui um emprego na biblioteca — ela disse. — Diretora de eventos infantis. Vou ficar responsável pela contação de histórias, artes e trabalhos manuais, visitas de autores, comemorações de feriados, coisas assim. Mais ou menos como aqui, mas com crianças em vez de idosos. O salário é um pouco melhor do que estou ganhando agora, então é uma vantagem.

— Que ótimo — Eve disse, mas depois se corrigiu. — Quer dizer... sinto muito por perder você. Não preciso nem dizer isso. Você é um membro valioso de nossa equipe. Todos vamos sentir muito a sua falta.

— Também vou sentir a falta de todos. Você é uma ótima chefe.

Ela pareceu completamente sincera, embora nada – Eve sabia – pudesse estar mais distante da verdade. Ela tinha sido uma péssima chefe – completamente irresponsável, sem mencionar legalmente condenável – e havia colocado Amanda em uma situação impossível, não lhe deixando outra saída além de sair.

— Obrigada novamente pela carta de recomendação — Amanda continuou. — Acho que fez muita diferença.

— Eu só disse verdades. Você tem um futuro brilhante pela frente.

Ela tinha usado exatamente essa frase na carta: *Amanda Olney tem um futuro brilhante pela frente*. Ela também era *uma funcionária modelo e um poço de bom humor no escritório*, sem mencionar uma *pessoa de muita iniciativa que revitalizou a Série de Palestras durante sua breve, porém memorável, gestão*. E agora ela estava procurando por *novos desafios mais de acordo com suas habilidades excepcionais*, oportunidades que o Centro para Idosos *infelizmente não era capaz de proporcionar*. Eve compreendia, mesmo enquanto compunha a carta, que estava exagerando um pouco, mas imaginou que era o mínimo que podia fazer.

— Meu último dia é *13 de fevereiro* — Amanda disse. — Que sorte!

— Um dia antes do Dia dos Namorados — Eve acrescentou, nada prestativa.

Amanda confirmou, já ciente do fato.

— Vai fazer alguma coisa?

Eve negou.

— Você vai?

— Nada. — Amanda deu de ombros, como se não fosse nada de mais. — Não me importo. Não gosto muito do Dia dos Namorados. É sempre meio deprimente.

Foi quando ela apareceu, a nuvem cinza que as perseguia onde quer que fossem, o Grande Constrangimento que não podia ser discutido ou desfeito. Parecia completamente impossível até mesmo que tivesse acontecido, só que ela podia – e o fazia com frequência até demais – visualizá-lo com uma nitidez constrangedora, embora apenas em fragmentos cortados, surtos involuntários de lembrança que a faziam se contrair e picar, como se um clarão tivesse estourado perto demais de seu rosto: Amanda gemendo por entre dentes cerrados; Julian repetindo *aaaah, porra, aaaah, porra* várias vezes; os três ofegantes, encorajando um ao outro, trabalhando juntos como um time.

Foi tão estúpido e frustrante. Elas deviam ter sido capazes de superar a estranheza, encontrar um jeito de voltar a serem amigas e colegas de trabalho que poderiam se encontrar para uma bebida de vez em quando, ir ao cinema nas tardes de domingo ou fazer companhia uma à outra na noite mais solitária do ano. Talvez existissem mulheres em algum lugar capazes de fazer isso, colegas que cometeram o erro bobo de ter uma aventura sexual malfadada e depois encontraram um jeito de esquecer e rir da situação, pessoas que simplesmente deram de ombros e disseram: *Bem, aconteceu "aquilo"* e voltaram a ser como eram antes. Teria sido uma forma mais saudável de lidar com tudo, em vez de morrerem um pouco por dentro sempre que se viam, como se as duas tivessem enterrado um corpo no bosque ou algo do tipo.

E não era como se corressem o risco de repetir o erro. Qualquer desejo que sentissem uma pela outra havia se consumido naquela única e lamentável combustão de chamas, e agora não restava mais nada. Elas haviam aprendido isso da maneira mais difícil, depois da festa de

Natal dos funcionários, quando tentaram reacender a chama com um beijo levemente embriagado na sala de Eve que deixara ambas vazias e desestimuladas.

Sei lá, Amanda disse. *Simplesmente não sinto nada*

Eve concordou, sentindo um gosto triste na boca. *Vamos fingir que isso nunca aconteceu.*

Infelizmente, elas não fingiam muito bem. Não conseguiam lembrar como conversar como seres humanos normais nem encontrar uma forma de construir uma cerca em volta daquele erro. No fim, era mais fácil não terem que se ver.

— Boa sorte — Eve disse detrás de sua mesa. — Espero que goste no novo emprego.

Amanda fez cara feia para o chão por um instante, como se estivesse perturbada pelo que via ali. Depois levantou a cabeça.

— Não tenho vergonha do que fizemos — ela disse. — Quero que saiba disso.

— Que bom — Eve disse a ela. — Porque você não tem nada do que se envergonhar.

Diferentemente de Amanda, Eve não tinha o luxo de ter a consciência limpa. Ela não tinha problema em absolver seus parceiros da responsabilidade – eram jovens (Julian mal era maior de idade, pelo amor de Deus), tinham bebido, eram livres para fazer o que quisessem, não eram responsáveis por ninguém além de si mesmos. Aquilo não valia para Eve: ela era a chefe, a dona da casa, a anfitriã, a adulta presente. Aquela que devia saber das coisas. Nada além de egoísmo e insensatez a haviam compelido a atravessar o corredor, invadir o momento particular de Amanda e Julian e transformar seu dueto em um *ménage à trois*. E não, ela não entrou para ter certeza de que Julian estava bem. Talvez no início estivesse preocupada por achar que havia algo errado, mas quando abriu a porta do quarto já sabia o que estava acontecendo. Ela tinha *ouvido* os dois lá dentro.

Só não quis ser deixada de fora.

Tudo se resumia àquilo – mera solidão. Ela não conseguiu suportar a ideia de voltar para o quarto, naufragar novamente na ilha deserta de sua cama. Não queria ficar ali deitada, sentindo pena de si mesma – já havia perdido tanto tempo sentindo pena de si mesma – enquanto eles ficavam com toda a diversão. Então se comportou como uma criança e se convidou para a festa, sem pensar nas consequências.

Levou um tempo para entender a gravidade de seu erro, principalmente porque podia ter sido *muito* pior. Quando Brendan apareceu, sem nenhum tipo de aviso – ele entrou com a chave reserva que eles deixavam embaixo de uma pedra falsa sob o arbusto de azaleias –, o acontecimento principal já tinha terminado, graças a Deus. Amanda tinha ido para casa, constrangida demais para passar a noite, e Eve tinha voltado para seu quarto para processar o que tinha acabado de acontecer. Apenas Julian permanecia na cena do crime, e foi só isso que Brendan viu quando acendeu a luz: um garoto que ele conhecia vagamente da escola dormindo nu em um emaranhado de lençóis e cobertores, um rolo de camisinhas desenrolado no chão, duas embalagens rasgadas e vazias. Brendan pareceu mais confuso do que perturbado, e ficou gritando *Mãe? Mãe?* repetidas vezes, até que Eve finalmente saiu do quarto, segurando as lapelas de seu roupão felpudo cor-de-rosa. Mas, àquela altura, Julian já estava vestindo o jeans, falando com Brendan em um tom de voz calmo, porém assustado, garantindo que estava tudo bem, embora obviamente não estivesse. Eve se sentiu muito mal de mandá-lo para casa de skate no meio da noite, mas pareceu que seria melhor para todos tirá-lo da casa o mais rápido possível.

Depois ela mentiu para o filho – o que mais podia fazer? – dizendo que ela tinha dado um festinha para seus colegas de faculdade e que Julian tinha ficado com uma das convidadas, uma menina chamada Salima, da turma de Gênero e Sociedade. Era uma história ridícula e profundamente injusta – Salima era uma jovem muçulmana modesta que nunca iria a uma festa em que estivessem servindo álcool e muito menos faria sexo com Julian –, mas Brendan felizmente não estava muito interessado na plausibilidade de seu álibi. Ele esperou ela terminar a história e depois anunciou, como se não fosse nada, que ia largar a faculdade, o que Eve presumiu ser uma forma melodramática de dizer que ele estava com saudade de casa ou tinha ido mal em uma prova. Ambos estavam exaustos e constrangidos, cada um por suas razões, e concordaram em continuar a conversa depois que tivessem dormido um pouco e pudessem pensar com mais clareza. Mas primeiro Eve voltou para o quarto dele e trocou os lençóis da cama, mesmo depois que ele insistiu que não precisava, porque ela sabia que era absolutamente necessário.

A proximidade daquela visita – a sensação de vertigem e fraqueza de ver um desastre evitado por pouco, de ter sido poupada de uma humilhação indescritível – a deixou desestabilizada nos dias que se seguiram, impediu que fosse firme com Brendan como deveria. Ela devia ter insistido que ele voltasse para a faculdade *imediatamente*, que ele se esforçasse e estudasse muito e terminasse o que havia começado. Ela devia ter deixado claro que largar os estudos não era uma opção. Mas não conseguiu localizar a mãe ursa que havia dentro dela, não conseguiu encontrar uma forma sincera de acessar a voz da autoridade materna no momento em que mais precisava.

Em vez disso, ouviu e concordou – como se fosse uma amiga e não sua mãe –, deixando dias preciosos irem para o lixo enquanto ela o interrogava gentilmente sobre o que havia dado errado na faculdade e por que ele se recusava a voltar. Passaram horas discutindo o assunto, mas ele nunca conseguiu lhe dar uma explicação convincente. A lista de descontentamentos dele sempre lhe parecia vaga e insuficiente: as aulas eram chatas, um dos professores tinha um sotaque maluco, todos eram muito politicamente corretos, Zack nunca mais estava por perto, a comida era uma droga, ele não tinha nenhum amigo. Tinha que haver mais alguma coisa, mas Brendan era mestre em encerrar a conversa. Se ela o pressionasse demais por detalhes, ele pegava o celular e começava a mexer na tela com uma expressão impaciente e rabugenta, como se fosse um executivo muito ocupado que não tinha tempo para aquelas bobagens.

Desesperada por alguma orientação profissional, Eve ligou para a faculdade e falou com um reitor acadêmico chamado Tad Bramwell. Ele disse o que ela já sabia – a universidade oferecia serviços de aconselhamento psicológico para alunos com problemas emocionais e instrução para quem tivesse problemas com questões do curso –, mas lembrou que era responsabilidade de Brendan procurar aqueles recursos. Por insistência de Bramwell, ela também falou com o orientador acadêmico de seu filho, o professor Torborg, do Departamento de Antropologia, que não pareceu muito preocupado com o problema de Brendan.

— O primeiro ano é um momento de adaptação — ele disse a ela. — Nem todo aluno está disposto ou é capaz de corresponder aos desafios da vida universitária.

Eve ficou furiosa com o que o tom dele sugeria.

— Brendan é muito inteligente. Só é um pouco preguiçoso às vezes.

— Bem — Torborg disse, após uma pausa diplomática. — A senhora o conhece melhor do que eu.

— Você é o orientador dele — ela lembrou. — Talvez tenha alguma orientação?

Torborg parou para refletir intelectualmente sobre a questão.

— Acho que só depende do Brendan.

— É só isso que vai me dizer?

— A escolha é dele. Se ele quiser ficar na faculdade, é melhor que comece a agir de acordo. E se não quiser, é melhor encontrar outra coisa para fazer.

— E se ele não souber o que quer?

— Então é melhor tirar um tempo para descobrir — Torborg disse a ela. — Essa é minha recomendação. Eu tirei um ano sabático depois do ensino médio e foi uma das melhores experiências da minha vida. Fiz mochilão pelo sudeste asiático – Tailândia, Vietnã, Camboja, Nepal... — Ele fez uma pausa, contemplando a memória. — Nossa, o Nepal é lindo.

— Parece ótimo — Eve disse, pouco antes de desligar. — Espero que tenha tirado muitas fotos.

Ted compareceu na noite seguinte para um jantar emergencial de família. Os três se reuniram à mesa da cozinha pela primeira vez em sete anos. Diferente do que Eve esperava, pareceu muito normal – até mesmo reconfortante – tê-lo de volta em casa, cada um em seu lugar de sempre, a ordem do universo temporariamente restaurada.

Ao mesmo tempo, apesar de toda a familiaridade de sua presença, Ted parecia uma outra pessoa, não apenas mais velho e mais gordo – Eve estava feliz em notar aquelas mudanças, embora ambas as coisas também pudessem ser ditas sobre ela –, mas mais calmo, também, não mais irradiando a impaciência que sempre pareceu uma parte tão essencial de sua personalidade. Ele até estava mastigando mais devagar do que antes.

— Está delicioso. — Enfiou o garfo no macarrão com queijo e linguiça de Eve. — Não posso comer isso em casa.

— Esqueci da restrição ao glúten — ela disse. — Espero que não se importe.

— Parece que me importo? — Ted sorriu para Brendan. — Sua mãe cozinha muito bem. Sempre cozinhou.

Por mais satisfeita que Eve estivesse com o elogio – ele nem sempre fora tão efusivo –, ela estava um pouco irritada com seu bom humor, como se aquela fosse uma ocasião social agradável e não uma crise familiar. Era uma parte de seu casamento de que ela se lembrava muito bem – aquela sensação de estar fora de sintonia com os humores de Ted, de sempre ter que nadar contra a maré.

— Como está Jon-Jon? — Brendan perguntou.

— Ele está bem. — Ted acenou com a cabeça ponderadamente, como se confirmasse a própria declaração. — Está desenhando muito na escola. Ele se interessa muito por círculos. Mas nem tanto pelas outras formas.

— Ele pareceu muito bem — Brendan disse. — No Fim de Semana dos Pais.

— Foi divertido — Ted concordou. — Só não tivemos sorte com aquele avião.

Eve ficara sabendo da crise de Jon-Jon no pátio da faculdade. Ela não conseguia nem imaginar a sensação de ver um filho sofrendo tanto e não saber como ajudá-lo, e ainda por cima com todos aqueles estranhos observando.

— Sabe o que fiz semana passada? — Ted perguntou. — Fui treinar rebatidas em um clube. Não fazia isso há anos.

— Eu adorava fazer isso — Brendan comentou.

— Podemos ir — Ted disse a ele. — E depois saímos para comer um hambúrguer. Uma noite de diversão.

— Legal — respondeu Brendan, embora Eve duvidasse que aquilo fosse acontecer. Ted era ótimo em fazer planos, mas não tão bom em executá-los.

A conversa seguiu nesse ritmo por um tempo, Ted e Brendan falando de futebol e debatendo os melhore momentos de *The Walking Dead*, um seriado que ambos amavam e Eve se recusava a assistir. Ela não conseguia deixar de sentir uma certa inveja da ligação entre os dois. A conversa raramente fluía desse jeito quando estavam só ela e Brendan à mesa.

— Bem — ela disse quando todos limparam o prato. — Agora podemos falar sobre o problema que nos trouxe aqui?

— *Sério?* — Brendan murmurou. — O problema que nos trouxe aqui?

Ted tomou a palavra com nítida relutância.

— Semestre difícil, né?

Brendan concordou, incapaz de olhar nos olhos empáticos do pai.

— Quer voltar e terminar? — Ted fez a pergunta com calma, como se estivesse falando com uma criança. — Só falta um mês.

Brendan negou.

— Algum motivo em particular? — Ted perguntou.

Brendan fechou os olhos e deu de ombros, um gesto que combinava mais com um aluno de oitavo ano do que um estudante universitário.

— Eu odeio a faculdade. Não estou aprendendo nada.

— Bem, e de quem é a culpa? — Eve rebateu.

Ted fez um gesto de advertência para silenciá-la. Ele sempre dava um jeito de ser o pai bonzinho.

— Tem certeza disso? — ele perguntou.

Brendan fez que sim. Ted suspirou e olhou para Eve.

— Certo — ele disse. — Então acho que é isso.

— *É isso?* — Eve repetiu a frase sem acreditar. — É tudo o que você tem a dizer?

— Não sei o que mais...

— Então são só dezesseis mil dólares jogados no ralo?

— Eve — ele disse. — Não transforme isso em uma discussão sobre dinheiro.

— Sinto muito por ser tão mercenária. Qual você acha que deveria ser o tema da discussão?

— Nosso filho — Ted disse a ela. — A discussão é sobre o que é melhor para o nosso filho.

Eve concordou, como se estivesse impressionada com a sabedoria superior dele.

— Uau — ela disse, reconhecendo enquanto falava que não estava ajudando ninguém. — *Nosso filho* tem sorte de ter um pai tão dedicado.

Ted ignorou a farpa – fingiu que ela nem havia dito –, outra coisa que ele fazia e que a deixava louca.

— Veja — ele falou, fazendo o possível para incorporar o sr. Sensato. — É uma faculdade grande. Talvez simplesmente não seja o lugar adequado.

Era um argumento válido, Eve sabia, mas não o tornava menos irritante.

— Não me culpe — ela disse. — Não fui eu que...

— Ninguém está *culpando* você — Ted respondeu a ela. — Nossa. Só estou dizendo que as pessoas nem sempre fazem as escolhas certas na vida. Isso não quer dizer que tenham que ficar presas a ela.

Eve tentou rir, mas não saiu nada.

— Você está ouvindo o que está dizendo? — ela disse, mas a pergunta permaneceu sem resposta.

Ted havia voltado sua atenção a Brendan, que estava com uma das mãos sobre a boca como se estivesse prestes a vomitar.

— Você está bem? — Ted perguntou. — Está engasgado?

Brendan fez que não com a cabeça e começou a chorar.

— Sinto muito. — Ele soluçou por entre os dedos. — Eu ferrei tudo.

Eve não se lembrava da última vez que havia visto o filho chorar. Fazia pelo menos cinco anos, ela pensou. Talvez mais. Mas o som foi instantaneamente familiar, como uma música antiga no rádio. Ted esticou a mão sobre a mesa e pegou no braço dele.

— Calma — ele disse.

Brendan se esforçou para recuperar o fôlego.

— Sinto muito por... decepcionar vocês.

— Ei, ei. — Ted balançou a cabeça. — Não diga isso. Ninguém está decepcionado.

Fale por você, Eve pensou. Ted estava olhando para ela com os olhos arregalados, solicitando um pouco de apoio.

— Está tudo bem — ela disse depois de um momento, esticando o braço para acariciar o ombro de Brendan. — Vai ficar tudo bem.

Na manhã seguinte, Brendan preencheu a papelada para deixar formalmente a Universidade Estadual de Berkshire. No dia seguinte, eles foram de carro até a faculdade para retirar seus pertences do dormitório.

Zack não estava por lá para ajudar, não apareceu nem para se despedir. Não demorou muito para colocarem as coisas de Brendan em um grande contêiner laranja, descer com ele pelo elevador e colocar tudo na van. Mal coube tudo, exatamente como no início do semestre – o ventilador, o bastão de lacrosse, os produtos de higiene, o cesto de roupa suja, o tapete enrolado, a mala e os sacos de lixo cheios de roupa. Tudo aquilo parecera repleto de esperança em setembro, um emblema do futuro. Mas agora parecia simplesmente desgastado e deprimente, como se ele tivesse encontrado um monte de porcaria na calçada e decidido levar para casa.

ALGUÉM ME AMA

O Dia dos Namorados era como mais um sábado de inverno, o que já era ruim por si só. Eve se manteve razoavelmente ocupada durante o dia – fazer comida, compras, lavar roupa (o volume havia aumentado muito agora que Brendan estava em casa, principalmente depois que começou a fazer CrossFit), pagar contas, uma caminhada vespertina em volta do lago semicongelado. Quando ela chegou em casa, assou um frango com batatas e couve-de-bruxelas, uma refeição deliciosa e preparada com carinho que ela acabou comendo sozinha porque seu filho tinha outros planos e havia esquecido de mencionar.

— Desculpe — ele disse. — Achei que tinha falado.

— Não.

— Foi mal.

É, ela pensou. *Foi mal.*

— Com quem você vai sair?

— Chris Mancuso — ele respondeu. — Acho que você não conhece.

— Por que não pode comer aqui e depois sair?

— Vamos comer pizza e assistir ao jogo de hóquei. Algum problema?

— Tudo bem. Faça o que quiser.

— Nossa, por que tanto drama? — ele perguntou. — Quando eu estava na faculdade você jantava sozinha todos os dias.

Era verdade, é claro. Ela comia sozinha de bom grado, porque era como devia ser. Sua ausência era parte da ordem necessária e adequada das coisas. Sua *presença* atual era o problema – um grande passo para trás para ambos –, juntamente com a capacidade excepcional que ele tinha de ocupar espaço demais na casa enquanto oferecia tão pouco em troca.

— Você tem razão. — Ela apontou para a porta. — Vá se divertir. Não beba se for dirigir.

— Já sei, já sei — ele disse em tom aborrecido, como se fosse um adulto maduro de quem se pudesse esperar boas decisões. — Aproveite seu frango.

Ela ficou à mesa o maior tempo possível – devia isso a si mesma – e depois arrumou tudo bem devagar, fazendo o que podia para protelar aquele momento perturbador em que não restaria nada para fazer, o início oficial do que ela já sabia que seria uma noite inquieta e melancólica.

Tinha sido assim o inverno todo. Ela tinha dificuldade para relaxar depois que escurecia – não conseguia se encolher com um livro ou sossegar por tempo suficiente para assistir a um filme do início ao fim. A ansiedade a deixava com excesso de energia, uma sensação irritante e turbulenta de que precisava ir a algum lugar, necessitava fazer alguma outra coisa – algo urgente e importante. Mas a verdade é que não havia nenhum lugar para ir e nada para fazer.

Toda a liberdade que ela havia vivenciado no outono, aquela sensação eufórica de desbravar novos horizontes, tinha desaparecido. Ela não estava mais estudando, não era mais uma aluna perplexa com as teorias feministas, que bebia e dançava com os amigos, explorando sua sexualidade, cometendo erros idiotas, mas por vezes arrebatadores. Era apenas uma velha mãe comum, cortando cebolas, sentindo-se desprezada e tirando fiapos do filtro da máquina de lavar roupa. Sua vida parecia encolhida e comprimida, como se o mundo a tivesse enfiado de volta em uma caixa muito conhecida, mas que já não tinha mais tamanho suficiente para contê-la. Só que o mundo não tinha feito nada. Havia se voluntariado ao confinamento, entrando na caixa e puxando a tampa sobre sua cabeça.

Ela disse a si mesma que havia feito isso pelo bem de Brendan. Afinal, *ele* era o estudante universitário na família, não ela, apesar de ter concluído seu primeiro semestre com distinção e excelência, tirando nota dez na matéria de Margo e um elogio pelo trabalho final, que explorava a frágil relação entre o(s) feminismo(s) radical(is) e o movimento transgênero.

Ficou excelente!!! Margo havia escrito atrás do trabalho com uma letra cursiva desleixada e quase ilegível que Eve não conseguiu deixar de associar a uma letra masculina, mesmo sabendo ser um reflexo mental defeituoso, uma espécie de transfobia residual. Mas Brendan vinha em primeiro lugar: era ele que realmente precisava estudar na faculdade durante a primavera, e a faculdade comunitária era o lugar mais lógico para fazer isso. Eve compreendia que era um momento complicado de sua vida acadêmica – a autoconfiança dele estava muito baixa – e parecia certo lhe dar um pouco de espaço, poupá-lo do constrangimento de estudar na mesma faculdade que sua mãe, de cruzar com ela na biblioteca – se ele realmente *fosse* à biblioteca – ou ter que comprar suas notas às dela.

Na época, pareceu um sacrifício pequeno – um breve hiato em sua educação continuada –, mas acabou sendo uma perda muito maior do que ela previa. Sem uma aula para tirá-la de casa – para concentrar seu pensamento e propiciar contato com uma comunidade de pessoas com ideias afins –, sua vida intelectual perdeu energia e sua vida social entrou em coma. Ela se sentia como uma adolescente de castigo para sempre por conta de um erro idiota, embora também fosse a mãe que impusera o castigo, o que significava que, como sempre, ela não tinha ninguém para culpar além de si mesma.

* * *

Chris quis comer a última asinha de frango. Eu disse que ele podia pegar.

— Esse frango é muito bom — ele disse.

Concordei, e tinha uma grande pilha de ossos sobre o prato para provar. Mas também me sentia um pouco culpado, porque minha mãe havia preparado um frango inteiro em casa e cá estava eu, comendo asinhas apimentadas em uma pizzaria.

— Perto da minha faculdade tinha um lugar que fazia umas asinhas incríveis. Cara, entregavam até umas duas da manhã nos fins de semana. — Ele estava com aquele olhar distante e ficou acenando com a cabeça por um bom tempo. — Sinto falta daquelas asinhas.

Chris sentia falta de muitas coisas da faculdade. Seus companheiros de fraternidade, os colegas do time de rúgbi, uma sorveteria sensacional que tinha casquinhas com cobertura de chocolate, todos os bares da 12th Street que não se importavam se você apresentava identidade falsa, e agora aquelas asinhas.

— Bons tempos — ele me disse.

Chris e eu nos conhecíamos do time de futebol da Haddington High, mas ele era dois anos mais velho, titular do time quando eu ainda esquentava o banco. Tinha ouvido falar que ele tinha ido para uma daquelas faculdades pequenas da Pensilvânia, então tive uma surpresa agradável quando o vi no corredor da faculdade comunitária, onde quase nunca via nenhum conhecido do ensino médio (a única exceção era Julian Spitzer, que parecia surgir em todos os cantos, embora sempre passássemos um pelo outro como se não nos conhecêssemos, como se eu não o tivesse encontrado dormindo na porra da minha cama aquela noite, uma lembrança que ainda me causava arrepios). Chris explicou que tinha voltado para casa aquele semestre devido a umas bobagens disciplinares e disse que devíamos sair para tomar cerveja algum dia. Achei que ele estivesse dizendo aquilo só para ser simpático, mas repetiu a oferta quando nos encontramos no CrossFit, e eu não tinha mesmo nada para fazer.

— Acho que você vai ficar feliz quando voltar — eu disse.

— Não sei se vou voltar. — Ele limpou a boca com um guardanapo, mas deixou uma mancha de gordura no queixo. — Vai ser um saco sem a fraternidade.

— Como assim?

— Eles nos obrigaram a encerrar as atividades. Cinco anos de suspensão.

— Por quê?

— Por causa do garoto. Não ficou sabendo?

— Acho que não.

— Hum. — Ele pareceu surpreso que aquilo não fosse um assunto de conhecimento de todos. — Um calouro morreu por intoxicação por álcool em nossa casa. Saiu na internet.

— Que merda. Você estava lá?

— Mais ou menos. Quer dizer... eu estava jogando hóquei de mesa na sala de jogos, não tive nada a ver com o assunto. Vi esse garoto cambaleando por lá, mas ele não era o único. Todos os calouros tinham enchido a cara. — Ele abaixou a aba do boné, como uma celebridade que não queria ser reconhecida. — Acho que ele saiu para vomitar e todo mundo esqueceu dele. Meu amigo Johnny encontrou o cara no pátio na manhã seguinte.

— Nossa. Quanto ele bebeu?

— Uma porrada de doses de vodca.

— Tipo, quantas?

— Sei lá. — Chris parecia irritado. — Era a porra de uma competição de bebedeira. Todo mundo fala como se fosse nossa culpa, como se tivéssemos enfiado bebida pela garganta dele. Mas ele estava gostando. Gritando e cumprimentando todo mundo. Estava se divertindo como nunca.

Ele parou de falar, como se percebesse que aquela não era a melhor forma de dizer aquilo.

— Tivemos que escrever cartas de desculpas para os pais dele, o que foi horrível. E depois vieram as audiências e toda a fraternidade foi suspensa. Independentemente de quem estava envolvido ou não. E agora, se eu quiser voltar, tenho que passar novamente pelo processo seletivo. Para cursar o último ano. Acredita nessa merda?

— Uau! — exclamei. — Achei que você só tivesse reprovado em alguma matéria.

— Pelo menos faria mais sentido.

— E o que você vai fazer?

Chris pegou outro guardanapo. Em vez de limpar a boca, ele o desdobrou com cuidado e colocou sobre o prato, como se cobrisse os ossos com um cobertor.

— Talvez eu entre para os fuzileiros navais — ele disse. — Só para dar o fora daqui, sabe?

★ ★ ★

O Facebook não a deixava esquecer nem por um segundo que dia era, mostrando uma enxurrada de imagens de coração e flores, uma corrente aparentemente interminável de memes melosos, fotos de casais felizes e declarações de amor a parceiros fiéis.

Obrigada, Gus, por vinte e dois anos de rosas vermelhas!
Um jantar romântico para dois no Hearthstone Inn. Sou tão abençoada...
Esse homem maravilhoso não apenas fez o meu DIA feliz! Ele fez minha VIDA feliz!
Eu te amo Mark J. DiLusio!!!
Perto da lareira, abraçada com meu lindo marido no Dia dos Namorados. Alguém vai ganhar uma surpresinha hoje à noite... #momentosafada

Ela fez o possível para levar numa boa, reagindo com algumas curtidas indiferentes e comentários positivos, mas desistiu depois de alguns minutos de ressentimento. Não que invejasse a felicidade das amigas – ela não era esse tipo de pessoa –, apenas queria que elas não falassem tanto sobre isso, que fossem um pouco mais reservadas.

Vocês venceram, ela pensou. *Não precisam tripudiar.*

Ela sabia que as vencedoras não *achavam* que estavam tripudiando – em sua inocência, estavam apenas comemorando aquele dia, compartilhando um sentimento doce com as pessoas que se importavam com elas –, mas era difícil para Eve não levar para o lado pessoal, não se sentir uma adolescente chorona que estava em casa enquanto todo mundo estava dançando músicas lentas no baile. Seria muito mais fácil ser uma perdedora quando não existiam redes sociais, quando o mundo não era tão adepto de esfregar isso na sua cara, mostrando em tempo real toda a diversão que você estava perdendo.

★ ★ ★

Eu não estava super a fim de me divertir com um bando de garotos do ensino médio – é meio estranho depois que você se forma –, mas Chris queria muito ir. Ele era amigo da garota que estava dando a festa e disse que ela era totalmente desencanada e pé no chão, apesar de estudar na Hilltop Academy, uma escola particular que custava quase o mesmo que uma faculdade de ponta.

— Como você conhece essa menina? — perguntei. Alunos da Haddington High normalmente não se misturavam aos alunos da Hilltop.

— Conheço do acampamento de férias. Ela foi minha monitora. Rolava muita paquera, mas nunca ficamos juntos. Espero avançar um pouco desta vez.

— Legal — eu disse. — Você se importa se eu te deixar lá e for embora? Não estou muito a fim de festa.

— *Cara* — ele disse, como se eu não estivesse correspondendo às suas expectativas. — Só entre e tome uma cerveja. Se não gostar, tudo bem. Mas não comece com frescura.

O nome da amiga dele era Devlin e ela morava em Haddington Hills, no que parecia uma casa normal, só que umas quatro vezes maior do que qualquer casa em que eu já havia estado. Ela era meio asiática e muito bonita, estava com uma minissaia preta e meias brancas até o joelho. Um coração de cartolina pregado à roupa dizia: *você é meu namorado?*

— Ai, meu Deus. — Ela deu um abraço apertado em Chris, como se ele tivesse acabado de retornar dos mortos. — É tão bom te ver.

— É bom te ver também — ele disse. — Esse é meu amigo Brendan.

Ela ficou séria e olhou para mim, com o coração todo amassado pelo abraço.

— Você vai ter que me ajudar a convencê-lo a mudar de ideia.

— Mudar de ideia em relação a quê?

— Entrar para os fuzileiros navais. É loucura.

— Boa sorte com isso — Chris disse a ela. — Brendan vai entrar comigo.

Ela apertou os olhos, consternada.

— Sério?

— Por que não? — eu disse. — É um trabalho que alguém precisa fazer.

Eu estava só brincando, acompanhando Chris, mas Devlin não sabia. Ela contou para alguns amigos e logo a história se espalhou por toda a festa. Era o assunto do momento, mas eu não me importei, porque me poupou do constrangimento de ter que explicar que havia desistido da faculdade, voltado para a casa da minha mãe e que atualmente estava na faculdade comunitária.

A maioria das garotas com quem falei era extremamente contra meu alistamento – algumas disseram que eram pacifistas e outras apenas que achavam perigoso demais ou que fazia mais sentido entrar para o Corpo da Paz, para ajudar pessoas em vez de tentar matá-las. Alguns garotos eram mais empolgados e perguntaram se eu havia considerado entrar para as Forças Especiais, porque aqueles caras eram os verdadeiros fodões, os Rangers, os Seals e a Força Delta.

A melhor conversa que tive foi com um garoto moreno chamado Jason, um corredor de meio-fundo que iria estudar na Dartmouth no outono. Ele tinha feito uma aula de Literatura de Guerra Contemporânea e me falou sobre um monte de livros de que havia gostado – o único de que eu já tinha ouvido falar era *The Things They Carried,* que li na aula de Inglês do segundo ano do ensino médio – e depois mudou para filmes. Nossos gostos eram bem parecidos – ambos curtíamos *O grande* herói, *Guerra ao terror* e também de *Trovão tropical*, que não era bem um filme de guerra, mas ainda assim era hilário.

— Mas não é muito politicamente correto — ele disse. — Sei que não era para eu rir do Robert Downey Jr. fazendo *blackface*, mas, porra. O que é engraçado, é engraçado, não é?

— Com certeza — respondi, e encostamos as garrafas, fazendo um brinde.

Jason era um dos poucos caras na festa com um coração de papel pregado ao peito. O dele dizia: *alguém me ama!* Ele bateu na cartolina com dois dedos.

— Certo — ele disse. — Preciso voltar para minha garota antes que alguém a roube.

Depois disso, dancei com a amiga de Devlin, Addison, cujo coração dizia: *faça uma oferta*. Eu não dançava desde o encontro com Amber e me senti muito bem movimentando o corpo no escuro, ficando todo suado e sendo ridículo com um monte de gente legal que eu tinha acabado de conhecer. Era quase como se eu tivesse voltado para a faculdade, só que era uma faculdade melhor do que a Universidade Estadual de Berkshire, e eu era uma pessoa melhor também, um cara ponderado com opiniões interessantes e um plano sólido para o futuro.

Eu só tinha tomado duas cervejas, então não estava nem perto de estar bêbado, mas precisava achar um banheiro. Addison me disse que ficava no fim do corredor, passando a saleta.

Eu me distraí um pouco no caminho. O corredor era longo, e as paredes estavam repletas de fotografias de Devlin e seu irmão mais novo, sua mãe e seu pai, uma família de pessoas bonitas que parecia viver perto da água – praias, lagos, piscinas, fontes – e estavam sempre rindo de alguma coisa quando as fotos eram tiradas.

O primeiro cômodo que encontrei era um escritório, e o segundo tinha um tapete de ioga no chão, junto com uma bola para exercícios bem grande. Encontrei a saleta na terceira tentativa – estantes de livros, lareira, poltronas de couro.

— Desculpe — eu disse, porque havia também um sofá, e ele estava ocupado por Jason e a garota com quem estava se agarrando. Eles estavam se pegando para valer, e minha chegada os assustou. — Eu só estava tentando...

— Tentando o quê? — Jason disse depois de um estranho momento de silêncio.

Não respondi. Fiquei olhando fixamente para a garota. Ela estava olhando para mim também, tão confusa quanto eu.

— Becca? — eu disse. — O que você está fazendo aqui?

★ ★ ★

Eve fechou os olhos e soltou um suspiro pesado, como sempre fazia antes de começar a assistir pornografia. Era algo entre uma confissão de derrota e uma tentativa de esvaziar a cabeça, criar um espaço mental livre de julgamento e aberto à sugestão erótica.

Ela havia diminuído muito o consumo de pornografia nos últimos meses – era um ponto positivo da volta de Brendan –, mas ainda se via visitando o milfateria.com de tempos em tempos, normalmente em noites como aquelas, em que ela ficava entediada e solitária, procurando algo que a animasse ou pelo menos a distraísse um pouco.

Eu também mereço um pouco de prazer, ela lembrou a si mesma, o que não seria uma atualização de status tão ruim – sem contar um epitáfio para sua maldita lápide –, se ela ao menos tivesse coragem para postar.

Ela não achava que Brendan chegaria em casa cedo, mas subiu e trancou a porta do quarto, só para não correr nenhum risco.

Depois tirou a calça, foi para a cama e começou a procurar, clicando nas imagens que lhe chamavam a atenção.

No milfateria.com, pelo menos, ninguém sabia que era Dia dos Namorados. As pessoas dos vídeos pornô só faziam o que faziam, o dia todo, todos os dias, com energia ilimitada e um entusiasmo incansável, independentemente do calendário. Eles fodiam no Natal, no Dia da Terra, no Dia da Independência e no Dia de Ação de Graças; a foda não era nem um pouco afetada por guerras, ataques terroristas ou desastres naturais. Eles nunca ficavam doentes, nunca ficavam cansados, nunca ficavam velhos. Alguns já deviam estar mortos, Eve se deu conta, embora não tivesse como saber quais. Mas lá estavam eles, em sua tela, mandando ver sem preocupações, divertindo-se para valer.

Bom para vocês, ela pensou. *Continuem fazendo o que estão fazendo*.

Ela estava feliz por eles, mas não especialmente excitada, o que não era incomum nas últimas semanas. Ela simplesmente não sabia mais o que queria. Os vídeos com MILFs lésbicas a deixavam nervosa, e ela não havia conseguido encontrar uma nova categoria para ocupar o lugar. Alguns itens do menu pareciam um pouco familiares demais, enquanto outros eram *extremamente* específicos. Normalmente, acabava experimentando os vídeos caseiros, mulheres comuns fazendo sexo sem complicações, na maior parte das vezes com seus maridos, se a breve descrição que acompanhava os vídeos fosse verdadeira.

O problema era que Eve tinha se tornado muito mais interessada nas mulheres do que no sexo. Ela ficava tentando imaginar quem eram e como tinham ido parar em seu computador. Haviam se prontificado ou seus parceiros as pressionaram? Alguma vez passou pela cabeça delas que seus filhos algum dia poderiam ver os vídeos? E seus pais? Vizinhos e colegas de trabalho? Estavam em negação ou simplesmente não se importavam? Ou talvez estivessem orgulhosas, como se finalmente estivessem tendo uma chance de mostrar ao mundo sua melhor versão.

Ela deve ter clicado em vinte vídeos diferentes, procurando algo que a tirasse de sua cabeça e a levasse para seu corpo, mas nada funcionou. Era triste fracassar na masturbação – mais uma vez, ela não tinha ninguém para culpar além de si mesma –, mas pelo menos era melhor do fracassar com um parceiro. Não era preciso fingir nada nem pedir desculpas, oferecer consolo, ou fingir que não foi nada. Bastava fechar o computador, balançar a cabeça e encerrar noite.

★ ★ ★

Tentei encontrar Chris antes de ir embora da festa, mas alguém me disse que ele tinha subido para os quartos com Devlin. Imaginei que ele tivesse se dado bem e fui pegar meu casaco. Foi quando Becca me alcançou.

— Sinto muito, Brendan. — Ela estava parada na porta, bem-arrumada como sempre – todos os botões abotoados, todos os fios de cabelo no lugar –, bem diferente de como ele a havia visto na saleta. — Eu devia ter te contado.

Os casacos estavam todos empilhados e metade deles eram jaquetas de náilon pretas como a minha.

— Que se dane — eu disse, jogando de lado uma parca feminina vermelha. — Acho que você não estava tão ocupada como pensava.

Eu tinha tentado voltar com ela no início de dezembro, poucas semanas depois que voltei a morar em casa, mas ela alegou que estava soterrada com coisas para estudar, além das inscrições para a faculdade, e não tinha tempo para relacionamentos.

— Eu ia te mandar uma mensagem — ela disse.

Era difícil olhar para ela naquele momento, não só porque eu meio que havia esquecido como ela era linda, mas também porque ela estava usando uma cartolina de papel que dizia exatamente a mesma coisa que a de Jason: *alguém me ama!*

— Como vocês se conheceram? — perguntei.

— Pelo Instagram — ela disse. — Ele é um cara bem legal.

Encontrei meu casaco. Sabia que era o meu porque minha mãe havia escrito minhas iniciais na etiqueta interna antes de eu ir para a faculdade.

— Eu sei — eu disse. — Conversei com ele um pouco antes.

Tentei passar por ela e sair, mas ela segurou meu braço.

— Brendan? — ela perguntou. — Você vai mesmo entrar para os fuzileiros navais?

— Estou pensando a respeito.

Ela ficou me encarando por alguns segundos, como se estivesse tentando me imaginar de uniforme azul.

— Sabe de uma coisa? — ela disse. — Acho que seria muito bom para você.

Eu não estava com vontade de ir para casa, então fiquei dirigindo pela cidade. Quando fiquei entediado, fui até a escola e sentei na última fileira da arquibancada, de frente para o campo de futebol. Wade, Troy e eu tínhamos feito aquilo algumas vezes no verão. Era uma coisa meio nostálgica, uma forma de lembrar de nossos dias de glória.

Não estava muito frio para fevereiro, acho que por causa da mudança climática, mas talvez fosse apenas um padrão climático, a Corrente do Golfo ou algo assim. Eu não sabia tanto sobre aquele assunto quanto deveria. Tinha lido um capítulo para a aula de Redação que dava a impressão de ser o fim do mundo, mas não parecia ser assim na vida real. Simplesmente parecia uma ótima noite.

Agora que o baque passou, percebi que não estava tão chateado por causa da Becca. Queria ficar com raiva dela por ter mentido para mim em dezembro, mas sabia que ela estava apenas tentando ser legal, me dispensando com cuidado ao dar aquela desculpa de estar ocupada demais para um relacionamento. E eu não podia culpá-la por ficar com Jason, embora desejasse que ela tivesse encontrado alguém um pouco mais comum, que não fizesse eu me sentir tão otário em comparação.

A única garota que estava me deixando realmente chateado era Amber. Eu havia mandado várias mensagens para ela em dezembro e janeiro, apenas para manter contato, tentando iniciar um diálogo, mas ela ameaçou me bloquear se eu continuasse perturbando-a. Desde então, não tinha tentado contatá-la, então imaginei que talvez já tivesse se acalmado um pouco. Pensei em dizer a ela que ia entrar para os fuzileiros navais – isso pelo menos chamaria sua atenção –, mas de jeito nenhum eu me alistaria de verdade. Não tinha interesse nenhum em raspar a cabeça, e menos ainda em ir para o Afeganistão.

Tinha muita dificuldade em pensar no que dizer. Já tinha pedido desculpas um milhão de vezes e aquilo não tinha me levado a lugar nenhum. Não conseguia pensar em nada divertido ou espirituoso, ou mesmo interessante, então apenas lhe desejei um feliz Dia dos Namorados e deixei por isso mesmo. Ela não respondeu, mas meu telefone mostrou que ela havia visto a mensagem, o que, eu imaginei, era melhor do que nada.

★ ★ ★

Eve estava dormindo profundamente quando tocou uma notificação em seu telefone, acordando-a com um susto. Ela se sentou e se descobriu. Seu cérebro grogue elencava situações desastrosas enquanto ela digitava a senha.

A mensagem era de um número desconhecido. Eram três palavras, uma piadinha triste do universo.

Feliz Dia dos Namorados!

Ela respirou fundo por um instante para estabilizar os batimentos cardíacos.

Quem é?

Houve uma breve pausa, e depois uma notificação agradável.

Sou eu Julian

O brilho da tela era forte demais. Os dedos de Eve pareciam gordos e desajeitados enquanto ela digitava.

Como conseguiu esse número?

Lista da turma... do último semestre

Seria possível? Eve não se lembrava de ter anotado o número de seu celular em nenhuma lista da faculdade. Mas talvez tivesse feito aquilo. Em todo caso, outra mensagem já havia chegado.

Estou atrapalhando?

Ela não sabia bem como responder. Era gentil da parte dele lembrar dela no Dia dos Namorados. Mas não no meio da noite. Aquilo não era certo. Só que ainda não era tão tarde, segundo o relógio em sua mesa de cabeceira, apenas alguns minutos depois das onze. De qualquer modo, Julian já havia passado para a próxima pergunta:

Vc tá na cama?

E mais uma:

Vc tá nua?

Eve puxou as cobertas, cobrindo as pernas. Não estava nua, mas estava quase. Estava usando apenas uma calcinha e uma camiseta, embora não fosse da conta dele.

Julian... por favor, não faça isso.

Fez-se uma pausa mais longa.

Vc não sente a minha falta?

Aquela pergunta era mais fácil. É claro que ela sentia a falta dele, assim como sentia falta de todos os novos amigos que fizera no outono – Amanda, Margo, Dumell, toda aquela turma efêmera. E ela também devia desculpas a ele, por tudo o que havia acontecido naquela noite de novembro, e por ignorar os e-mails que ele havia mandado nos dias seguintes. Mas não era hora nem lugar para aquele tipo de conversa.

Você andou bebendo?, ela perguntou.

Tô muito bêbado

Onde você está?

A resposta dele chegou em várias partes, uma pilha de balões que se acumulavam rapidamente.

Vermont
Visitando meu amigo na universidade
Tinha uma menina dando em cima de mim em uma festa
e eu só fiquei pensando
que preferia estar com vc

Eve riu, porque era louco ele ficar pensando nela naquelas circunstâncias. Só que não era tão louco assim.

Nem um pouco, se ela fosse parar para pensar.

Essa menina, Eve escreveu, porque de repente sentiu necessidade de saber. *Era bonita?*

Acho que sim
Como ela era?

Julian precisou de um momento para reunir seus pensamentos.

Vc é mais gata

Você é muito gentil, ela disse, acrescentando um emoji de sorriso. *Estou lisonjeada.*

Mais duas mensagens chegaram assim que Eve enviou as dela.

Bato punheta o tempo todo pensando em você

Eve fez uma cara feia. Um som melancólico escapou de sua garganta.

Julian... Isso não é uma boa ideia.

Tô de pau duro agora mesmo

Ela fechou os olhos e tentou não pensar naquilo.

Posso mandar uma foto, ele acrescentou.

Boa noite, Julian. Vou desligar meu telefone agora.

Ele não protestou nem tentou fazê-la mudar de ideia.

boa noite eve

Ela não desligou o telefone de verdade, mas ele não mandou mais nenhuma mensagem, o que, de certo modo, era uma pena, porque ela sentia a falta dele de verdade, e achou que ele gostaria de saber – não que ela algum dia fosse contar – que ela estava se tocando e pensando no corpo dele. O orgasmo que havia lhe escapado antes de repente ficou ao seu alcance – bem ali, na ponta dos dedos – e muito mais intenso do que qualquer um de que se lembrava recentemente.

Obrigada, ela gostaria de dizer a ele. *Obrigada por isso.*

DIRTY MARTÍNI

Eve sabia que era hora de começar a namorar novamente – era uma de suas três principais resoluções de Ano-Novo –, mas era difícil encontrar motivação, convencer a si mesma de que teria mais sucesso dessa vez do que havia tido no passado.

Sentindo a necessidade de apoio moral, convidou suas amigas mais próximas – Peggy, Jane e Liza – para uma sessão motivacional na Haddington Brasserie e Lounge. Fazia meses que elas não se reuniam para uma noite só de mulheres – todas haviam estado muito ocupadas no outono – e aproveitaram a oportunidade para sair de casa em uma noite de meio de semana no fim do inverno, para beber algumas taças de vinho e colocar sua sabedoria romântica coletiva para funcionar em nome de uma causa tão boa.

Por mais empolgadas que estivessem para elaborar estratégias sobre a retomada da vida amorosa de Eve, começaram a noite como de costume, com uma rápida atualização sobre os filhos, motivo pelo qual tinham ficado amigas: jovens mães no pátio da escola, nas laterais dos jogos de futebol, em peças escolares, cerimônias de premiação e formaturas, toda uma era de suas vidas – parecia tão permanente enquanto estava acontecendo – que havia ficado no passado de repente. Apenas um capítulo e não toda a história.

Jane sentia falta de suas filhas, as gêmeas inteligentes e amáveis que estavam indo muito bem na faculdade. O filho de Liza, Grant, havia acabado de embarcar e passaria um semestre em alto-mar, e as fotos estavam incríveis. Peggy ficou empolgada ao contar que Wade havia sobrevivido às provas finais, esforçando-se depois de algumas notas desastrosas nas provas bimestrais, e conseguindo passar em todas as matérias, um resultado melhor do que todos esperava.

— Que ótimo — Eve disse. — Você deve estar muito orgulhosa dele.

Peggy confirmou com relutância, desculpando-se pelo orgulho. Jane e Liza olhavam para Eve com expressões idênticas de empatia.

— Brendan está *bem* — ela disse, desviando da pena delas. — Ele só passou por momentos difíceis. Só queria saber de festa e... sei lá. Algo não deu certo. Ele ainda precisa crescer um pouco.

— Logo ele vai superar — Liza disse.

— Pensando no lado positivo — Jane acrescentou —, pelo menos ele está em casa. Deve ser bom.

— Acho que sim. Mas eu estava me acostumando a ter minha própria vida novamente. Não quero perder isso. Só quero sair e me divertir um pouco, sabe?

As amigas de Eve estavam lá para estimulá-la, confiantes de que ela encontraria o amor na internet, ou pelo menos conheceria alguém atraente. Só era preciso entrar com uma atitude positiva.

— Uma amiga da minha irmã, Denise, conheceu um cara ótimo no Match.com — Jane disse. — Eles acabaram de se casar. O marido é um pouco mais velho, é dermatologista aposentado. Eles viajam o tempo todo. Ela não poderia estar mais feliz.

— Quando você diz um pouco mais velho — Eve perguntou —, estamos falando de alguém na faixa dos cinquenta, sessenta e poucos?

— Está mais para setenta e tantos — Jane respondeu. — Mas ele está em boa forma.

— Pode parar bem aí — Eve disse. — Não quero namorar um cara de setenta e poucos anos. Não me importa se é ativo ou não.

— A questão é que Denise contratou uma *coach* de relacionamento e foi por isso que as coisas deram tão certo. A *coach* a ajudou a escrever seu perfil, recomendou um fotógrafo profissional para tirar as fotos e a aconselhou sobre como responder aos homens que entravam em contato. Ela conduziu Denise por todas as etapas. — Jane olhou para Eve. — E apenas algo para se considerar.

— Só por curiosidade — Eve disse. — Você sabe quanto isso custaria?

— Muito — Jane admitiu. — Mas Denise disse que foi o melhor investimento que ela já fez.

Peggy deu um tapinha no pulso de Eve.

— Você não precisa de *coach*. Você tem suas amigas.

— Eu certamente preciso de ajuda com meu perfil — Eve disse. — Sempre pareço tão tediosa. O que posso dizer?

— Apenas seja sincera. — Jane contou nos dedos. — Você é uma boa mãe, uma ótima amiga, muito boa em seu trabalho...

— Está vendo? — Eve afundou na cadeira. — Você está confirmando o que eu disse. Estou quase dormindo só de pensar sobre mim.

— Não se estresse com o perfil — disse Liza, que estava divorciada há mais tempo que Eve e tinha experimentado todos os sites de namoro do universo, sem êxito. — Acredite em mim. A única coisa que importa é a foto. Você precisa encontrar um bom fotógrafo e vestir algo justo e decotado. É o que eu faria, se tivesse seu corpo.

— Ela tem razão, concordou Peggy. — Vá a um salão e faça uma escova no cabelo. Talvez contrate alguém para fazer sua maquiagem. Você só tem uma chance de causar a primeira impressão.

De maneira geral, Eve estava feliz com seus cabelos. Eram grossos, mas controlados e, ao contrário de outras partes de seu corpo, haviam suportado a transição para a meia-idade sem perder muito do movimento e do brilho da juventude. Ela precisava tingir, é claro, mas era a única intervenção séria. Com trinta e poucos anos, tinha feito uma breve experiência com um corte chanel ousado e esportivo, mas não deu muito certo, provavelmente porque ela não era uma pessoa ousada e esportiva. Rapidamente voltou para seu corte consagrado – longo e reto, repartido no meio, como uma cantora de folk em uma cafeteria – a menos que estivesse no trabalho. Nesse caso, optava pela disciplina profissional de um coque, um rabo de cavalo puxado para trás ou uma presilha com estampa de tartaruga.

Era um visual seguro e familiar, e ela estava começando a se perguntar se podia ser um problema. Porque compreendia, até certo ponto, que Liza tinha razão, que era preciso passar uma impressão confiante para dar certo no mundo implacável dos relacionamentos on-line, principalmente quando se cruzava a fronteira dos quarenta. E Eve suspeitava cada vez mais que o penteado que alternava entre Joan Baez e assistente social que usou na maior parte de vida adulta não daria conta do recado.

— Certo — ela anunciou, acomodando-se na cadeira do salão. — Vamos fazer algo diferente para variar.

Seu cabeleireiro – ele atendia por Christophe, embora seu nome de batismo fosse Gary – ficou feliz.

— Como vai querer?

— Você é o especialista. Aceito sugestões.

Ele a observou no espelho, gesticulando com a cabeça de modo confiante, como se já tivesse um plano.

— Nada muito maluco — ela alertou.

Ele começou mudando a cor de seus cabelos – era naturalmente escuro, cor de mogno beirando ao preto – para um tom iluminado de castanho-dourado que destacava a cor de seus olhos. Depois mudou a risca do meio da cabeça para lateral e começou a cortar, primeiro de forma bruta, para ajustar o comprimento, e depois com mais cuidado, emoldurando seu rosto em uma série de camadas engenhosas que davam a ilusão de algo simples e natural, enfatizando a forma oval e graciosa de seu rosto e a curva elegante do queixo – ela não tinha ideia de que seu queixo era elegante – enquanto ao mesmo tempo ocultava algumas das áreas menos atraentes de seu pescoço. Quando ele terminou a escova, Eve olhou para si mesma e ficou maravilhada.

— Minha nossa — ela disse quando Christophe soltou o velcro da capa. — Você é um gênio.

Ele rejeitou o elogio.

— Você sempre foi assim — ele disse. — Só precisava sair da concha.

Durante toda aquela tarde, Eve não saiu da frente do espelho, esperando o arrependimento pós-corte de cabelo de sempre aparecer, mas em vez da sensação de pesar que ela conhecia tão bem – *Onde eu estava com a cabeça? Por que eu faço essas coisas?* – ela só teve uma sensação renovada de agradável surpresa.

Só para garantir que não estava louca, ela tirou uma *selfie* e a postou no Facebook, juntamente com a legenda casual *Novo corte de cabelo*. A reação foi instantânea e preponderantemente positiva, mais de vinte curtidas nos primeiros dez minutos, e muitos comentários animadores das amigas.

Foi gratificante, mas por pouco tempo. Seu humor escureceu quando caiu a noite, outra noite de sábado sem nada para fazer. Para que ter um novo corte de cabelo fabuloso se ninguém ia ver, à exceção de Brendan, que só notou quando ela pendurou uma placa no pescoço?

— Cortei o cabelo hoje de manhã — ela disse. — O que acha?

Ele a observou por um ou dois segundos e depois fez um gesto rápido de aprovação.

— Legal — ele disse. — Foi aquele cara que cortou? O francês?

— Christophe.

— Ele é gay, não é?

— Acho que sim. E isso faz diferença?

— Não no mau sentido — ele respondeu. — É só que o cara tem nome de gay e profissão de gay. Seria meio confuso se ele fosse hétero. Desse jeito é melhor para todo mundo.

Brendan saiu por volta das oito da noite. Entrou em um Toyota batido de um de seus amigos do CrossFit. Assim que foi embora, Eve subiu e vestiu uma saia justa, uma camisa e o único par de sapatos de salto, reservados para ocasiões especiais, que ainda tinha. Tirou uma foto de seu reflexo de corpo inteiro no espelho do quarto, fazendo um leve biquinho que não ficou tão ridículo quanto ela pensava. Só para fazer graça, desabotoou mais dois botões da blusa e tirou uma foto com a borda do sutiã preto aparecendo, embora não pensasse em postar aquela imagem nas redes sociais. Era só para ela mesma – um incentivo para o ego, prova irrefutável de que ainda podia ser sexy se a ocasião pedisse.

Agora que estava toda vestida, parecia loucura não sair – apenas para um drinque rápido, um pouco de contato humano. Nada divertido ou interessante aconteceria se ela ficasse em casa, isso era certo.

O Lamplighter Inn estava muito mais movimentado do que em sua visita anterior, e o público de sábado era mais jovem e mais barulhento do que ela esperava. Sentindo-se instantaneamente constrangida, Eve se sentou na última banqueta livre do bar e pediu um dirty martíni para uma atendente com cara de bebê que parecia ter acabado de se formar na faculdade.

— Jim Hobie está trabalhando hoje? — Eve perguntou.

A moça olhou para ela com desconfiança. Estava vestindo uma blusa curta, e Eve pôde ver uma tatuagem de rosa negra aparecendo pelo cós do jeans.

— Hobie só trabalha durante a semana. Você conhece ele?

— Não muito bem. Nossos filhos estudaram juntos.

A garota assentiu e pegou a nota de vinte que Eve tinha deixado sobre o balcão. Quando voltou com o troco, franziu a testa como se estivesse com alguma coisa na cabeça.

— Sei que não é da minha conta — ela disse —, mas é bom você tomar cuidado. Hobie é um cara legal, mas ele fala muita coisa da boca para fora. E depois age como se não tivesse falado nada.

— Certo. — Eve tomou um gole da bebida. — Obrigada pelo alerta.

A garota abriu um sorriso triste e passou a mão sobre a tatuagem, como se estivesse dolorida.

— Eu não sei onde estava com a cabeça.

— Bem-vinda ao clube — Eve disse.

— Como assim? Você e ele...?

— Não — Eve disse. — Eu só quis dizer, você sabe, que estamos sempre esperando pelo melhor e...

A garota riu.

— E acaba ficando com Hobie.

— Exatamente. — Eve deu de ombros. — Mas não quer dizer que é errado ter esperança.

No fim, a noite não foi ruim. Ela tomou dois drinques e conversou com alguns caras não-tão-horríveis mais ou menos da sua idade – um inspetor residencial divorciado e um ex-policial que se aposentou por invalidez, embora parecesse gozar de uma saúde perfeita – ambos os quais eram razoavelmente atraentes e não tinham nada interessante a dizer. Mas pelo menos ela havia tentado, e era isso que importava.

Ela saiu do bar um pouco depois das dez e entrou no carro. Enquanto esperava o motor esquentar – era mais uma daquelas noites frias – pegou o celular e olhou as fotos que tinha tirado no início da noite. Estavam muito boas – não apenas o corte de cabelo e as roupas, mas a expressão em seu rosto e até mesmo sua postura, com a mão na cintura e a cabeça inclinada em um ângulo perfeito e confiante. Tudo parecia certo e verdadeiro, exatamente como ela queria.

Esta sou eu, ela pensou.

Ela selecionou a segunda foto – a mais sexy de todas – e mandou pra Julian. Estava querendo fazer aquilo a noite toda. Foi excitante finalmente clicar em "Enviar", transformar a fantasia em ação.

Ele não respondeu de imediato, então ela saiu do estacionamento e seguiu na direção de sua casa. Só tinha andado algumas quadras quando ouviu a notificação. Eve era extremamente contra mandar mensagem enquanto dirigia, então se obrigou a esperar até parar na entrada de sua casa para ler a resposta.

Ótima foto! Você esqueceu alguns botões
Foi só um descuido bobo. Achei que pudesse gostar.

Ela saiu do carro e entrou em casa com o coração acelerado. Não havia nada parecido com o suspense de esperar uma mensagem sedutora – como se o mundo todo estivesse em pausa, prendendo a respiração até a próxima notificação colocá-lo em movimento novamente. Ela tinha acabado de trancar a porta quando ele respondeu.

Eu gostei para caralho!

Ela mandou um emoji de bochechas coradas, que deve ter chegado depois da mensagem seguinte dele:

Pode tirar uma sem blusa?

Eve riu alto, uma gargalhada melódica, resultado dos dois martínis.

Não seja abusado, ela respondeu.

UM CONVITE

Como sempre, era o trabalho que a mantinha com os pés no chão, lembrando que ainda podia causar um impacto positivo em sua comunidade, e no mundo. Era difícil sentir pena de si mesma no Centro para Idosos, onde encontrava tantas pessoas que lidavam com problemas que faziam os seus parecerem triviais – artrite crônica, mal de Parkinson em estágio inicial, perda auditiva severa, a morte de um cônjuge querido, uma aposentadoria que não pagava nem mesmo as despesas mensais mais básicas. A resiliência dos idosos – o senso de humor e relutância em reclamar, a determinação em fazer o melhor que podiam com uma situação ruim (e quase sempre tendendo a piorar) – era ao mesmo tempo uma lição de humildade e uma inspiração.

Naquele inverno, Eve empenhou-se na vida cotidiana do Centro com energia e comprometimento renovados, delegando menos tarefas à sua equipe e exercendo um papel de liderança mais ativo que o de costume. Ela cuidou pessoalmente do restabelecimento do Clube dos Livros de Mistério – ele tinha se desfeito após a morte de sua fundadora e incentivadora, uma professora de Inglês aposentada chamada Regina Filipek –, selecionando *Garota exemplar* como o primeiro título e comandando uma discussão animada, embora por vezes frustrante, sobre as muitas reviravoltas pretensiosas do livro com um grupo de sete leitores, em sua maioria interessados.

Ela também foi convocada para a liga de boliche das manhãs de terça, entrando para um time chamado Velhas Tagarelas como substituta temporária de Helen Haymer, que estava sofrendo de um caso grave de vertigem que a impedia de sair de casa. Nenhuma das oponentes das Tagarelas se importou com a participação de Eve ser uma trapaça, já que era trinta anos mais jovem que a mulher que substituiu. Isso se devia, em parte, por se sentirem empolgadas com a presença dela na pista de boliche – como diretora executiva, ela era meio que uma celebridade –, mas principalmente por ser uma jogadora muito fraca comparada a Helen, ex-motorista de ônibus escolar com média de cento e cinquenta pontos por partida, uma das melhores da liga (Eve tinha sorte se marcava cem em um dia bom). Ela não havia praticado esportes coletivos no colégio – tinha crescido pouco antes da era de ouro do atletismo feminino – e ficou surpresa ao ver como era divertido fazer parte de um time, comemorando com suas companheiras Tagarelas quando conseguiam fazer um *strike*, encorajando-as quando as bolas iam parar na canaleta, batendo nas costas delas e lembrando de que aquilo não importava, sempre haveria uma próxima vez.

As manhãs de terça-feira logo se tornaram o ponto alto de sua semana de trabalho. Ela chegava no escritório com os *jeans* mais confortáveis que tinha, cuidava dos e-mails e outras coisas que não podiam esperar, e então ia para a fila do Idosônibus com suas colegas jogadoras. Falavam mal dos outros o caminho todo até chegar ao Boliche Haddington, onde as idosas praticamente dominavam o lugar. Era uma pausa revigorante na rotina diária, cheia de risadas, cumprimentos e refrigerantes.

Pouco antes de sua quinta participação, as companheiras de equipe presentearam Eve com uma camiseta extragrande, com as palavras FUTURA TAGARELA estampadas na frente. Eve a usou com orgulho e fez o melhor jogo de sua vida, marcando respeitáveis cento e dezessete pontos. Mais tarde, no mesmo dia, ligou para ver como Helen Haymer estava e ficou triste ao saber que a vertigem não havia melhorado nada, embora não tão triste como provavelmente deveria ter ficado.

Eve pensou em Amanda ao sair do trabalho na noite chuvosa de uma quarta-feira, no início de março, curiosa para saber como ia sua vida na biblioteca. Ficou imaginando se não haveria problema entrar em contato com um e-mail curto e cordial, apenas para dar um "oi" e mostrar a ela que não tinha sido esquecida. Provavelmente era uma má ideia, mas o silêncio entre elas parecia errado e mal resolvido, como um telefone deixado fora do gancho.

Amanda estivera em sua cabeça por muito tempo nos últimos dias porque Eve precisava encontrar uma substituta para ela o mais rápido possível – em uma época de orçamentos municipais apertados, era necessário preencher uma vaga rápido ou corria-se o risco de o cargo ser eliminado – e o processo de contratação estava à toda. Mais de cinquenta candidatos tinham mandado currículos, muitos deles com qualificação extremamente superior à necessária para um cargo de iniciante e com salário baixo. Pelo menos uma dúzia tinha mestrado – a maioria em serviço social ou em administração de organizações sem fins lucrativos – e dois tinham concluído o curso de direito, e logo percebido que já havia advogados demais no mundo.

Eve tinha feito uma lista com cinco candidatos, e havia entrevistado três até então. Todos eram excelentes – competentes, profissionais, vestiam-se de forma apropriada. Tinham experiência relevante e impressionantes cartas de recomendação. Hannah Gleezen, a jovem com quem tinha conversado naquela tarde, tinha acabado de sair da Lesley College e passado os seis meses anteriores fazendo um estágio não remunerado em uma entidade de assistência a idosos em Dedham, onde cantava as pedras do bingo, organizou um torneio de *Scrabble* de enorme sucesso, e comandou um coral de Natal que foi uma verdadeira injeção de ânimo para os residentes. Ela era determinada e alegre, e Eve não tinha motivo para duvidar de sua sinceridade quando ela disse que *gostava* de idosos de verdade e acreditava que sua geração tinha muito a aprender com eles.

— Não vejo o trabalho como uma ajuda minha a *eles* — ela disse. — É mais uma coisa de mão dupla.

Eve poderia simplesmente tê-la contratado na hora. Os idosos a adorariam, e os funcionários também. Ela era a antítese completa de Amanda, que tinha confessado na entrevista que idosos a deixavam louca, não só por causa do eventual racismo e homofobia e por amarem Bill O'Reilly – apesar de todas essas coisas já serem ruins o bastante –, mas também pelos corpos alquebrados, pelas roupas horríveis que usavam e até pelo cheiro de alguns deles, o que ela sabia que era injusto.

Havia sido um risco contratá-la – Eve sabia disso desde o primeiro dia – e não deu certo no final, mas não significava que tinha sido um erro. Ela tinha orgulho de Amanda por ela tentar dar um novo gás ao Centro para Idosos, e tinha orgulho de si mesma por tentar a sorte com uma aposta daquelas. Ela não queria escolher um substituto que não tivesse o mesmo entusiasmo, uma opção sem graça, segura, que pareceria uma desculpa – ou pior, uma traição a tudo que Amanda tinha defendido – então Eve apertou a mão de Hannah e disse que daria um retorno em cerca de uma semana, depois que tivesse recebido os últimos candidatos.

A chuva era fria e traiçoeira – dava para sentir as gotas serpenteando por dentro da gola e escorrendo pelas costas enquanto ela atravessava o estacionamento –, mas ela acreditou ter detectado um fraco sopro de primavera no ar, a promessa distante de algo melhor. Eram quase seis e meia da tarde, e o estacionamento estava deserto, exceto por sua minivan e um carro que ela não reconhecia – um sedã Volvo novo em folha – parado ao lado, tão encostado na linha branca que parecia uma violação de seu espaço pessoal.

Os faróis do Volvo estavam acesos e o limpador de para-brisa ligado, o que parecia um pouco ameaçador, e tornava difícil para Eve enxergar através do vidro. Apertando os olhos por causa do clarão, ela se espremeu no espaço estreito entre os dois veículos. Ao pressionar o botão da chave – a luz no teto da van piscou para saudá-la –, o vidro do lado do passageiro do Volvo desceu.

— Eve — Julian estava se esticando por cima do console, usando um casaco verde-militar com dragonas abotoadas, a cabeça e os ombros torcidos em um ângulo esquisito. — Como vai?

Quando se virou para encará-lo, o ombro de Eve bateu no espelho retrovisor da van.

— Nossa — ela disse. — Precisava ter parado tão perto?

— Desculpe — Julian parecia constrangido. — Estou sem prática. Não dirijo muito.

Era verdade, ela se deu conta. Nunca o tinha visto ao volante antes.

— Posso... *ajudar* com alguma coisa? — O tom de voz foi mais frio do que ela pretendia. Era desorientador vê-lo ali, em seu local de trabalho, sem nenhum prévio aviso. Não era uma prática que ela queria encorajar.

— Na verdade, não — ele disse. — Só esperava que pudéssemos conversar.

Um carro passou na Thornton Street, e Eve repentinamente se sentiu exposta, como se tivesse sido pega no meio de uma transação ilícita. Ela cobriu o rosto com as mãos e se aproximou.

— Está chovendo.

— Entre — ele apontou com a cabeça para o banco do passageiro. — O aquecedor está ligado.

Eve sabia que aquilo era culpa sua. Não devia de jeito nenhum ter enviado aquela foto para Julian na outra noite. Foi uma coisa estúpida, irresponsável de se fazer. E agora ela tinha que lidar com aquilo. Com *ele*. E conversar com o garoto – esclarecer aquela compreensível confusão, pedir desculpas pelas mensagens desconexas que tinha mandado – era o mínimo que podia fazer.

— Só por um minuto — ela disse. — Preciso ir para casa e preparar o jantar.

A porta não abriu inteira, por causa do jeito terrível que ele tinha estacionado, então Eve teve algum trabalho para entrar no Volvo. Ela se sentiu mais calma lá dentro, sem poder ser vista da rua.

— Senti sua falta — ele disse.

Eve concordou com a cabeça, reconhecendo o sentimento, mas não exatamente o retribuindo. Eles se observaram por um tempo um pouco longo demais, reacostumando-se um ao outro depois de passarem o inverno sem se ver. Ele havia deixado uma barba curta crescer no rosto e no queixo, um visual hipster desleixado que o fazia parecer um par de anos mais velho.

— Gostei do seu cabelo — ele disse. — Está muito bonito desse jeito.

— Obrigada.

— Gostava dele antes — ele logo acrescentou, no caso de ela ter entendido errado aquele elogio. — Mas assim está melhor. Você está muito gata.

Eve soltou um suspiro de advertência, direcionado mais a ela do que a Julian, um lembrete para não sair do percurso, não se desviar para uma conversa que seria muito mais agradável (e perigosa) do que aquela que precisavam ter.

— Julian — ela disse. — É muito gentil da sua parte. Mas tenho idade suficiente para...

— Eu não me importo — ele disse.

— Olhe. — Ela balançou a cabeça com uma autocensura aborrecida. — Sei que fizemos algumas coisas que deixaram as coisas confusas entre nós, e sinto muito por isso. Mas não somos um casal. Nunca poderemos ser um casal. Acho que sabe disso tão bem quanto eu.

Ele se entregou sem lutar.

— Eu entendo.

— Muito bem, isso é bom — Eve sorriu, aliviada. — Fico feliz por pensarmos igual.

Julian olhou pelo para-brisas – os limpadores ainda iam e vinham – com uma intensidade desconfortável que fez Eve se lembrar de seu namorado do colegial, Jack Ramos, um jogador de beisebol de olhar triste e temperamento explosivo. Jack se desfez em lágrimas quando ela terminou com ele, e então mandou ela sair de seu carro, um Fusca amarelo com cheiro de meias usadas. Não havia celulares naquele tempo, e ela levou uma hora para chegar em casa andando no escuro. Mas pareceu um preço razoável a se pagar, porque terminar havia sido escolha dela, e Eve se sentiu aliviada por não estar mais com ele.

Julian estendeu o braço e pegou na mão dela. Ela ficou tão surpresa que nem lhe ocorreu resistir.

— Eu só esperava que pudéssemos ficar juntos de vez em quando — ele disse, passando o polegar nos nós dos dedos dela. Era uma sensação nostálgica, uma lembrança que se tornava viva. — Ninguém, além de nós, precisa saber.

Eve riu. Ela não esperava por *aquilo*. Com atraso, e algum arrependimento, puxou a mão para longe da dele.

— Julian — ela disse. — Isso não vai acontecer.

— Por que não?

Ela suspirou, incrédula.

— Não sei nem por onde começar.

— Dê apenas um motivo.

— Está brincando? Quer dizer, sério. Como poderíamos...

— Meus pais estão viajando.

Eve não entendeu logo de cara. Ela pensou que ele estava mudando de assunto, aceitando a derrota.

— Eles vão ficar fora a semana toda. — Ele fez uma pausa, dando a ela um momento para assimilar. — Apareça na noite que quiser. Cedo, tarde, não me importa. Só mande uma mensagem e apareça lá.

Eve não conseguia nem imaginar. O que ela devia fazer? Subir os degraus da entrada e apertar a campainha? Ficar ali totalmente à vista dos vizinhos e esperar que ele a deixasse entrar? Mas foi quase como se ele tivesse lido sua mente.

— Eu deixo a porta da garagem aberta. É só entrar. Tem um barbante com uma chave pendurado no teto. Dá para alcançar pelo vidro do lado do motorista. Você puxa e a porta desce automaticamente. Ninguém nem vai ver você.

Eve não sabia o que dizer. Parecia um bom plano, simples e totalmente plausível, se a pessoa puxando o barbante fosse qualquer outra que não ela.

— Você pensou bem nisso — ela murmurou.

Julian olhou para ela. Seu rosto estava sério, cheio de desejo adulto. Era como se ela pudesse ver através do garoto da faculdade o homem em que ele se transformaria um dia.

— Eu só consigo pensar nisso, porra — ele disse.

COIOTE

Eve não tinha intenção nenhuma de sair escondida para um encontro secreto com um rapaz de dezenove anos cujos pais estavam viajando de férias. Deixando de lado a diferença de idade, que por si só já era um grande problema, tudo naquele cenário parecia vulgar e vagamente degradante – a porta de garagem aberta, o tempo contado (*oferta válida apenas por uma semana!*), todo o aspecto de sexo sem compromisso/amizade colorida do que ele propunha. Tinha cheiro de receita infalível para o arrependimento, senão para o desastre. Mesmo a lembrança do encontro semi-ilícito no Centro para Idosos – a chuva gelada, o carro e a van lado a lado no estacionamento vazio, o breve interlúdio de mãos dadas – fazia com que ela se sentisse boba e um pouco desconfortável em retrospecto.

Ela se lembrou de ter lido uma coluna de conselhos sentimentais poucos anos antes em que a especialista sugeria a seguinte regra prática: *se está pensando em fazer algo que não será capaz de confessar a seu cônjuge ou melhor amigo, então NÃO FAÇA! VOCÊ JÁ SABE QUE É ERRADO!* Era um conselho sensato, irrepreensível e que definitivamente se aplicava ao seu dilema atual. Com a possível exceção de Amanda – com quem Eve não estava conversando no momento, de qualquer modo –, não havia ninguém em quem imaginava poder confiar, nenhum adulto responsável que conhecia que não ficaria horrorizado ao ouvir sobre o que ela já tinha feito com Julian – *ao* Julian? –, quanto mais sobre a proposta que estava sobre a mesa naquele momento.

Por sorte, isso não era um grande problema, porque não havia nada que ela precisasse discutir. Ela não dirigiria até a casa dele e estacionaria na garagem, nem puxaria um barbante (a chave na ponta era um belo detalhe, muito Ben Franklin) e esperaria a porta descer para que pudesse entrar às escondidas e aumentar seu erro anterior – que pelo menos tinha a virtude de não ter sido premeditado – com algo mais sério e deliberado, estupidez de primeiro grau.

Ela simplesmente não faria aquilo.

★ ★ ★

Ainda assim, para algo que estava completamente fora de questão, ela se pegou pensando um tanto demais a respeito daquilo nos dias que se seguiram. O desejo de Julian – o simples fato de sua existência – exercia um tipo de influência sobre ela que Eve não tinha previsto, e a qual descobriu ser surpreendentemente difícil de resistir.

Ele estava esperando por ela.

Ninguém mais estava.

Aquilo tinha que valer alguma coisa.

Seria muito fácil fazê-lo feliz, o que também tinha que valer alguma coisa, porque ela não fazia mais ninguém feliz, muito menos a si própria. Além disso, qual era a alternativa? Atualizar o perfil no Match.com e tirar algumas fotos profissionais? Passar por centenas de perfis presunçosos de caras com quem não gostaria de se encontrar nem em um milhão de anos? E aqueles com quem gostaria de se encontrar, *aqueles* caras provavelmente nem olhariam uma segunda vez para ela, se é que se dignariam a olhar a primeira. Podiam se passar meses até que alguém a convidasse para sair. Podiam se passar anos até que tivesse uma experiência boa. Talvez até uma vida inteira.

E a questão era, esses caras da internet, aqueles que ela esperava algum dia, talvez, possivelmente, encontrar, eram puramente hipotéticos. Julian era real. *Ele estava esperando por ela*. Sim, ele era jovem – *jovem demais*, ela estava ciente desse fato infeliz –, mas havia algo a favor da juventude, não? A resistência, a gratidão, todos os clichês que eram clichês porque eram verdade. Mesmo a falta de experiência dele era tocante, pois não duraria para sempre. E ele era lindo – não tinha outra forma de dizer isso – em um momento em que não havia beleza nem perto do suficiente em sua vida.

Era doloroso receber um presente como aquele e não ter escolha a não ser devolvê-lo sem abrir.

Julian era um cavalheiro; não pressionava demais, mas também não a deixava esquecer. Ele mandou uma mensagem com um ponto de interrogação na noite de quinta-feira, e outra dizendo: *estou completamente sozinho* na sexta. À meia-noite do sábado, mandou uma foto dele sentado na cama, de ombros caídos e sem camisa, com uma expressão cômica de desamparo.

Ninguém apareceu na minha festa.

Ela não conseguiu parar de pensar nele no domingo. Pensou nele em sua caminhada vespertina – era um dia agradável, e deu uma rara segunda volta ao redor do lago – e pensou nele enquanto cozinhava um substancioso jantar com carne de porco assada, batata gratinada, e couve com feijão branco. Queria poder convidá-lo, pôr um prato enorme em sua frente e observá-lo enquanto comia. Com os pais fora da cidade, ele provavelmente estava vivendo à base de macarrão instantâneo ou sobras de pizza.

Em vez disso, foram apenas Eve e Brendan à mesa. E Brendan parecia um pouco chateado. Ela não sabia ao certo o que o incomodava. Eles mal tinham conversado na semana anterior – os horários não batiam – e ela se sentia culpada por negligenciá-lo, por permitir que sua atenção se desviasse para caminhos mais egoístas.

— Você treinou hoje? — ela perguntou.

— Sim — ele disse. — Fiz mais aeróbico.

Eve deu uma mordida na carne de porco. Estava perfeita, macia e com o sabor do alho.

— Seus amigos estavam lá?

— Alguns.

— Adoraria conhecê-los uma hora dessas.

— É claro. — Ele tomou um gole de água e colocou o copo de volta na mesa. Então o pegou de novo e tomou mais um gole. — Quer dizer, geralmente só vejo eles na academia, então...

— Sem pressão. — Eve o tranquilizou. — E a faculdade? Como vai?

Brendan deu de ombros, indiferente. Ele tinha se matriculado em duas matérias no primeiro trimestre da faculdade comunitária – Contabilidade Básica e Introdução à Ciência Política –, mas quase nunca falava sobre elas, e alegava fazer todas as lições na biblioteca, o que supostamente explicava por que ele nunca estudava em casa.

— É meio chato, para ser sincero.

— O que é chato? Os livros? Os professores?

— Não sei — ele resmungou. — O lugar todo. É como se eu tivesse voltado para o ensino médio, só que com todos os idiotas. Aqueles que não foram inteligentes o bastante para entrar em uma faculdade de verdade.

E de quem foi essa escolha?, Eve quis perguntar.

— Não é uma faculdade ruim — ela disse. — Cursei uma matéria ótima lá no semestre passado. A professora era excelente, e alguns dos outros alunos eram bem inteligentes.

Brendan tirou os olhos do prato. Seu rosto estava inexpressivo, mas ela conseguia sentir uma hostilidade ali mesmo assim.

— Eu sei. Você só me disse umas cem vezes.

Ele provavelmente estava certo, Eve se deu conta. E fazer com que se sentisse culpado não ajudaria. Isso nunca tinha funcionado com Brendan.

— Sabe quem eu vi no supermercado? — Ela disse. — A mãe da Becca. Acho que a Becca não vê a hora de entrar na Tulane.

— E eu devia me importar?

— Ela era sua namorada. Eu só pensei que...

— Não tenho mais nada a ver com a Becca — ele disse.

Eve ficou curiosa com o término do namoro, e com o papel dele no desastroso semestre que Brendan tinha passado na universidade. Parecia ser uma peça importante que faltava no quebra-cabeças.

— O que aconteceu com vocês? Brigaram ou coisa parecida?

— Na verdade, não. — Brendan deu de ombros. — Nós só... não sei. Nunca nos demos tão bem assim.

— Bem — Eve disse. — Você não foi muito legal com ela.

— Eu? — Brendan pareceu ofendido. — O que eu fiz?

Eve vinha esperando por essa abertura havia muito tempo.

— Lembra do dia em que foi para a faculdade? — Ela começou. — Quando a Becca veio se despedir?

Brendan confirmou, ressabiado, mas antes que ela pudesse ir mais longe seu telefone emitiu um apito alto, alertando sobre a mensagem que chegava.

— Alguém acabou de te mandar uma mensagem — Brendan disse. Ele parecia grato pela interrupção.

Eve sentiu o rubor se espalhando, quente, por seu rosto. O celular estava com a tela para baixo na mesa, bem ao lado de seu prato. Ela queria pegá-lo, mas não podia, não se fosse Julian.

— Você não vai olhar? — ele perguntou.

Por sorte, era apenas uma inofensiva mensagem de Peggy no grupo – uma foto do filhote de labrador marrom do vizinho dela com um chinelo na boca –, então ela não teve que mentir. Mostrou o filhote para Brendan, e respondeu com um emoji de coração. O telefone apitou de novo quase que imediatamente; era Jane, acrescentando à conversa a foto de seu falecido e amado beagle.

Descanse em paz, Horace, Eve escreveu. *Ele foi um bom cão.*

Quando levantou os olhos, Brendan já estava na pia. Ele enxaguou o prato e o colocou na lava-louças.

— Bom jantar — ele disse, e foi embora.

Julian não mandou nenhuma mensagem na noite de domingo. Eve tentou convencer a si mesma de que estava aliviada, de que ele finalmente tinha entendido a mensagem implícita em seu silêncio, mas não conseguia parar de olhar o telefone e estava com uma dificuldade incomum para dormir.

O silêncio na segunda-feira foi ainda pior. Ela ficou se perguntando se havia algo errado – se talvez devesse ligar para ele, ter certeza de que não estava doente ou deprimido –, mas a parte mais racional de sua mente entendia que essa era exatamente a reação que ele esperava. Eles agora travavam uma batalha de resistências, e Eve só precisava aguentar um pouquinho mais, até que a janela de oportunidade se fechasse, e ambos pudessem seguir com suas vidas.

Continue forte, ela disse a si mesma. *Não faça nada estúpido.*

Ela seguiu o sábio conselho até mais ou menos as onze e meia da noite naquele dia, quando levantou da cama e desceu as escadas na ponta dos pés, de camisola e chinelos. Depois de uma breve parada na cozinha, pegou um casaco no mancebo e o vestiu enquanto caminhava até o carro.

As ruas mais calmas de Haddington estavam desertas àquela hora, despovoadas, exceto por um coiote solitário que rondava pela Lorimer Road. Ele era esquelético e parecia abatido, só pele e ossos. O animal olhou desolado para Eve enquanto ela passava, como se precisasse de uma carona para cruzar a cidade.

Ela só tinha ido à casa de Julian uma vez, na noite em que lhe dera carona depois de irem ao bar do Barry. Era um lugar bonito, uma casa térrea com frente de tijolos, uma janela enorme e um amplo gramado. Todas as luzes estavam apagadas.

A porta da garagem estava aberta, como ele havia prometido, mas Eve parou na frente da casa, logo atrás do Volvo. Sem desligar o motor, pegou uma bolsa térmica pequena, vermelha e branca, no banco do carona e cruzou o gramado com ela até os degraus na porta de entrada. A bolsa tinha dois potes Tupperware dentro – um com as sobras da carne de porco, o outro com batatas – junto de um bloco de gelo artificial e um bilhete de *post-it* dizendo a ele que tivesse um ótimo dia. Ela a deixou sobre o capacho na entrada, onde ele certamente veria pela manhã.

Eve penou na pista de boliche na terça-feira, caindo de nada espetaculares noventa e oito pontos no primeiro jogo para abismais setenta e sete no segundo. As companheiras de time deram tapinhas em suas costas, dizendo a ela que se recuperaria na próxima vez, porque todo mundo tinha dias ruins e nunca ficava mal por muito tempo.

— Espero que sim — Eve disse. — Acho que não tem como ser pior.

Enquanto a tarde passava, ela se pegou olhando para o celular com uma frequência constrangedora, e se sentindo profundamente ressentida com Julian. Como pode alguém não agradecer por comida deixada de presente em sua porta? Parecia meio rude, e não era de seu feitio (era mais algo que Brendan faria, agora que tinha parado para pensar). Ficou imaginando se sua intuição original estaria correta – talvez Julian estivesse *mesmo* doente e de cama. Ou talvez ele tivesse saído de casa pela garagem e nem tivesse notado a bolsa térmica, embora isso parecesse improvável, dada a localização do Volvo. A não ser que tivesse saído de skate; essa era outra possibilidade a se considerar. Ela continuou dizendo a si mesma que tinha coisas melhores em que pensar, mas sua mente se recusava a acreditar nisso.

O mistério foi solucionado naquela noite, quando chegou do trabalho e encontrou a bolsa térmica sobre seu capacho. Pareceu um gesto doce e atencioso até ela a abrir e ver que a comida ainda estava ali, intocada dentro do Tupperware. Até mesmo o *post-it* tinha sido devolvido, e sua banalidade e falsa alegria eram impossíveis de não notar, agora que estavam dirigidas a ela:

Tenha um ótimo dia!

Ela não havia tido intenção de ofendê-lo. Tinha pensado na comida como uma oferta de paz, uma forma engenhosa de quebrar o silêncio – para que soubesse que ela pensava nele – sem dizer nada que a colocasse em apuros. Mas para ele – e ela conseguia enxergar com muita clareza agora – havia sido um insulto. Ela tinha ido até a porta da casa dele – tão perto, *logo ali* –, mas não havia entrado. Havia se contido, e dado a ele algumas sobras engorduradas em seu lugar. Não era de se estranhar que ele estivesse aborrecido.

Foi mal, ela pensou.

Eve não conseguia dormir. Sua cabeça estava confusa. Ficou olhando para a mensagem por bastante tempo antes de apertar "Enviar".

Sinto muito. Não devia ter feito aquilo.

Eram duas e catorze da manhã, mas Julian respondeu de imediato.

Por que não entrou?

As luzes estavam apagadas. Não quis te acordar.

Estou acordado agora

Está tarde. Tenho que trabalhar amanhã.

Não consigo parar de pensar em vc

Depois, quando ela não respondeu:

Meus pais chegam na quinta-feira

Depois, caso ela não tivesse feito as contas:

Amanhã é nossa última chance

Depois, porque ela *ainda* não havia respondido:

Quero tanto você que já estou ficando louco

Eve olhou para o telefone. Podia sentir o desejo dele vindo do espaço, passando por um satélite e sendo transmitido direto para sua mão.

Ele ainda estava esperando.

Esperara a semana inteira.

Aquilo tinha que valer alguma coisa.

Tudo bem, ela disse. *Você venceu.*

Venci??? E qual é o prêmio???

Eve ficou repentinamente exausta.

Vá dormir, Julian. Vejo você amanhã.

A PORTA DA GARAGEM

Eve se sentiu surpreendentemente alerta e descansada pela manhã. Ela só tinha dormido algumas horas, mas foi um sono profundo e restaurador, o melhor que teve em dias. Toda a agitação que vinha sentindo – o peso acumulado de sua indecisão – tinha se dissipado. O que havia sobrado era um sentimento efervescente, quase flutuante, de expectativa.

Vou fazer isso, ela disse a si mesma. *Vai acontecer.*

Ela sabia que trabalharia até tarde, então escolheu a lingerie com cuidado, caso decidisse ir para a casa de Julian direto do Centro para Idosos. Não era muito elaborada – apenas um sutiã vermelho de renda e calcinha combinando –, mas caía bem nela. Ela sabia que ele aprovaria.

Você venceu, ela pensou.

Ela podia imaginar, uma cena romântica de um filme estrangeiro. Uma bela mulher de certa idade estacionando em uma garagem escura, a porta se fechando atrás dela. Ela entra na ponta dos pés na casa silenciosa, sobe a escada e chega ao quarto iluminado por velas onde um jovem sensível espera por ela. Ela fica parada na porta, desfrutando do olhar de admiração dele, e começa a desabotoar a blusa devagar...

Este é o prêmio.

As roupas dela no chão. Os corpos se juntando.

Mas e depois, o quê? O que aconteceria quando acabasse, quando ela se vestisse e voltasse para casa? Essa parte do filme era um buraco negro, a única coisa em que não suportava pensar se fosse cumprir sua promessa – fazer aquilo que queria tanto fazer –, porque ele esperava por ela, e era a última chance deles, e ela era o prêmio.

O fato de ser a segunda quarta-feira do mês ajudava – dia da palestra de março – o que significava que estava bem mais ocupada do que o de costume, cuidando de tarefas de última hora que normalmente eram responsabilidade do coordenador de eventos. Eve precisava ir à loja de material de escritório pegar o cartaz para colocar perto da entrada principal – ela tinha se esquecido completamente dele – e parar no supermercado para comprar biscoitos e refrigerantes para a recepção. Precisava arrumar as cadeiras dobráveis no auditório e garantir que o sistema de som estivesse funcionando, ao mesmo tempo que atendia a diversos telefonemas do convidado de honra, um jornalista de New Hampshire chamado Franklin Russett, que havia escrito um livro chamado *Doce ouro líquido: um louvor ao xarope de bordo*. Na maior parte do tempo, entretanto, ela tentava angariar espectadores, segurando cada idoso que via, lembrando sobre o horário em que começaria a palestra e promovendo o palestrante, que estava em alta demanda no circuito regional de palestras.

Ela estava feliz por Amanda não estar ali para ver aquilo. Franklin Russett e o xarope de bordo representavam tudo o que ela mais odiava na série de palestras e que tinha a esperança de mudar. Mas elas haviam tentado fazer do jeito dela, e não tinha funcionado. Vários idosos haviam se aborrecido com a apresentação de Margo – haviam achado *perturbadora* e *inapropriada* e até mesmo *apavorante* – e as reclamações chegaram ao Conselho Municipal. Eve sabia que o programa inteiro estava sob uma análise minuciosa; precisava reparar os danos causados a sua reputação e garantir o financiamento que havia permitido à instituição se tornar tão amada, em primeiro lugar. Só o que queria era retomar o formato – uma conversa otimista sobre um assunto insípido, uma noite razoavelmente agradável sobre a qual ninguém nunca precisaria pensar novamente.

Havia quatro banheiros no Centro para Idosos – os banheiros masculino e feminino principais, um só para funcionários e um banheiro amplo e acessível para deficientes que era usado de forma quase constante ao longo do dia. Era o lugar aonde diabéticos iam para injetar sua insulina, e pessoas com bolsas de ostomia atendiam às suas necessidades sanitárias. Quem sofria de constipação ou diarreia também apreciava a privacidade oferecida pelo vaso sanitário único e a porta fechada, assim como um enorme grupo de pessoas (em sua maioria, homens) que gostava de se sentar fazendo as palavras cruzadas enquanto a natureza realizava sua mágica lenta e imprevisível.

Essa popularidade tinha um lado negativo, no entanto. O vaso sanitário do banheiro acessível era notoriamente temperamental – entupia com facilidade e era propenso a transbordar – e vinha falhando com uma frequência crescente nos últimos meses. Eve havia feito um pedido formal de fundos para trocá-lo, mas o conselho andava a passos de tartaruga, como de costume. Então ela não ficou exatamente surpresa quando Shirley Tripko – uma senhora com jeito de avó que parecia usar travesseiros por baixo das roupas – abordou-a alguns minutos antes das sete da noite para informar que havia um "problema" com o banheiro de deficientes.

— Você se importaria de avisar ao zelador? — Eve perguntou. — Preciso apresentar nosso próximo palestrante convidado.

— Eu já avisei. — A voz de Shirley estava tensa, um pouco defensiva. — Ele precisa falar com você.

— Tudo bem — Eve suspirou. — Estarei lá em dez minutos.

— Ele disse *agora mesmo*.

Shirley mordeu os lábios. Parecia prestes a chorar.

— Eu não fiz nada de errado — ela disse. — Só *dei a descarga*. Só fiz isso.

Eve parou na porta do banheiro acessível, tentando não respirar. O vaso não tinha simplesmente transbordado; parecia uma erupção. O zelador, Rafael, tentava, corajosamente, limpar a bagunça.

— Tentou usar um desentupidor? — Eve perguntou.

Rafael olhou para ela desolado, com o rosto parcialmente coberto por uma máscara cirúrgica. Ele também usava botas e luvas de borracha, a coisa mais próxima de um macacão de proteção nuclear que o Centro para Idosos tinha.

— Não é nada bom — ele disse com a voz abafada. — É melhor chamar um encanador.

Eve suspirou. Uma emergência fora do horário comercial era um enorme – e caro – pé no saco.

— Não dá para esperar até de manhã?

Rafael olhou com atenção para o vaso sanitário. Estava cheio até a boca com um líquido de aparência nojenta, que ainda se agitava de um jeito ameaçador.

— Eu não esperaria — ele disse.

Uma onda de cansaço passou pelo corpo de Eve. Uma frase que nunca falaria em voz alta de repente apareceu em sua mente.

Um mar de merda, ela pensou. *Minha vida é um mar de merda.*

— Tudo bem — ela disse. — Eu cuido disso.

Ela se acalmou um pouco depois de fazer a apresentação do palestrante e voltar para o escritório. Pensando pelo lado positivo, o auditório estava lotado; seu trabalho de promoção havia dado certo. E o problema com o vaso era administrável. Ela só precisava ligar para o encanador e tudo seria resolvido.

Tudo bem, ela disse a si mesma. *Está tudo sob controle.*

O encanador que costumava chamar – que tinha o irônico nome Confiável Hidráulica – não retornou a ligação, e os Irmãos Veloso não conseguiam mandar ninguém para lá antes, no mínimo, das dez da noite. Eve não queria esperar, então tentou a Rafferty & Filho. Fez a ligação com certa tremedeira, totalmente ciente de como teria que pisar em ovos, pedindo um favor para um homem cujo falecido pai ela havia banido do Centro para Idosos não fazia tanto tempo. Por sorte, George Rafferty não guardava rancor. Ele foi cordial ao telefone e disse que logo estaria lá.

— Obrigada — Eve agradeceu. — Salvou minha vida.

Eve mal o reconheceu quando ele apareceu na entrada principal quinze minutos depois, com sua caixa de ferramentas. Ele tinha raspado a barba grisalho-avermelhada que era sua característica mais marcante desde quando ela conseguia se lembrar. Parecia mais jovem sem ela, e nem de perto tão imponente.

— Você teve sorte de me encontrar — ele disse. — Normalmente faço ioga nas noites de quarta, mas tive fome, e em vez disso pedi uma pizza.

Eve ficou impressionada. Ele não parecia ser do tipo que fazia ioga.

— Bikram? — ela perguntou.

— Ioga Real — ele girou os ombros e massageou o trapézio com a mão. — O médico recomendou para minhas costas.

— E funciona?

— Às vezes. Pelo menos saio de casa.

Eve concordou com a cabeça, murmurando com simpatia. Ela se lembrou de que a esposa de George havia morrido no outono, apenas meses depois do pai dele. Pensou em mandar um cartão, mas acabou não encontrando tempo.

— Sinto muito — ela disse. — Pela Lorraine.

— Foi difícil — ele disse, mudando a caixa de ferramenta de mão. — Muito duro para a minha filha.

— Como ela está?

— Voltou para a faculdade. Vai precisar de algum tempo. — Ele meio que deu de ombros e mudou de expressão. — E então, o que tem para mim?

Eve o conduziu pelo corredor até o mar de merda. Rafael havia deixado o lugar mais ou menos apresentável – as paredes tinham sido esfregadas, o chão, coberto com toalhas de papel – e até colocado um aviso na porta, completo, com caveira e ossos cruzados: *Vaso quebrado!!! NÃO use!!! VAI se arrepender!* George espiou lá dentro e balançou a cabeça com um ar de melancolia profissional.

— Muito bem — ele disse. — Deixe que cuido disso.

Eve correu para o auditório e pegou o final da palestra. Russett estava explicando a diferença entre os xaropes de bordo Tipo A e Tipo B, que dependia de cor e doçura e em que época do ano era colhida a seiva. O paradoxo era que muitos especialistas em xarope preferiam o Tipo B, mais barato e escuro, ao mais refinado Tipo A.

— É uma discussão acalorada — Russett explicou. — Mas independentemente do tipo que comprar, não tem como errar. Na minha humilde opinião, o verdadeiro xarope de bordo sempre é do Tipo D... — Ele fez uma pausa, fazendo a plateia esperar pela piada. — De delicioso. — Ele sorriu e levantou a mão. — Muito obrigado. Vocês foram uma plateia maravilhosa.

A recepção pós-palestra nunca durava muito. A maioria dos idosos apenas pegava um ou dois biscoitos no caminho da saída; somente alguns ficavam para bater papo com o palestrante. Por volta das oito e meia, o salão já estava vazio, e Russett, voltando para New Hampshire.

Eve arrumou um pouco o lugar – decidiu deixar as cadeiras dobráveis para a manhã seguinte – e foi verificar a situação do encanamento.

— Tudo certo — George disse, secando as mãos com uma toalha de papel. — Já está pronto para usar.

— Qual era o problema?

— Uma fralda geriátrica. — Ele jogou o papel amassado no lixo e limpou as mãos nas calças. — Alguém deve ter empurrado uma para dentro, estava entalada de verdade. Talvez com um cabide ou um graveto ou algo assim. Não sei. É grande demais para ser levada pela descarga.

— Eles às vezes ficam confusos — Eve disse. — Ou talvez apenas constrangidos.

— Coitados — George balançou a cabeça. — Um dia será a nossa vez.

Eve trancou o Centro e atravessou o estacionamento até seu carro. A visão a deixou irritada – a carroceria enorme, amorfa, o interior cavernoso, todos aqueles assentos que nunca eram usados.

Preciso de um carro novo, ela pensou. *Um carro pequeno.*

Ficou sentada no assento do motorista por um ou dois minutos e tentou se recompor, procurando entender por que estava tão nervosa. A palestra havia sido um sucesso, o vaso sanitário estava consertado e não eram nem nove da noite.

Está tudo bem, ela disse a si mesma. *Conforme o planejado.*

Só era difícil mudar a marcha, fazer a transição super-heroica de seu *eu* responsável e profissional para a bela mulher madura do filme estrangeiro, a que usava lingerie vermelha de renda por baixo da roupa comportada.

Ela precisava mesmo era de uma bebida. Apenas algo rápido para arejar a cabeça, ficar em um estado mental mais relaxado e aberto. Pensou em parar no Lamplighter para tomar um martíni, mas desviar do caminho parecia má ideia.

Apenas vá, ela disse a si mesma. *Ele está a semana toda esperando.*

Talvez os pais dele tivessem alguma bebida alcóolica à mão. Provavelmente de boa qualidade, também, tendo em vista a vizinhança onde moravam e o carro que o pai dirigia. Ela poderia se servir de um copo alto com gelo e vodca, Absolut ou Grey Goose. Eles podiam sentar à mesa da cozinha e conversar um pouco antes de subir.

Perfeito, ela pensou. *Ataque o bar da casa antes de transar com o filho deles...*

Era má ideia pensar nos pais de Julian. O sr. e a sra. Spitzer, divertindo-se em St. Barts, sem fazer ideia do que acontecia em seu adorável lar.

Isso não tinha nada a ver com eles.

Era entre ela e Julian, e era a última chance deles.

Ela girou a chave. O motor hesitou por um instante – precisava de manutenção já havia algum tempo – e então veio à vida com um estalo errático. Ela deu a ré e começou a dirigir.

Ela deu a volta na casa duas vezes – na primeira, assustou-se com um homem que passeava com o cachorro, na segunda, com nada em particular – até finalmente acalmar os nervos e parar na entrada. Ficou ali por um tempo, com o pé no freio, olhando para a frente, criando coragem.

Havia uma luz de teto acesa dentro da garagem, o que a deixou um pouco desconfortável. Ela tinha bastante certeza de que o lugar estava escuro na noite de domingo, quando deixara a bolsa térmica. Mas então se deu conta de que Julian estava sendo educado, recebendo-a em sua casa, estendendo o tapete vermelho.

A garagem da casa de Eve era uma zona de desastre, um amontoado de objetos quebrados, enferrujados e deixados de lado, relíquias da infância de Brendan e de sua vida com Ted. A garagem dos Spitzer dava inveja de tão limpa e bem organizada em comparação – o chão de cimento livre, ferramentas variadas penduradas em um painel, bicicletas presas à parede, aspirador de pó e cortador de grama, aquecedor de água com canos de cobre brilhando.

O skate de Julian, apoiado em uma bancada de trabalho com as rodas para cima.

O famoso barbante com uma chave na ponta.

É só pegar e puxar.

O interior era espaçoso, a entrada, ampla. Dava para simplesmente entrar, sem se preocupar em bater os retrovisores ou em onde estacionar para conseguir fechar a porta.

E ela também teria entrado, se não fosse por algo com um cheiro meio estranho dentro do carro que fez com que começasse a se perguntar qual era a fonte do odor. Ela levou as costas da mão ao nariz e deu uma cheirada rápida, mas a única coisa que sentiu foi o aroma doce e químico de sabão líquido – não era um cheiro ótimo, mas nada com que se preocupar.

Continuando sua investigação, ela abaixou o queixo e puxou a gola da camisa, sentindo o ar preso entre a pele e sua blusa. Uma fragrância familiar e deprimente subiu, uma combinação característica de suor e preocupação, misturada a tristeza e deterioração.

Eca, ela pensou. *Estou com o cheiro do Centro para Idosos.*

É claro que estava. Era lá que tinha passado as doze horas anteriores. O cheiro sempre ficava na pele dela no fim de um dia de trabalho, impregnado no tecido de suas roupas. Mas nesse dia havia algo mais, o sutil, mas inconfundível, aroma de uma emergência hidráulica, uma cereja podre no *sundae*.

Ela pensou consigo mesma que só pararia em casa para um banho rápido, que voltaria à casa de Julian limpa e revigorada em quinze ou vinte minutos, cheirando do jeito que uma sedutora mulher madura deveria cheirar. Mas essa convicção desapareceu enquanto cruzava a cidade. No momento em que passou pela porta de casa e viu Brendan no sofá jogando videogame, soube que tinha sido derrotada. Toda a coragem havia ido embora, substituída por uma repentina onda de raiva.

— Não tem nenhuma tarefa de casa para fazer? — ela perguntou.

Brendan não respondeu. Estava totalmente absorto pelo jogo estúpido, encolhendo-se e inclinando o corpo de um lado para o outro enquanto esmurrava o controle, tentando matar todos os inimigos.

— Desligue isso — ela surtou.

— Hã? — Ele olhou para ela, mais surpreso do que irritado.

— *Agora*.

Ele obedeceu. Os tiros pararam, mas o silêncio que se seguiu era tão inquietante quanto eles.

— Você precisa tratar as mulheres com mais respeito — ela disse.

Brendan piscou, confuso.

— O quê?

— Não sou surda. Às vezes ouço o jeito como você fala, e não gosto. Não somos objetos sexuais e não somos *vadias*, entendeu? Nunca mais quero ouvir essa palavra nesta casa de novo.

— Eu nunca... — ele protestou.

— Por favor — ela disse. — Não me insulte. Não hoje. Não estou no clima.

Ele ficou olhando para ela por um bom tempo, ainda agarrado ao controle inútil. E então confirmou com a cabeça.

— Desculpe — ele disse. — Não falei por mal.

— A vida não é um filme pornô, entendeu?

— Sei disso. — Ele parecia genuinamente magoado por ela chegar a pensar que ele achava isso. — Meu Deus.

— Ótimo — ela disse. — Então comece a agir de acordo.

Julian mandou três mensagens enquanto ela estava no banho, perguntando onde ela estava e o que havia de errado. Eve não sabia o que dizer a ele.

Eu estava cheirando mal.

Sou uma covarde.

Sou velha demais para você.

Todas essas coisas eram verdade, mas nenhuma delas faria com que ele se sentisse melhor. Ela se lembrou de como era horrível naquela idade – em *qualquer* idade – criar expectativas e depois não dar em nada.

Pobre garoto.

Deitou-se por alguns minutos, mas já não estava mais cansada. Levantou-se e parou na frente do espelho, vestida com um roupão felpudo cor-de-rosa. Então desamarrou o roupão e deixou que ele caísse.

Não estou tão mal assim, pensou.

Seu corpo não era mais o que costumava ser, mas ela estava bem. A barriga, nem tanto, mas era fácil o bastante enquadrar a imagem para incluir apenas a cabeça e o peito.

Nada mal mesmo.

A primeira foto ficou muito escura, então ela acendeu o abajur e tentou novamente. A outra ficou bem melhor. O cabelo dela estava molhado e os olhos, cansados, mas ela parecia ser ela mesma, o que era um acontecimento um tanto raro.

Na vida real, seus seios estavam um pouco mais caídos do que gostaria – não eram mais *perfeitos* ou *incríveis* –, mas, do jeito que o roupão caía ao lado deles, não dava para notar.

Na foto, seus seios ficaram encantadores.

Na foto, ela estava sorrindo.

Isso é só para você, ela disse a ele. *Por favor, não mostre para mais ninguém.*

Depois de mandar a mensagem, ela entrou nos contatos e bloqueou o número dele, para não poder nunca mais fazer nada parecido com aquilo.

PARTE CINCO

Um dia de sorte

TAPETE VERMELHO

Eve se casou no começo de setembro, por volta do início do que teria sido o segundo ano de Brendan na faculdade, se ele ainda estivesse cursando a faculdade. O dia amanheceu nublado e com garoa, mas o céu se abriu no fim da manhã e deu lugar a uma tarde gloriosa, o que foi um alívio enorme, porque a cerimônia aconteceria no quintal de sua casa.

Alguns minutos antes das quatro da tarde, ela apareceu no pátio, usando um vestido amarelo-claro e carregando um buquê de peônias e rosas. Os convidados se reuniram no gramado, dos dois lados de um tapete vermelho estreito e levemente enrugado que tinha sido estendido sobre a grama.

Ela parou por um momento para saborear a visão, para gravá-la na memória. Não havia muitas pessoas no gramado – só umas quarenta, ou quase isso, mais do lado do noivo do que no da noiva –, mas os rostos virados em sua direção formavam um mapa de sua vida, da antiga e da nova. A irmã e a mãe tinham ido de carro de Nova Jersey naquela manhã e não haviam feito nada além de reclamar do trânsito desde que tinham chegado. Jane e Peggy tinham ido com os maridos; Liza completava o grupo de amigas, a autoproclamada "deslocada". Ela tinha sido gentil e incentivadora nos meses anteriores, parabenizando Eve repetidas vezes pela boa sorte, embora fosse claramente doloroso para ela ver sua melhor amiga divorciada voltando às fileiras dos casados, deixando-a sozinha para encarar o cruel mundo do namoro na meia-idade.

Não vá se esquecer de mim, ela havia sussurrado no final do jantar de despedida de solteira na semana anterior, depois de muitas taças de vinho. *Promete?*

Não vou, Eve disse a ela, e era uma promessa que pretendia manter.

Ted e Bethany a haviam surpreendido, não só por confirmarem a presença com um caloroso *Sim!!!*, mas também por levarem Jon-Jon, que estava adorável em seu pequeno blazer azul, os olhos arregalados e braços imóveis ao lado do corpo. Ele estava bem, observando a cena com alguma apreensão, mas sem surtos ou crises até então, bate na madeira. E se ele começasse a gritar, Eve pensou, não importava. Ela não era uma deslumbrada de vinte e cinco anos que esperava que tudo fosse perfeito em seu Dia Especial.

Além de Jon-Jon, a única outra criança presente era a filha de oito anos de Margo, Millicent, que tinha ido para a cerimônia direto de um jogo de futebol, de chuteiras e uniforme azul e branco com HUSKIES estampado na frente. Ela era alta para a idade, tinha pernas de palito e cabelo loiro comprido, apertada entre Margo e Dumell. Eles pareciam felizes e muito unidos, embora Eve soubesse que tinham passado por uma época difícil e ficado separados a maior parte do verão.

Também havia um pequeno contingente do Centro para Idosos, entre eles Hannah Gleezen, a popular nova coordenadora de eventos, cujas energia e positividade pareciam uma força da natureza, e os Grey-Aires, um grupo de cantores *a cappella* que ela tinha criado e treinado ao longo da primavera e do verão. Eve podia ouvi-los de dentro da casa, cantando para os convidados durante o coquetel, harmonizando "Going to the Chapel" e "Walking on Sunshine", bem como uma inesperada versão de "Beat It" que recebeu muitos aplausos.

A única pessoa na lista de Eve que havia recusado o convite tinha sido Amanda, mas ela ficara tão emocionada por Eve ter se lembrado dela que a convidara para um almoço comemorativo na semana anterior ao casamento, a primeira vez que se viam desde janeiro. Ela estava bem, feliz no novo emprego e profundamente apaixonada por uma colega de trabalho, uma bibliotecária mórmon excomungada chamada Betsy.

Ao contrário de Eve, Amanda havia mantido contato com Julian. Ela contou que ele tinha se transferido para a Universidade de Vermont e estava muito empolgado para começar um novo capítulo de sua vida, e especialmente para morar longe de casa pela primeira vez.

— Bom para ele — Eve disse. — É um garoto bacana.

Amanda fez um movimento sarcástico com as sobrancelhas – um sutil levantar e abaixar, um breve reconhecimento de como a frase sem graça que Eve havia usado era inadequada ou absurda –, mas foi o bastante para trazer tudo de volta à superfície, a estranha e intensa meia hora que os três tinham passado juntos no quarto de Brendan e a impossibilidade de integrar aquele episódio a qualquer narrativa sensata sobre sua vida. Geralmente, o modo como lidava com aquilo era nunca pensando na história ou tratando-a como um sonho erótico que havia tido, um sonho constrangedor que se recusava a sumir de sua memória.

— Então, isso é meio estranho. — Amanda se curvou para a frente, abaixando a voz para um tom de conversa mais confidencial. — Julian e eu... meio que saímos por um tempo. Na primavera.

— Saíram?

O rosto de Amanda ficou com um belo tom rosado.

— Foi completamente casual. Ele aparecia uma ou duas vezes por semana, depois da aula, à noite. Foi só por um ou dois meses, quando eu precisava mesmo de companhia. Mas aí comecei a conhecer Betsy melhor... De qualquer jeito, ele foi bem legal quanto a isso.

Eve ficou surpresa por sentir uma leve pontada de ciúme ou talvez de possessividade, como se Amanda tivesse pegado algo que lhe pertencia por direito. Mas era um sentimento ridículo e egoísta, e ela o expulsou de sua mente.

— Só por curiosidade — ela disse. — Ele te mostrou alguma foto minha?

Amanda abriu a boca, fingindo estar escandalizada.

— Ursula! Mandou fotos para ele?

— Só uma. Pedi para não mostrar para ninguém.

— Bom, eu nunca vi — Amanda deu de ombros, como se tivesse perdido alguma coisa. — Não teria me importado.

Eve não sabia ao certo se estava aliviada ou decepcionada.

— Da próxima vez que o vir — ela disse —, diga que mandei um *oi*.

— Direi — Amanda prometeu.

Hannah Gleezen soprou o afinador e ergueu um dedo, como se estivesse prestes a repreender os cantores. Então o abaixou e os Gray-Aires começaram a cantar "Here, There and Everywhere", a canção escolhida para a procissão do casamento. Eve achou meio exagerada, como se a mulher na letra da música fosse uma deusa – *making each day of the year/ changing my life with the wave of her hand** –, mas George batera o pé.

---

* Em tradução livre: vivendo cada dia do ano/ mudando minha vida com um gesto de sua mão. (N.E.)

Por favor, deixe eu ganhar essa, ele disse, e é claro que ela concordou, porque se sentiu lisonjeada, e porque ele não tinha feito muitas exigências.

Eve ainda se espantava todos os dias com a velocidade com que sua vida tinha mudado. Um ano antes, estava perdida e sem rumo, e agora tinha se encontrado. Ela queria chamar aquilo de milagre, mas era mais simples do que isso, e muito mais trivial; ela havia encontrado um homem gentil e decente que a amava. Ele estava ali parado, no final do tapete vermelho, lindo em seu terno azul-escuro, com uma lágrima escorrendo pelo rosto enquanto sorria e balbuciava: *Você está linda*. O padrinho, Brendan, estava bem a seu lado, apertando seu ombro em apoio. Era quase um conto de fadas, Eve pensou, bom demais para ser verdade, e certamente era mais do que ela merecia.

Claro, ela não havia exatamente o *encontrado*. Seria mais preciso dizer que ela havia ido ao encalço dele, armando um "encontro fortuito" na aula de ioga uma semana depois de ele ter concertado o vaso sanitário do banheiro de deficientes. Ela havia agido como se fosse um prazer inesperado vê-lo por ali – como se ele não tivesse contado que era aluno fiel nas noites de quarta –, mas ele não pediu explicação sobre a mentira. Apenas disse o quanto estava feliz em vê-la e pediu desculpas pelos shorts de ginástica folgados que usava.

Se soubesse que você vinha, ele disse, *teria colocado minha roupa de ioga*.

Saíram juntos pela primeira vez duas noites depois. O Hollywell Tavern estava todo reservado, então acabaram na Casa Enzo, que era tão romântica quanto ela se lembrava. Apenas alguns meses haviam se passado desde que estivera lá com Amanda, mas parecia mais tempo que isso, como se o infeliz beijo que haviam dado no estacionamento pertencesse a um passado distante, uma indiscrição juvenil que podia relembrar com uma nostalgia adulta e incrédula. Parecia muito mais sério – muito mais *real* – dividir uma refeição com um homem qualificado, de idade próxima à sua, um homem com quem ela já, contra todas as probabilidades, começava a sentir a possibilidade de um futuro.

George tinha se vestido bem para a ocasião – calça cáqui, camisa social, paletó de *tweed* – e a roupa o deixava com uma aura surpreendentemente intelectual, principalmente quando ele punha os óculos de leitura para ler o cardápio.

— Você não parece um encanador — ela disse, percebendo antes mesmo que as palavras saíssem de sua boca que aquilo era uma coisa muito estúpida e condescendente de se dizer.

— Obrigado — ele respondeu, embora não tenha soado exatamente grato.

— Desculpe — Eve se sentiu uma idiota. — Só quis dizer que normalmente quando te vejo, você parece...

— Imundo.

— Não, não imundo. Só não parece tão bonito quanto está agora.

— Eu me limpo bem — ele disse, forçando um sorriso. — É uma necessidade no meu ramo de trabalho.

Ele tomou um gole do Malbec chileno que tinha escolhido depois de uma consulta detalhada ao garçom. Ele claramente sabia se virar com uma carta de vinhos, o que era outra coisa que Eve não esperava. Ela se sentiu humilde e esclarecida ao ficar cara a cara com a própria arrogância.

— Na verdade — ele disse —, estou pensando em me aposentar daqui alguns anos, assim que Katie se formar. Simplesmente vender a empresa e parar com isso. Queria viajar um pouco, talvez morar no litoral. Tenho feito a mesma coisa há trinta anos. Acho que já é o bastante.

Ele contou que, para começar, nunca quis de verdade ser encanador. Tinha entrado para a faculdade de Comunicação, mas gostava muito mais das festas do que de estudar e só aguentou três semestres. Tinha dezenove anos, vivia com os pais, e, claro, acabou indo trabalhar na empresa da família, tornando-se aprendiz do pai, nem tanto escolhendo um ofício, mas aceitando seu destino, que acabou não sendo um caminho terrível de se trilhar.

— O dinheiro era bom e eu gostava de trabalhar com meu pai. Comprei uma bela casa, tive uma linda família. Os anos passaram e, de repente, virei o chefe. — Ele mordeu a ponta do polegar, depois parou um momento para inspecionar a marca da mordida. — Tudo fazia sentido até Lorraine ficar doente.

A doença dela foi uma provação que durou quatro anos – diagnóstico, cirurgia, quimio, radio, dedos cruzados. Um breve período de esperança, um exame com resultado ruim e todo o ciclo se repete. A filha mais velha, Maeve, casara-se logo depois de se formar e se mudara para

Denver com o marido. Ela estava encaminhada. Era com Katie que ele se preocupava, uma adolescente temperamental, muito apegada à mãe. Ela estava um caco. Não bastasse tudo isso, a mãe de George tinha morrido, e começara toda aquela merda com seu o pai.

— O ano passado foi um pesadelo. Não lidei muito bem. Estava tentando manter a empresa funcionando e cuidar de todo mundo. Não dormia bem, então comecei a beber para desacelerar os pensamentos, e você sabe como isso termina. Claro que viraria um problema.

— É difícil cuidar dos outros — Eve disse. — Você se vira do jeito que dá.

Ele disse que havia tido dificuldade para controlar as emoções. Estava zangado o tempo todo – com Deus, consigo mesmo, com os médicos, e tudo isso seria aceitável, mas ele também estava zangado com sua esposa por ela estar doente, e aquilo era imperdoável.

— Sabe o que me enlouquecia? Não ter mais vida sexual. Como se ela fosse um estorvo. A pobre mulher não conseguia comer, sentia uma dor terrível, mas e eu, sabe? — Ele soltou uma risada baixa, amarga. — Assistia a muito pornô enquanto ela estava morrendo. *Muito* mesmo. Minha esposa no quarto, definhando, e eu no escritório assistindo *Gostosas das férias de primavera*, ou seja lá como se chamasse. — Ele fez a maior parte da confissão olhando para a toalha de mesa, mas então levantou os olhos com uma expressão levemente confusa. — Não sei por que estou te contando tudo isso.

Eve se perguntava a mesma coisa. Não era o tipo de história que se espera ouvir no primeiro encontro. Mas ela ficou tocada com a confiança dele e aliviada por saber que suas experiências se sobrepunham neste campo peculiar, não que algum dia contaria a ele nada sobre aquilo.

— Você é um bom homem. — Ela esticou o braço sobre a mesa e deu um tapinha no dorso da mão dele. — Cuidou da sua família quando precisaram de você. Lembro daquele dia em que foi ao Centro. Vi o quanto amava seu pai.

Ele deu um sorriso amarelo.

— Sinto por ter sido rude com você. Aquele foi provavelmente o pior fim de semana da minha vida. Até aquele momento, pelo menos.

— Não tem por que se desculpar. Era uma situação triste. Todos fizemos o melhor que pudemos.

Ele se animou depois daquilo, contou sobre a viagem ao Havaí que sonhava em fazer, se conseguisse reunir coragem para ir sozinho. Ele achava que poderia gostar de aprender a mergulhar, apesar de morrer de medo.

— É todo um outro mundo lá embaixo. Você é tipo um astronauta flutuando pelo espaço.

Ela falou sobre Brendan e o momento difícil pelo qual ele passava, e falou um pouco sobre a aula de Gênero e Sociedade que tinha cursado na faculdade comunitária. George se interessou mais do que ela esperava, explicando que Katie sabia muito sobre o assunto, *queer* isso e trans aquilo. Ela tivera uma namorada no primeiro ano da faculdade, mas agora estava saindo com um cara.

— Ela diz que se sente atraída pela pessoa, não pelo gênero. Acho que dobra suas chances de se dar bem.

— É um jeito bem esclarecido de ver a situação.

— Desde que ela esteja feliz — ele disse. — É a única coisa que importa para mim.

Ele a levou para casa e a acompanhou até a porta. Perguntou se poderia beijá-la e ela respondeu que sim. Foi um bom beijo, embora mais educado do que precisava ser. Brendan não estava em casa naquele fim de semana, estava visitando o Wade na Universidade de Connecticut, e Eve decidiu aproveitar a oportunidade.

— Quer entrar para tomar alguma coisa?

George franziu a testa como se ela tivesse pedido a ele que solucionasse um enigma complexo.

— Eu gostaria. Mas acho que é melhor irmos devagar.

Ele a beijou uma segunda vez, um rápido beijo de desculpas na bochecha, e então voltou para o carro. Eve entrou em casa, sentindo como se de alguma forma tivesse perdido depois de já estar com a vitória nas mãos, e encheu uma taça de vinho como forma de consolo. Ela tinha tomado só um gole quando a tela do celular acendeu, com uma mensagem que a fez fechar os olhos e agradecer ao Deus em que não acreditava.

É tarde demais para mudar de ideia?

As coisas andaram rápido depois daquilo. Por que não poderiam passar os fins de semana juntos? E por que ele não passava lá para jantar numa quinta-feira à noite e talvez ficar um pouco e assistir televisão? E se ele ficasse meio sonolento no sofá, o que costumava acontecer, quem disse que ele precisava ir para casa? A cama dela era de casal, e ela descobriu que dormia bem melhor com ele ao lado, roncando baixinho, como se fizesse um esforço inconsciente para não a incomodar.

Tudo era melhor quando George estava por perto. Até Brendan gostava dele, o que foi a maior surpresa de todas, considerando como o filho dela podia ser mal-humorado e territorial. A conversa entre eles fluía com facilidade, em um estilo meio afetuoso, meio provocador que Brendan antes reservava aos companheiros de time preferidos e amigos mais próximos.

— Que merda — ele dizia, chegando em casa depois do CrossFit. — Esse cara de novo? Você não tem TV em casa?

— Tenho uma excelente — George respondia. — Bem melhor que esse lixo. Mas sua mãe tem Netflix e é bem bonita.

— Certo, cara. Espero que dessa vez tenha deixado alguma comida para mim.

— Comi todo o filé, mas deixei um monte daquela abobrinha que você adora.

Eve estava profundamente frustrada com Brendan naqueles dias – ele era o problema que ela não conseguia resolver –, mas George insistia que o filho dela só estava passando por uma fase ruim, a transição complicada entre o ensino médio e o mundo real.

— Ele vai ficar bem, Eve. Nem todo mundo consegue uma Bolsa Rhodes.

— Não estou pedindo para ele conseguir uma Bolsa Rhodes. Só peço que faça as tarefas de vez em quando.

Eles provavelmente tiveram uma dúzia de versões dessa conversa até a noite em que George colocou a mão na barriga e disse:

— Sabe, ele pode trabalhar comigo. Só durante o verão. Se ele não gostar, não tem problema. Podemos tentar outra coisa.

Eve ficou em silêncio por um instante, imaginando a ideia de seu filho segurando uma enorme chave-inglesa, usando calças sujas. Não era uma vida que ela tinha imaginado para ele, mas parecia plausível de um jeito estranho, certamente mais fácil de conceber do que Brendan como analista financeiro ou contador certificado. E ela sabia que George seria um bom chefe e um professor paciente.

— Você devia conversar com ele — ela disse.

Uma semana depois, Brendan largou a faculdade comunitária e começou a trabalhar como aprendiz de encanador em tempo integral. Ele se comprometeu logo de cara. Adorou a natureza física do trabalho, as ferramentas e a terminologia, a sensação de realização que sentia no fim do dia. Podia ser nojento, é claro, mas ele disse que era possível se acostumar com isso bem rápido. O salário inicial não era ruim – era bem maior que um salário mínimo – e ficaria bem melhor em alguns anos, depois que ele passasse nas provas e conseguisse a licença de autônomo. Um salário de seis dígitos quando estivesse com uns trinta definitivamente não estava fora de questão. Era até possível que um dia assumisse o negócio, sendo o Filho em Rafferty & Filho.

Eve disse a ele para não se precipitar, apenas dar um passo de cada vez. Ela ficou decepcionada com sua decisão de desistir dos estudos, mas aliviada por vê-lo tão animado e cheio de propósito, com um pouco de sua antiga confiança restaurada. Era uma grande melhora comparada à versão emburrada e abatida do filho com quem ela tinha se acostumado a morar ao longo do inverno anterior e por boa parte da primavera.

★ ★ ★

Eu estava com uma baita ressaca no dia do casamento da minha mãe, mas pelo menos tinha uma boa desculpa. Depois do jantar pré-casamento, fui para a casa do George e fiquei acordado até bem tarde, tomando *shots* de vodca com a filha dele, Katie, e seu namorado, Gareth, um cara alto e magrelo que parecia uns noventa e cinco por cento gay.

— Vamos ser meio-irmãos — Katie disse. — Então é melhor nos conhecermos.

Era estranho nunca ter encontrado com ela até a noite anterior ao casamento, considerando quanto tempo eu tinha passado com seu pai, bem mais tempo do que passava com o meu. George e eu já éramos como uma família. Mas ela tinha passado o verão em Ithaca, dando aula para menores carentes, e era uma viagem muito longa para simplesmente dar um pulo em casa no fim de semana.

— Não sei. — Ela olhou ao redor da sala, cheia de fotos de família que incluíam sua falecida mãe, e teve um pequeno arrepio. — É bem difícil estar aqui. Tenho vontade de chorar toda vez que passo pela porta.

— É um museu de luto — murmurou Gareth. Ele tinha um lance meio gótico, cabelo bem curto de um lado e bem comprido do outro. O lado comprido meio que caía sobre o rosto, cobrindo um olho.

— É — eu disse. — Sinto muito pela sua mãe.

— Obrigada — Katie tentou sorrir. Ela me mostrou a parte interna do antebraço, com o nome da mãe tatuado em delicadas letras cursivas. — Ela era uma ótima pessoa. Você teria gostado dela. Se bem que acho que se ela estivesse viva, vocês dois nunca teriam se conhecido.

— Provavelmente não — eu disse.

Gareth serviu os *shots* e todos bebemos em homenagem à mãe da Katie.

— É incrível — ela disse. — Ela morreu não faz nem um ano, e aqui está meu pai, casando-se de novo.

Perguntei se isso a incomodava, e ela negou, balançando a cabeça, sem hesitar.

— Fiquei preocupada com ele no inverno. Ele estava bem mal. Mas tem estado muito melhor desde que conheceu sua mãe. Acho que só precisa de uma mulher para cuidar dele. Ele não se vira tão bem sozinho.

Aquilo fez sentido para mim. Lembrei de como George tinha simplesmente surgido na minha casa na primavera e virado presença constante. Logo de cara, parecia que ele pertencia àquele lugar, como se preenchesse um espaço vazio nas nossas vidas. Mas acho que ele sentia o mesmo em relação a nós.

— Quer saber? — Gareth disse, como se tivesse acabado de ter uma ideia. — Foda-se o câncer.

— Um brinde a isso — Katie disse, e bebemos.

Era muito deprimente pensar sobre o câncer, então perguntei a eles há quanto tempo estavam juntos. Eles trocaram um olhar rápido, como se talvez essa fosse uma pergunta mais complicada do que aparentava ser.

— Nós, hã... na verdade não estamos juntos-juntos — Gareth disse.

— Sim, estamos — Katie pareceu um pouco irritada. — Moramos juntos.

— É — Gareth reconheceu. — Mas não transamos.

Katie confirmou com a cabeça, talvez meio triste.

— O Gareth é ás — ela disse.

— O quê?

— Assexuado — ele explicou. — Quero *estar* com pessoas. Só não quero *fazer* nada com elas. — Ele fez uma careta, como se pensasse em uma comida que achasse nojenta. — Nunca entendi qual era a graça disso tudo.

— Sem problema — eu disse. — Cada um na sua.

Bebemos em homenagem àquilo, às pessoas serem a porra que quisessem ser. Estava me sentindo meio deslocado naquele momento, então olhei para Katie.

— Então... você é assim também? Assexuada?

— Só com o Gareth — ela disse. — Se me sinto atraída por uma pessoa, tendo a me adaptar ao que quer que ela seja.

Eles estavam sentados juntos no sofá, e ela deitou a cabeça afetuosamente no ombro dele. Depois de alguns segundos, ele estendeu a mão e começou a fazer uma massagem circular nas costas dela, meio como se estivesse limpando uma janela.

— Nós nos abraçamos bastante — Katie disse. — Essa é a melhor parte mesmo.

Ela era mais bonita do que eu esperava – nas fotos que tinha visto, parecia meio sem graça –, com cabelos ruivos e sardas, e um corpo meio delicado e sensual. Na verdade, ela me lembrava muito a Amber, o que era estranho, porque a Amber tinha acabado de me mandar um e-mail enorme alguns dias antes, completamente do nada. Era a primeira vez que eu tinha notícias dela desde que voltara para casa, no outono.

Ela disse que tinha acabado de chegar do Haiti, onde havia passado o verão fazendo trabalho voluntário em um abrigo de mulheres na capital. Tinha sido uma experiência incrível e uma lição de humildade tentar ajudar mulheres que eram muito mais corajosas e resilientes do que ela jamais poderia ser. Mulheres que, para começar, tinham muito pouco, e tinham que batalhar para sobreviver – para alimentar seus filhos, mantê-los saudáveis, e se tivessem muita sorte, mandá-los para a escola para que pudessem aprender a ler e escrever e talvez, algum dia, terem a chance de levar uma vida melhor. Foi uma experiência transformadora para ela, uma experiência que fez com que percebesse como sua própria vida tinha sido insignificante, especialmente sua vida na faculdade.

Ela disse que morria de medo da ideia de voltar para a Universidade Estadual de Berkshire, de ser tragada por *aquele vórtice sem sentido* de novo – as festas, o time de softbol, as redes sociais, os refeitórios, com toda aquela comida sendo jogada fora todos os dias.

Disse que estava querendo me escrever havia alguns meses, mas sempre acabava adiando, porque parte dela queria se desculpar e parte achava que a outra parte era maluca. Ela certamente não queria se desculpar por qualquer coisa que *ela* tivesse feito – não por ter me dado um soco, que eu realmente havia merecido ou por me expulsar do quarto dela, ou por ignorar as mensagens que eu tinha mandado –, mas só pela pintura da Cat, que não refletia com precisão seus sentimentos.

Não estou dizendo que você não foi uma decepção para mim, Brendan. Mas tantos caras me decepcionaram que não acho justo apontar só para você.

E também, se fosse ficar nessa posição, eu deveria estar a seu lado. Porque fui eu que te dei o poder de me decepcionar. Nesse sentido, eu decepcionei a mim mesma, o que é ruim na mesma medida, se não for pior.

Não vou permitir que isso aconteça de novo.

Espero que tenha passado bem o verão,

Amber

Eu não sabia exatamente o que pensar sobre o e-mail, embora achasse que havia sido um tanto quanto reconfortante saber que ela não me odiava tanto quanto eu pensava. Fiquei tentado a contar a história toda para Katie, apenas para ouvir o que ela teria a dizer. Tive a sensação de que ela era alguém para quem se podia pedir conselhos em situações como aquela. Mas Gareth havia começado a massagear o pescoço dela, e ela estava completamente distraída com a sensação boa, tremendo e gemendo como uma atriz pornô enquanto ele apertava seus trapézios.

— Então, Brendan — ele perguntou, apertando os olhos enquanto trabalhava com seus dedos mágicos. — Vai mesmo ser encanador?

— Sou só aprendiz — eu disse. — Leva um bom tempo para se conseguir a licença.

Katie abriu os olhos.

— Meu pai diz que você pode assumir o negócio um dia desses.

— Talvez — eu disse. — A não ser que eu decida voltar a estudar.

Foi estranho – até eu dizer aquelas palavras, não tinha nem percebido que estava pensando em talvez dar uma nova chance à faculdade. Mas vinha me sentindo meio para baixo naquelas últimas semanas, ouvindo o Wade, o Troy e todos os meus outros amigos falando sobre como estavam empolgados para voltar para os dormitórios, para os amigos e as aulas e as festas. Era difícil acreditar que eles tinham simplesmente juntado as coisas e me deixado preso em Haddington, condenado a passar a vida inteira instalando aquecedores de água e consertando vazamentos.

— Você devia mesmo voltar — Gareth disse. — Eu me transferi três vezes até chegar em Ithaca. É só uma questão de encontrar o lugar certo.

— Não sei o que meu pai te disse — Katie disse —, mas ele nunca gostou do trabalho dele. Sempre disse que gostaria de ter conseguido um diploma.

— Talvez eu preencha algumas inscrições — falei. — Só para ver o que acontece.

— Você vai entrar em algum lugar decente — Katie disse, e brindamos àquilo, e depois a algumas outras coisas, e continuamos até a garrafa ficar vazia e tudo virar praticamente um borrão.

★ ★ ★

Os convidados continuavam a sorrir para Eve, emitindo aquela força unificada de amor e aprovação, mas alguma confusão tinha começado a se formar em suas expressões, uma pergunta coletiva sem resposta: *tem algo errado?* Os Grey-Aires já estavam cantando havia algum tempo, por que ela não se movia? Por que ainda estava parada no pátio, apertando o buquê entre as mãos? O que ela estava esperando?

Vai, ela disse a si mesma, mas seus pés continuavam plantados no lugar.

Os cantores seguiram com o segundo verso, embora soassem um pouco menos confiantes do que no primeiro. O olhar de interrogação no rosto de George tinha aumentado para uma completa preocupação, e talvez até medo.

Ele é um bom homem, Eve lembrou a si mesma.

Havia apenas um momento verdadeiramente problemático na relação dos dois, um ponto minúsculo em um histórico intocável de felicidade. Tinha acontecido alguns meses antes, talvez na quarta ou quinta vez em que dormiram juntos, e não era algo em que ela queria pensar naquele momento, com o sol brilhando e todas as pessoas tão belamente vestidas, e o pastor contratado tentando com tanto afinco não parecer impaciente.

O sexo tinha sido especialmente bom naquela noite, Eve por cima, que era como eles preferiam. Tinham encontrado um ritmo, doce e lento, e os olhares estavam fixos um no outro. Para ela, parecia que tinham ido além do prazer físico, para um lugar de intimidade mais profunda, um lugar onde suas manifestações mais verdadeiras haviam se conectado.

Ah, Deus, ele disse. *Não acredito que isso está mesmo acontecendo.*

É incrível, ela concordou.

Eve, ele disse. *Tenho sonhado com você há tanto tempo.*

Comigo?

Porra, é, ele grunhiu, com uma voz que pareceu perturbadora para ela. Era mais ríspida que de costume, talvez até um pouco raivosa, como se ele tivesse falado por entre dentes cerrados. *Você é minha MILF!*

Eve parou de se mexer. Um arrepio se espalhou por seu corpo, a lembrança de algo desagradável.

Desculpe, ela falou. *O que você disse?*

Ele abriu a boca para responder, mas então se conteve.

Nada, ele disse. *Não é importante.*

E isso era tudo, apenas algumas palavras no meio de um sexo que, fora aquilo, era ótimo. Quebrou o ritmo deles por alguns segundos, mas eles o reencontraram. Quando terminaram, Eve pensou em retomar o assunto, mas o que ela ia fazer, perguntar à queima-roupa se ele tinha mandado uma mensagem assustadora quando eles mal se conheciam, quando a mulher dele estava morrendo e o pai, perdendo a razão? E se ele respondesse: *Sim, fui eu*, o que ela teria feito? Onde estaria agora?

Não era nada, na verdade, apenas uma sombra passageira, e Eve tinha vivido o bastante para saber que era besteira se preocupar com uma sombra. Todos tinham uma; era apenas a forma que seu corpo projetava quando havia sol. Sua própria sombra estava visível naquele exato momento, uma figura escura familiar deslizando pelo chão, movendo-se lentamente sobre toda a extensão do tapete, levando-a ao homem que amava.

Agradecimentos

Sra. Fletcher e eu gostaríamos de agradecer a Liese Mayer e Nan Graham pelas perguntas questionadoras e pelos excelentes conselhos; a Maria Massie e Sylvie Rabineau pela orientação e apoio incansáveis; e a Lyn Bond e Carolyn J. Davis pelas conversas esclarecedoras que me impulsionaram quando mais precisei. Nina e Luke Perrotta deixaram este livro melhor com sua leitura cuidadosa e seus comentários atenciosos, e Mary Granfield ajudou de tantas formas que nem tenho como elencá-las aqui.

**Acreditamos
nos livros**

Este livro foi composto em Dante
MT Std e impresso pela Gráfica
Santa Marta para a Editora Planeta
do Brasil em setembro de 2019